巧讀包公案

余秋雨推薦

經典著作優秀改寫，全白話無障礙讀本，
內含精美手繪插圖，人物、典故、成語、知識點隨文注釋，
是一本適合青少年閱讀的國學入門書。

我们也许逃不过这样的荒诞：阅读极其泛滥又极其荒凉，文化极其壅塞又极其贫乏。

这里倒有一条安静的自救小路：趁年轻，放松心情读一点经过选择的经典。

余秋雨

目錄

經典

梅子涵

成年人文化多，知道得多，上下五千年，心裡著急，恨不得把一切有價值的書都搬來給小小的孩子看。

成年人關懷多，責任多，總想著未來幾千年的事，恨不得小小的孩子們都能閱讀著幾千年的經典，讓未來因為他們的經典記憶風平浪靜、盛世不斷，給人類一個經久的大指望。

我們要說，這簡直是一個經典的好心腸、好意願，唯有稱頌。

可是一部《資治通鑑》，如何能讓青少年閱讀？即使是《紅樓夢》，那裡面也是有多少敘述和細節，是不能讓孩子有興致的，孩子總是孩子，他們不能深，只能淺，恰是他們的可愛；他們不能沉湎厚度，而只可薄薄地一口氣讀完，也恰是他們蹦蹦跳跳的生命的優點，絕不是缺點！

這樣，那好心腸、好意願便又生出了好靈感、好方式，把很長的故事變短，很繁複的敘述變簡單，很滔滔的教誨變乾脆，很不明白的哲學變明白，於是一本很厚很重的書就變薄變輕了。是的，它們已經不是原來的那一本那一部，不是原來的偉岸和高大，但是它們讓孩子們靠近了，捧得起來了，沒讀幾句已經願意讀完了。於是，一種原本是成年後正襟危坐讀的書，還在小時候沒有學會把玩耍的手洗得乾乾淨淨的時候，已經讀將起來，知道了大概，知道了有這樣的經典和高山，留在他們的記憶裡當個「存目」，等他們長大了以後再去正襟危坐地讀，探到深度，走到高度，弄出一個變本加厲的新亮度來，當成教授和專家。而如果，長大了，實在忙得不可開交，養家糊口，建設世界，沒有機會和情境再閱讀，那麼那小時候的閱讀和記憶也已經為他的生命塗過了顏色，再簡單的經典味道總還是經典的味道，你說，一個人在童年時讀過經典改寫本，還會是一種羞恥嗎？還會沒有經典的痕跡留給了一生嗎？

所以經典縮寫本改寫本的誕生，的確也是一個經典。

它也許不是在中國發明，但是中國人也想到這樣做，是對一種經典做法的經典繼承。經典著作的優秀改寫，在世界文化先進、關懷兒童閱讀的國家，是一個不停止的現代做法，是一個很成熟的出版方式，今天的世界說起這件事，已經絕不只是舉英國蘭姆姐弟的莎士比亞戲劇的例子了，而是非常多，極為豐盛。

所以，我們也可以很信任地讓我們的孩子們來欣賞中國的這一套「新經典」，給他們一個簡易走近經典的機會；而出版者，也不要一勞永逸，可以邊出版邊修訂，等到第五版第十版時簡直沒有缺點，於是這個品種和你的出版，也成長得沒有缺點。那時，這一切也就真的

導讀

包公即包拯（九九九—一〇六二年），歷史上確有其人，他是北宋廬州（今合肥）人，擔任過監察御史、樞密副史等官職，在開封府尹任上以清正廉潔著稱於世，深受百姓愛戴，有關他的民間傳說廣為流傳。

宋、元時期，由於商業和手工業的發展，都市高度繁榮，城市人口激增。為了適應日益壯大的市民階層的文化娛樂需求，一種適合平民的「說話」藝術誕生於瓦肆勾欄之中。經「說話」藝人編排、演繹的故事被稱為「話本」，後來經文人整理便成為最初的通俗小說。以包公為題材的小說《包公案》即由此而生，並得以廣泛流行。

《包公案》又名《龍圖公案》，是明代安遇時等人根據民間傳說整理而成的短篇小說集，每篇寫一則包公斷案的故事。全書內容雖不連貫，但是包公的形象貫穿全書，描寫了包公從擔任知縣到樞密副使期間的許多傳奇故事。這些故事內容廣博，大到亂臣賊子陰謀篡位，小到平常百姓的家長里短，包公利用自己的聰明才智對案情一一抽絲剝繭深入調查，最終使真相大白天下，使正義得以伸張。書中人物個性鮮明，故事情節曲折，成功塑造了一位不畏權貴、執法如山、鐵面無私的清官形象。

從整體上看，《包公案》全書思想性和藝術性都不高，其中還夾雜了一些因果報應、鬼神夢兆等迷信內容。不過，就是這種存在著缺陷的作品，卻得到了廣泛的認可。這種現象並不奇怪。當時，由於封建專制的壓迫，黎民百姓苦不堪言。對民眾來說，帝王的生活既陌生又遙遠，因此只好把對美好生活的嚮往寄託在清官、賢臣身上。

時至今日，包青天的故事依然家喻戶曉，歷久不衰。《包公案》被認為是世界上最早的推理小說，它不僅豐富了民眾的文化生活，而且可以鍛鍊人們的觀察力和邏輯推理能力。作為一部通俗作品能起到這樣的作用是難能可貴的。

第一回　包公細查雙底船

蘇州府吳縣有個船夫叫單貴，雇了妹夫葉新做幫手，專門在江上打劫商客。

徽州有一個叫寧龍的商人，帶著僕人季興，在蘇州買了一千多兩的綢緞，準備販到江西去賣，他雇了單貴的船。綢緞被搬上船後，四人登舟開船，一路向江西而去。第五天他們到達一個叫漳灣的渡口，在那裡停船休息。

夜裡，單貴買了酒肉，四人盤坐在船上開懷暢飲。寧龍主僕在單貴和葉新的頻頻勸酒下，醉倒在船上。二更[1]時分，夜深人靜、星月當空，單貴和葉新將船偷偷地撐到江心處，把寧龍主僕二人丟入水中。僕人季興醉得不省人事，很快就被水淹死了。寧龍自幼識水性，落水後清醒過來，順勢鑽到水下。等他浮到水面時，恰巧碰到一根木頭，便抱著木頭一直向下游漂去。後來，一條大船悠悠而上，寧龍看到後高聲呼喊救命。船上有一個人，名叫張

---

[1]【二更】指晚上九時至晚上十一時。又稱二鼓。

晉，正好是寧龍的表兄。他聽到呼救聲，從聲音上聽出落水之人是同鄉，便急忙讓船家將寧龍救起，兩人相見才知道是親戚。寒暄幾句後，張晉拿來自己的衣服給寧龍穿，並問為何落水。寧龍將前前後後的事詳細說了一遍。張晉聽後，跟寧龍商量說：「明日包公巡行此地，可以去包公那裡討回公道。」第二天，二人來到吳縣衙門，把狀子呈給包公。

包公看到狀子後，詳細詢問事情的經過，下令捕捉單貴和葉新。公差回稟說二人尚未回家。包公便下令把單貴全家老小都關進監牢，寧龍也被關了進去。又讓捕快謝能、李雋二人沿河道巡邏，明察暗訪。

單貴、葉新二人把貨物轉移到另一隻船上，對外謊稱自己的船被人打劫了，其實是寄存在漳灣。二人把貨物運到南京，全部賣了出去，得銀一千三百兩，然後掉轉船頭回家。二人到漳灣取船，遇到謝、李二位公差，便說：「既然你們要回家，可坐我們的船回去。」謝、李二人沒說話，上船與之同行。船開到蘇州城下，謝、李二人突然拿出枷鎖將單貴、葉新鎖了起來。單貴、葉新兩個人嚇得魂不附體，不知道是哪裡走漏了風聲，問道：「我們犯了什麼法，你們無故把我們鎖起來？」謝、李兩公差說：「等你們見到包大人就知道了。」

公差把單貴和葉新押到衙門，把他們船裡的所有物品都搬進府衙中。包公升堂，正襟危坐，審問犯人：「單貴、葉新，你們兩個謀害寧龍主僕，得到多少銀兩？」

單貴回答說：「小人從未謀害過人。這是寧龍告訴大人的嗎？」

包公道：「有證人看到寧龍雇你的船去往江西，半路上他卻被殺，你為何還要強行爭辯？」

單貴道：「寧龍是雇了我的船，但中途被劫，我的命差點兒沒保住，還顧得了他嗎？」

包公十分憤怒，說：「你把他灌醉丟入江中，還這麼嘴硬，應該打四十大板。」

這時，葉新說道：「小人縱是做了虧心事，也應該有人證物證才能定我們罪。為什麼追風捕影，不審明白就對我們用刑，我們怎麼甘心呢！」

包公說：「事到如今，不怕你不甘心。你們從實招來免得受刑；如果不招，那你們就等著受刑。」

隨後，單貴、葉新二人均被用刑，但二人形色不變，一直為自己爭辯。過了一會兒，一夥公差把船裡的物品一一陳放在臺階上面的空地上。寧龍來到大堂，看了這些東西後，向包公稟報說這些物品裡沒有一樣是自己的，而且被劫的主要是銀子和綢緞，而這裡一兩銀子、一匹緞絹都沒有。單貴趁機說：「寧龍你好負心。那天夜裡，賊人劫持你二人，把你們推入水中，為何不告賊人反誣告我們？真是沒有天理。」

寧龍反駁說：「那晚哪裡有什麼賊人？是你們把我們灌醉，然後悄悄地把船撐到江中央，把我們丟下水。現在貨物一定寄存在別人家，你們還在這裡強詞奪理。」

包公見二人爭辯不已，一時也拿不定主意，心想：既然謀害過寧龍，船裡怎麼沒有一件物品是寧龍的？銀兩在哪裡？上千銀兩的貨物又在哪裡？思索了一會兒，包公下令退堂，明日再審。

第二天早上，包公再次升堂，從牢裡提出單貴、葉新二人。讓單貴站在大堂東廊，葉新站在大堂西廊。包公先把葉新傳來，問道：「那天夜裡，既然賊人劫持了你的船，那你告訴我賊人有多少？他們都穿什麼樣的衣服？面貌又如何？」

葉新回答說：「那天三更時分，我們四人在船裡沉睡。賊人們偷偷地把我們的

包公令隨從打開這塊木板，但裡面有暗栓打不開，隨從就用斧頭劈開。打開後發現裡面有很多貨物，有衣物和器具，還有兩箱銀子。

船拉到江心。有一個粗壯的賊人先到船上，他身穿青衣，並且塗了臉。有三隻小船將我們團團圍住。寧龍主僕二人見賊人來劫船，驚慌跑到船尾跳入水中。有個賊人抓到我，重重打我。小的再三哀求說：『我是船夫。』他才放手。賊人們把寧龍的貨物都擄去了。現在寧龍誣告我們，這真是瞞心昧己啊。」

包公聽完，讓他回到西廊。又把單貴叫來，問了同樣的問題。單貴回答說：「那天三更時分，賊人們把我們的船拉到江中央，七八隻小船圍住我們。一個穿著紅色衣服的小夥子，跳到我們船上，把寧龍主僕二人丟入水中，後又想要把我丟到水中，我央求說：『我不是客商，我只是船夫。』他才放了我，要不然我也命喪黃泉❷了。」

包公見兩人的口供不一致，知道其中定有隱情，於是對二人用刑。二人辯解說：「我們至今也沒有回家，如果我們謀得了錢財，那錢財能藏到哪裡去？」包公見二人依然不招供，一時也無計可施，只能把他們押回大牢。

包公親自到賊船上查看，發現船內空無一物。仔細再一看，船底有縫隙，木板的稜角都被磨平了。包公令隨從打開這塊木板，但裡面有暗栓打不開，隨從就用斧頭劈開。打開後發現裡面有很多貨物，有衣物和器具，還有兩箱銀子。包公命人將這些貨物一一清點，抬回

---

❷【黃泉】指人死後所居住的地方。

衙門。寧龍看到後說：「這些衣物、器具和這個新箱子都不是我的，只有這只舊箱子是我的。」

包公把單貴、葉新二人提到跟前，指著從船底搜出的物品問道：「你們這倆賊人，真是可惡，這些物品都是誰的？」

單貴答道：「這些都是別人寄存在我這裡的。」

寧龍說：「是別人寄存在你這裡的？那些不值錢的皮箱簿帳我想你早就丟了。在這只舊皮箱內的左邊寫有一『鼎』字，請大人查看一下。」

包公讓人打開一看，果然有一「鼎」字。於是將單貴二人重打六十大板。單貴二人實在熬不住，就把事情原委招了出來。包公最後判單貴、葉新二人秋後問斬，這兩名盜賊再怎麼狡猾也終究沒有躲過律法的嚴懲，可謂是天網恢恢，疏而不漏。

第二回　包公設計抓駙馬

登州有一個地方叫市頭鎮。這個鎮子人口稠密，人們把房子並排建在河岸上。鎮上作惡的人多，行善的人少。鎮東邊有一個姓崔的員外❶，為人好善布施，從不與人相爭。

崔員外的妻子張氏，性情溫柔、勤儉持家。她為崔家生了一個兒子名叫崔慶。崔慶年方十八，聰明伶俐，極受父母的寵愛。

有一天來了一位老僧，到崔家化齋，說：「貧僧是五台山雲遊的和尚，聽說此府長者好善，特來化一餐齋飯。」崔員外知道後，整理好衣冠，請那僧人在中堂坐下。崔員外低頭拱手相拜，對僧人說：「有失遠迎，還請恕罪。」

僧人連忙扶起崔員外，說道：「貧僧是個輕率莽撞之人，特意來此見員外一面。」

崔員外很是高興，讓家人做了豐盛的齋飯款待僧人。席間，崔員外問僧人為何事而來。

❶【員外】指地主豪紳。

僧人回答說：「我雲遊到此處來見員外，是想告訴您一件事。」

崔員外拱手說：「上人❷若是化緣或者化齋，老朽我不敢推脫阻攔。」

僧人說：「這足可以看出您的心善了。過幾日，此地有洪水之災。員外您準備幾條船，等著避難逃跑，我來這裡就是想把這件事告訴您。」

崔員外聽完，連連說是，問道：「什麼時候才能知道洪水要來呢？」

僧人說：「東街寶積坊下面有個石獅子，一旦發現它眼中流血，你就要收拾東西逃跑了。」

崔員外有點兒困惑，對僧人說：「既然有此大災，應該告訴鄉里才是啊。」

僧人說：「你們這地方的人大多是為惡之徒，怎麼會相信我說的話呢？員外您就是相信我躲過這一劫，也還會經歷其他苦難厄運。」

崔員外驚奇不已，問道：「這厄運能讓我喪命嗎？」

僧人答：「不會。發洪水那天你要牢記，遇到動物落水一定要救起，遇到人落水千萬不要管。」僧人吃完齋飯後向崔員外辭別。崔員外取出十兩白銀贈給僧人，僧人推辭不要，說：「貧僧是雲遊四方的人，即便是有銀兩也沒什麼地方可用。」

僧人離開後，崔員外把僧人的話告訴了妻子張氏，並請匠人在河邊打造了十幾艘大船。人們問他為什麼要造船，他說要發洪水了，造船要躲避災難。大家聽了都笑話他。崔員外任由別人譏笑，每天讓一個老太太去東街查看石獅子眼睛裡是否流出血。過了一段時間，街上有兩個屠夫看到老太太這樣跑來跑去就問她原因，老太太如實告訴了他。兩屠夫等老太太走了後，大笑說：「世上怎麼會有這等癡傻之人！天都旱成這樣了，哪裡會有什麼洪水？況且那石獅子眼睛裡怎麼會流出血？」其中一個屠夫想戲弄老太太一番，第二天把豬血灑在石獅子的眼睛裡。當天老太太看見石獅眼睛流血，急忙跑回去告訴崔員外。崔員外立刻吩咐家人把該搬的物品都搬到船上。當天，空中一點兒雲彩都沒有，天氣又熱又悶。等崔員外的家人全部上船後已經是黃昏時分，突然黑鴉鴉的雲層從四面聚集，頃刻間下起滂沱大雨。大雨連下三天三夜，導致河堤決口，河水沖進市頭鎮。很快，所有的房屋都被沖垮，兩萬多人被洪水淹死。因為這裡的人作惡多端，所以上天才會用洪災懲罰這些人。崔員外夫婦心地善良，得到神人相助躲過一劫。

那天崔員外的十幾艘大船隨洪水流出河口，忽然一塊山岩崩落，有一隻小黑猿隨石頭落入水中。崔員外看到後，讓家人用竹竿把小黑猿救到岸上。後來水面上又漂來一根樹杈，上面有一個鴉巢，幾隻小烏鴉困在裡面。崔員外讓家童用船板托起鴉巢，小烏鴉解困後展開雙翼飛走了。船行到一個渡口，崔員外看見一個人在水裡掙扎呼喊救命。崔員外急忙令人去救

❷【上人】對長老和尚的尊稱。

他。他的妻子張氏阻攔說：「老爺您不記得僧人說過的話嗎？遇到有人落難就不要管。」崔員外說：「動物都要救起，何況是人呢？」說完就讓家僕用竹竿把那人救上船，並取來乾衣服讓他換上。

等到雨停，崔員外讓家僕回去查看鎮上的情況。家僕回來稟報說，鎮上的房子都被泥沙淹沒了，唯有自己家的房子沒有大的損壞。崔員外請工人修整房子，帶著一家老小回到原來的住所。同鄉的人能回到家的，十個裡面也就是一兩個而已，大部分都被洪水淹死或者失蹤了。崔員外問他前幾日救起的那個人，是否想回家。那人說：「小人是寶積坊劉屠戶的兒子，叫劉英。現在整個鎮子都被洪水沖垮了，我的父母也不知道是死還是活，家裡也沒留下什麼錢財。我情願做僕人跟隨您，來報您的救命之恩。」崔員外說：「你既然想留在我家，那就做我的養子吧。」劉英連連磕頭拜謝。

時光似箭，歲月如梭，轉眼間崔員外已回家半年。皇宮裡張娘娘[3]丟失了一塊玉印，仁宗皇帝[4]布告全國，誰能找到玉印就給他高官厚祿。一天夜裡，崔員外夢到一位神人。神人對他說：「國母張娘娘丟失了一塊玉印，目前這塊玉印在後宮的八角琉璃井中。上天看到你做了很多好事，派我特意告訴你的。讓你的親兒子去揭榜，可以換來高官厚祿。」第二天早晨，崔員外醒來將此夢告訴了妻子。忽然，家僕進來報告說登州府衙門口掛起一張布告，說京都國母張娘娘丟失一塊玉印，仁宗皇帝布告全國，誰能找到玉印就給他高官厚祿。崔員外驚喜萬分，想讓兒子崔慶前去京都把玉印的下落報告給朝廷換得高官。張氏說：「我們只有這麼一個兒子，怎麼能讓他遠離我們？富貴不富貴是命中注定的，老爺您就不要指望這個了。」劉英聽到後，說：「小兒一直想著報答您二老的恩情，只是沒有機會。現在既然神人有意相助，我願意代替弟弟前往京都。倘若換得一官半職，我便回來把官職讓給弟弟。」崔員外一聽很是高興，急忙給劉英準備銀兩讓他盡早啟程。

第二天，劉英啟程辭別養父母。不到一天時間劉英就到了京城，他逕直來到朝門外，揭了榜文❺。公差帶他見了王丞相。劉英把自己的姓名以及玉印的下落都說了出來。王丞相讓他住進館驛，在那裡等消息。次日，王丞相入朝稟告了此事。張娘娘才記起，中秋賞月時曾跟宮女們在八角琉璃井邊取水，不小心把玉印落入井中。隨後張娘娘讓宮裡太監下井去查看，玉印果然在下面。仁宗好奇，把劉英召到殿上，問他怎麼會知道玉印的下落。劉英把神人入夢相助之事告訴了仁宗。仁宗說：「想必是你家積有陰德❻。」仁宗念劉英有功，降旨封他為駙馬❼，

---

❸【娘娘】古代對皇后或妃子的稱謂，含有尊敬意味。

❹【仁宗皇帝】宋仁宗，北宋第四代皇帝。

❺【榜文】官府貼在牆上的告示。

❻【陰德】指暗中做有德於人的事。後指在人世間所做的在陰間可以記功的好事。

把偏后黃娘娘的第二個公主下嫁給他。劉英謝恩，不勝歡喜。過了幾天，朝廷修建了駙馬府給劉英居住。劉英一時富貴顯達、有權有勢，就把養父養母對他的恩情拋在了腦後。

自從劉英走後，崔員外日夜盼望他的消息，但兩個月過去了，依然杳無音訊。有個從京都回來的人，跟鄉里人說劉英已被招為駙馬。這件事傳到崔員外的耳朵裡，崔員外吩咐家僕小二跟隨兒子崔慶一起赴京。崔慶到了京都後，找了家客店住下，第二天就急著去駙馬府。途中崔慶向一個人詢問去駙馬府的路，那人說：「前面鳴鑼開道就是給駙馬讓路的，駙馬來了。」崔慶立在道邊等駙馬來到，就走向前去與劉英相認。劉英一見到崔慶，大聲喊道：「你是什麼人，敢衝撞我的馬？」便讓人把崔慶抓起來。崔慶驚訝地

正當他饑渴難耐時，一隻猿猴從樹上爬到窗子上，鑽進牢房，手裡拿著一塊熟羊肉，獻給崔慶。

問：「哥哥為什麼不認識我？」劉英大怒道：「我有什麼兄弟？」不等崔慶說話，就讓人把他拿進府中重打三十棍。崔慶被打得皮開肉綻押入獄中。

此時，僕人小二聽說主人被抓了起來，就來獄中看崔慶卻受到阻撓。崔慶在獄中把自己的冤情告訴獄卒，獄卒覺得他可憐就偷偷地幫助他。崔慶本是富家子弟頓頓離不開肉，獄中的伙食極差，崔慶根本吃不下。正當他饑渴難耐時，一隻猿猴從樹上爬到窗子上鑽進牢房，手裡拿著一塊熟羊肉獻給崔慶。崔慶突然記起，這隻猿猴很像發洪水時他父親救的那隻，崔慶接過羊肉吃了起來。猿猴離開數日後，又送來食物給崔慶吃。獄卒知道此事後，歎道：「動物都懂得知恩圖報，人反而不知道。」

又有一日，牆外有十幾隻烏鴉聚集在牢房上面哀鳴不已。崔慶想：這必是父親當時救起的烏鴉，便對烏鴉說：「你們如果可憐我，就請幫我寄封信給我父親。」那些烏鴉明白他的意思，飛到他跟前。崔慶向獄卒借紙筆寫了一封信，綁在一隻烏鴉的腿上，烏鴉帶著信很快飛到崔慶家裡。崔員外正在跟妻子張氏歎息兒子沒有音信之事，忽然看到一隻烏鴉飛過來立在自己身邊。崔員外很是驚奇，仔細一看發現烏鴉腿上繫著一封信，就把信解下來讀。信裡崔慶把他在京都的遭遇寫得一清二楚。崔員外看後大哭，張氏得知後也痛哭，說：「當初叫

❼【駙馬】古代帝王女婿的稱謂。

你不要收留他，現在倒好，他恩將仇報把兒子關入大牢，該怎麼辦呢？」崔員外說：「鳥獸尚且懂得仁義，人怎麼能如此負恩呢？我要親自去京城走一遭，看看到底是怎麼回事。」張氏說：「兒子現在還在受苦，你趕快去吧。」

次日，崔員外辭別妻子趕赴京城。幾日後到了京城，找了一家客店住下。第二天，天剛亮崔員外正要出去打探兒子的消息，忽然看到家僕小二穿著破爛的衣服在房簷下乞討。小二一看到崔員外，便跑過來抱著他痛哭。崔員外也很悲傷，細問小二事情的原委。小二將情況訴說了一遍，崔員外不怎麼相信，想要親自去駙馬府找劉英。小二怕老爺到了駙馬府遭毒手，抱住崔員外不放他去。忽然遠處有人報駙馬來了，眾人都迴避，崔員外站在廊下等劉英離近，叫道：「劉英我兒，現在你富貴了就忘記我了嗎？」劉英一看是養父，沒有搭理，只裝作沒聽見。崔員外哪裡肯甘休，一直跟著劉英直到駙馬府，劉英關上府門不讓崔員外進去。崔員外憤恨交加，喊道：「你不認我是你的養父也就算了，還把我兒子關進大牢裡受苦！」崔員外沒有辦法，只能到開封府[8]告狀。正好遇到包公回來，崔員外跪在包公的馬前。包公把帶他到府中，崔員外把情況一一向包公哀訴。包公聽完後，讓崔員外暫住開封府裡，把獄卒叫來，問：「獄中有一個叫崔慶的嗎？」獄卒回答說：「是有一個叫崔慶的，獄中的飲食不好，崔慶一身狼狽。」包公讓獄卒善待崔慶。

第二天，包公請劉駙馬到府中飲酒。劉英到開封府後被領到後堂，包公吩咐下人把府門關上，不許閒雜人等來回走動。喝到一半，酒就被喝光了，但下人一直沒有添酒。包公有點兒氣憤，說道：「為什麼還不添酒？」廚子回報說：「酒已經喝完了。」包公笑道：「既然酒已經喝完了，那就以水代酒吧。」讓下人提了一桶水來。包公命人倒了一大碗水給劉英，說：「駙馬您先喝一碗。」劉英覺得包公這樣是怠慢了他，怒道：「包大人太欺負人了！朝廷官員誰敢不敬我？哪有用水當酒喝的！」包公說：「眾官員尊敬駙馬，唯獨本官不敬。今年六月間駙馬能喝河水，難道這一碗水就不能喝了嗎？」劉英聽後，毛骨悚然。突然崔員外走進來，指著劉英罵道：「忘恩負義的小人，今天你負我，日後必負朝廷。請大人為我作主。」

包公讓人把劉英拿下並摘去冠帶，拖到臺階下重打四十棍。劉英知道自己做得不對，便吐出實情招供領罪。包公隨後把劉英關進獄中。第二天，包公把這件事情詳細奏給仁宗皇帝。仁宗召崔員外到殿前，詳細了解情況後稱讚崔員外：「你如此重情重義，親兒子應該受爵祿，朕明日就下旨。」崔員外感動萬分，謝恩回家。

第二天，仁宗皇帝下旨：劉英冒領功勞、忘恩負義、殘暴不仁，判處死罪；崔慶授武城縣尉，即日走馬赴任；崔員外平時好善，建立義坊[9]，宣揚他的德行。

---

❽【開封府】北宋時期，京都汴京的首府衙門。

❾【義坊】宣揚功德的牌坊。

第三回　智拿三屠戶

肇慶縣有一個村子叫寶石村，離縣城有三十里。村子裡有一個姓黃的老人家，祖上歷代務農，非常富有。老人膝下有二子，大兒子叫黃善，小兒子叫黃慈。黃善娶了城中陳許的女兒瓊娘為妻。瓊娘性格溫柔，自從嫁到黃家侍奉長輩盡心盡力，非常孝順。

瓊娘出嫁還不到一年，忽然有一天，陳家的小僕人進安來通知瓊娘說：「老爺外出回來後得了很重的病，他很想念你，想讓你回去照看他幾天。」瓊娘一聽父親身染重病，心裡很放不下，便對丈夫說：「我父親身染重病，我想回娘家一趟，你跟公婆說一聲。」黃善說：「眼下正是收割的時候，夥計們沒有時間送你回去，你等幾天再走也不遲。」瓊娘聽後很不高興，說：「我父親臥病在床，思念我。對他來說一天就像一年那麼長，我怎麼還能等幾天再走呢？」黃善執意阻止，不讓她回去。瓊娘見丈夫阻攔她，悶悶不樂。深夜，瓊娘久不能寐，想：「我父親沒有兄弟可依靠，萬一有個三長兩短我後悔都來不及。不如我瞞著丈夫偷偷回去。」

第二天早晨，黃善一大早督促夥計們去收稻子。瓊娘起床後梳妝打扮，吩咐進安從後門跟她一起出去。瓊娘在前面走，進安跟隨在後面。二人走了數里路來到了芝林。因為出門早，霧氣還沒散看不清前面的路，進安說：「太陽還沒出來，霧又這麼濃，不如先回村子裡等霧氣散去後再走。」瓊娘是個機警的女子，便說：「這個地方太偏僻了，被人看到不好，先在前面那個亭子裡等等吧。」進安覺得可以，便跟瓊娘向亭子走去。

這天有三位屠夫要去買豬，都是一大早出門，恰好在這裡遇到瓊娘二人。其中一個姓張的屠夫看到瓊娘穿戴很多金銀首飾，悄悄跟其他同伴商量說：「這個娘子肯定是入城探親的。她身邊只有這麼一個小僕人，我們不如搶了她的金銀首飾，比做幾天生意強多了。」一個姓劉的屠夫說：「這個好。我來對付那個小僕人，張兄去蒙住那娘子的眼睛嘴巴，吳兄去奪她的首飾。」

瓊娘看到三個屠夫來者不善，趕緊把首飾拔下，正想要藏進袖子裡卻被姓吳的屠夫一把搶去，瓊娘情急之下緊緊抱住吳屠夫不肯放手。姓張的屠夫怕這樣下去會被人發現，便抽出屠刀向瓊娘的左手砍去，瓊娘被砍傷後跌倒在地。三個屠夫把首飾搶完離開後，進安跑到瓊娘身邊，看到瓊娘滿身是血已昏迷過去，就急忙跑回黃家向黃善報告。黃善正與夥計們吃飯，聽到這個消息後十分驚訝，說：「唉，讓她當初不聽我的話，遭到這樣的毒手。」說完急忙讓三四個人抬著轎子來到芝林找到了瓊娘。這時瓊娘已有點兒清醒，黃善把她抱進轎子裡抬回家，請醫生治療她的刀傷。

之後黃善寫了一份狀子，把事情的經過詳細陳述其上，帶著進安到城裡向包大人告狀。包公看了狀子，發現狀子上面沒有寫賊人的姓名，便問進安：「你還記不記得賊人長什麼樣？」進安回答說：「長得跟一般人不一樣，像是一夥屠夫。」包公說：「我想那賊人沒走多遠，估計現在還沒入城。」於是吩咐黃善回家，讓他把瓊娘的那件血衫秘密地拿來。包公吩咐府上差役黃勝找來一位外地人，讓他穿著血衫在城裡到處喊叫說：「今天早上路過芝林，遇到三個屠戶被劫，其中一位因跟賊人爭鬥死在林中，另外兩個屠夫跑了。」等他們到了東巷口，叫喊聲被張鑾的妻子朱氏聽到。朱氏連忙出來問道：「我的丈夫今天一大早就去買豬了，只是我不知道他跟哪個同伴去的。」黃勝聽見後，就坐在對面的酒店裡等張鑾。

張鑾到了午後才回來，結果被黃勝一把抓住押到包公面前，還在張鑾身上搜出幾件金銀首飾。包公對張鑾說：「你快點兒報出同夥的姓名，我會對你從輕發落。」張鑾慌忙把吳、劉二屠夫的姓名報給包公。包公立即吩咐官差分頭捉拿此二人。不久，吳、劉兩人被抓到衙門裡。兩人開始還不知道官府為何抓他們，到了衙門一看張鑾跪在大廳裡才明白過來，一時啞口無言。官差從二人身上搜出幾件金銀首飾，吳、劉二人知道抵賴不過，只得從實招供。包公依法判了張鑾等三人的罪，並把首飾還給黃善。後來，瓊娘的傷被名醫治好，與丈夫黃善團圓。

第四回　賣僧鞋捉惡僧

開封府尹包大人有次到地方巡視，行至濟南府，司吏[1]將以前的案卷呈給包公審視。包公把一些罪名較輕的人釋放回去，讓他們回家安心生活。

正當包公審理案卷時，門前颳起一陣旋風，一時間塵土飛揚，堂下站立等候的官員都睜不開眼睛。風過後，包公的桌案上多了一片手掌般大小的樹葉。包公拿起樹葉看了良久，不知道這葉子是哪種樹上的，便拿給旁邊的人看，問：「這葉子是什麼樹上長的？」

有一個叫柳辛的官員走到包公跟前，說：「城裡沒有這種樹，也不知道這種樹叫什麼名字。不過離城二十五里有座白鶴寺，寺院內有兩棵樹的葉子跟這片一樣。這兩棵樹又高又大枝條茂盛，這片葉子應該是從白鶴寺吹來的。」包公說：「你當真沒認錯？」柳辛答道：「小人就居住在白鶴寺旁邊，每天都會看到這樣的樹葉，不會認錯。」

[1]【司吏】古代官衙中負責編寫文書的小吏。

包公知道白鶴寺一定有冤情，為了查明實情他假意去到白鶴寺上香。轎子到了白鶴寺，僧人們連忙出來迎接，把包公請到房裡喝茶。不一會兒，旋風又颳起來。包公讓柳辛出去查看。柳辛發現旋風從地下竄出大概有一丈[2]高，颳到大樹下就消失了。柳辛回覆包公後，包公說：「這裡必有緣故。」於是讓柳辛在旋風消失處向下挖。挖了一會兒，挖出一條破席，裡面竟然捲著一具女屍。死者看樣子十八九歲，身上沒有傷痕，只是嘴唇迸裂、兩眼微睜，十分恐怖。

包公思考到一更時，有點兒睏倦，便趴在桌子上，小睡一會兒。誰知竟夢到一位女子哭著向他跪拜，訴道……

包公令人撬開死者的口，發現口內有一根竹籤直接刺穿了死者的咽喉。包公召集寺中所有僧人問他們這是怎麼回事，眾僧人都惶恐地說不知道，包公只好回府。

黃昏時，包公坐在房間裡思索這樁命案：為何寺中有女屍？如果是寺外之人做的案，也應該把屍體埋在別處，不該埋在寺內。一定是寺內的不良僧人謀殺了這名女子無處掩藏，所以埋在樹下。包公思考到一更時有點兒睏倦，便趴在桌子上小睡一會兒。誰知竟夢到一位女子哭著向他跪拜，訴道：「小女是城外五里村人，名叫雲娘。父親姓索名隆，曾經是本府的獄卒。今年正月十五元宵節，我與家人入城看花燈，到了半夜小女與家人走散。回家過西橋時碰見一個小夥子，說是與我同村可以帶我回去，走到半路上，又遇到一個和尚。我借著月光看見他後就想轉回城裡，沒想到那個小夥子從袖中取出毒藥塞進我的口裡，我立刻就不能說話了。後來那二人把我拖入寺中。我知道他們想侮辱我，當時不知道該怎麼辦才好。這時我看到籬笆上有一根竹籤，便拔下竹籤插入自己喉中自殺而亡。後來那兩個賊人將我的首飾搶去，把我埋在樹下，求包大人為我申冤。」

包公正想詳細詢問，卻不自覺醒來，殘燭依然明亮。包公起身在房間裡徘徊，看見窗前有一隻僧靴，包公想這定是那女鬼留下的線索。包公思索一番，計上心來。

❷【丈】長度計量單位，一丈等於三．三三公尺。

第二天，包公叫來親信黃勝，吩咐說：「你扮成賣鞋匠，把這隻靴子混在其他靴子裡，挑到白鶴寺去叫賣。一旦發現有人來認領這隻靴子，你立刻向我報告。」黃勝依包公之計，來到寺中叫喊賣僧靴。正好僧人們閒在房中沒事，一聽到有人賣僧靴都跑出來看。有一個年輕的和尚，提起那隻新靴子，看了一會兒說：「這隻靴子是我前幾日做的，我把它放在房間中，你怎麼偷來的？」黃勝跟他爭辯不休。那和尚回去取出另一隻靴子來對，果然一樣。黃勝故意大鬧一場，那隻新靴子也被眾和尚搶了去。

黃勝急忙回去稟報包公，包公立即派人圍住白鶴寺，把所有的和尚都抓到獄中。升堂後，包公首先把認領新靴的那個和尚提出來審問。那和尚心驚膽戰，還沒用刑便把他與同夥逼殺索氏之事招了出來。包公將其口供整理成案卷，判和尚及其同夥死刑；其他僧人知情不報者發配充軍❸。

包公回京，向仁宗皇帝奏明此事。仁宗皇帝大加讚賞，並下旨為索氏修建墳墓來表彰她的烈女德行。

---

❸【充軍】古代一種刑法。強制罪犯到邊遠地區服兵役。

第五回　智捕趙王爺

在西京河南府，有一個家道富足的師家，離城五里。家中有弟兄兩個，哥哥叫官受，在家中打理家業；弟弟叫馬都，在揚州府當織造匠。哥哥師官受娶了一位漂亮的妻子叫劉都賽。劉都賽生下一個兒子，取名金保，已經五歲。

這一年正月元宵節，西京遍放花燈。劉娘子經婆婆同意後，打扮得十分俊俏跟梅香、張院公入城看花燈。他們遊到鰲山寺時，因為人多擁擠劉娘子跟其他二人走散了。正當劉娘子因找不到同伴而慌張時，忽然颳起一陣狂風將花燈全部吹落，看燈的人都各自散了，只有劉娘子因為不認識路站在原地不動。忽然傳來一聲喝道❶，數十個軍人簇擁著一位侯爺，這位侯爺便是仁宗的弟弟趙王。趙王見劉娘子容貌美麗，心中暗喜，問道：「你是誰家的女子，為什麼半夜站在這裡？」

❶【喝（ㄏㄜˋ）道】封建社會中，官員出行時差役喝令行人讓路，稱為「喝道」。

劉娘子騙他說：「小女是東京人，跟丈夫來這裡看花燈。剛才人群慌亂，我丈夫走丟了，小女在這裡等候他。」趙王說：「現在夜深了，今晚你可以到我府中，明天再來找你丈夫也不遲。」劉娘子無奈只好跟著趙王進入府中。女僕把劉娘子領到房中，趙王隨後也進去，笑著對劉娘子說：「我是皇親國戚，你如果做了我的妃子會有享不盡的榮華富貴。」劉娘子怕得低頭不敢出聲。她哪裡擋得住趙王強橫之勢只能順從。

張院公與梅香回去後見到師婆婆，告訴她說劉娘子因看燈走丟了，人不知去向。婆婆與師官受立即讓家人到城裡去尋找。師官受打聽到劉娘子在趙王府裡，但不知道是真是假，不敢貿然行事。

劉娘子在王府裡住了將近一個月，雖然享受富貴，但卻每天思念婆婆、丈夫和兒子。有一天，劉娘子的一套衣服被老鼠咬得都是洞，劉娘子看到後眉頭不展、面帶憂愁。趙王就問她：「娘子為什麼煩惱？」劉娘子把原因告訴趙王，趙王笑道：「這有什麼難的，我召西京會紡織的工匠來府中，再給你織造一件新的便是了。」

第二天，趙王張貼布告，召集會織此種衣服的匠人。恰巧師家會織這種衣服，師官受正想要去探聽妻子的消息，就立即辭別母親來見趙王。趙王對師官受說：「你既然會織，就在府中依照原樣織吧。」師官受領命，和其他四名匠人一起在東廊下織造衣服，並觀察府中是否有劉娘子。

劉娘子聽說趙王找到了能織造這種衣服的匠人，心想：在西京只有師家會織造這種衣服。丈夫的弟弟現在還在揚州，莫非我的丈夫到了府中？想到這裡，劉娘子立即來到東廊，果然發現丈夫正在那裡織衣服，於是兩人抱頭痛哭。旁邊的匠人不知道其中原因，個個驚訝不已。這時趙王酒醒，發現劉娘子不在房中，問過侍女才知道劉娘子去看匠人們織造衣服。趙王急忙來到東廊，看到劉娘子與一個匠人抱在一起。趙王大怒，命令刀斧手[2]把五個匠人押到法場處斬。趙王又怕師家告發自己，命五百劊子手將師家圍住，把裡面的男女老少都殺了，將其家財搬進府中，最後放了一把火把師家燒得乾乾淨淨。張院公因帶著小主人師金保上街買糕點而躲過一劫。當他們回來時，發現家人全都被殺，燒房子的火還沒滅，張院公問鄰居才知道是趙王所為。張院公怕趙王知道師家還有活口會再來追殺，就抱著五歲的小主人連夜去了揚州二官人[3]那裡。

趙王回到府中，暗自思忖：我殺了師家滿門，還有一個師馬都在揚州，如果他知道了這件事一定會去告御狀[4]。想到這裡，趙王馬上寫了一封信，讓公差送往東京孫文儀孫監官

---

❷【刀斧手】負責執行死刑的人。
❸【官人】古代對男子的敬稱。
❹【御狀】向帝王告的狀。

[5]府上。孫文儀讀完信後，為了奉承趙王立刻讓公差到揚州捉拿師馬都。

這天夜裡，師馬都夢到全家人滿身是血，驚醒後就請了一位算卦先生來卜卦[6]。占卜結果是：大凶，全家有難。師馬都非常擔心家人，於是就雇了一匹馬離開揚州逕直向西京奔去。他到了一個叫馬陵莊的地方，遇到張院公抱著小主人。張院公看到二官人後，哭著把師家遇難之事告訴了師馬都。師馬都經受不住這樣的打擊昏倒在地，過了一段時間才甦醒過來，決定前往開封府包大人那裡去告狀。

他們到了京城後，師馬都吩咐張院公在茶館裡照顧師金保，自己一個人前往開封府告狀。路上恰巧碰到孫文儀喝道而過，孫文儀的一個公差認出了師馬都並告訴了孫文儀。孫文儀立刻讓人把師馬都抓進府中，不由分說派下人將他打死。孫文儀從師馬都身上搜出告發趙王的狀子，心想：今天要不是我偶遇師馬都，險些誤了趙王的大事。孫文儀怕此事被包大人發現，就吩咐四名公差將屍體放在籃子裡，上面蓋上黃菜葉拋進河裡。

包公騎馬來到西門坊，坐騎卻停足不前。包公對身邊的公差說：「這匹馬停步不走有三個原因：御駕上街不走；皇后、太子上街不走；有屈死冤魂不走。」於是他讓張龍、趙虎去茶坊、酒店等地方打探一遭。二人打探完，回來報：「有四名差役抬著一籃子黃菜葉，在小巷子裡躲避。」包公讓人把那四人抓來，問他們為何抬一籃子黃菜葉。四人回答說：「剛才孫老爺見我們把黃菜葉堆在街上很不高興，打了我們每人十大板，命我們把黃菜葉抬到河裡丟了。」包公對他們的解釋有點兒疑惑，於是說：「我夫人生病了想吃黃菜葉，你們抬到我府中來。」四人很害怕但也沒辦法，只能把籃子抬進包公府中。包公賞了四位差役，並說：「不許讓外人知道，免得別人取笑我買黃菜葉給夫人吃。」四人走後，包公揭開黃菜葉一看，裡面竟有一具死屍，心想這個人必是被什麼人害死的，於是吩咐獄卒暫時把屍體放在西牢。

在茶館的張院公見師馬都遲遲不回，索性就抱著師金保到了開封府。看見開封府門口有鳴冤鼓❼，便上去連擊三下。公差把他帶進堂中，包公問他：「你有什麼事要訴訟？」張院公把師家被殺之事從頭到尾說了一遍。包公聽完後，又問：「這五歲的孩子怎麼脫險的？」張院公回答說：「小主人那時因思念母親哭個不停，我領他上街買糕點吃，才僥倖逃過一劫。」包公又問：「師馬都在哪裡？」張院公說：「他一大早就來府上告狀，至今也沒消息。」包公明白了其中的原因，帶著張院公去西牢查看屍體。張院公一看死者竟是二官人師馬都，放聲大哭。包公沉默良久，然後騎馬來到城隍❽廟，對著神像說道：「限今夜三更讓

❺【監官】古代官名，代表皇帝監察各級官吏的官員的通稱。

❻【卜卦】占卜問卦，推測未來的一種迷信手法。

❼【鳴冤鼓】古代衙門口放置的設施，供百姓鳴冤報官用。

❽【城隍】有的地方又稱城隍爺。是漢族民間和道教信奉的城池守護神。

師馬都還魂。」說完就回去了。也許是師馬都命不該絕，到了三更果然活了過來。第二天，獄卒稟報包公說師馬都死而復生。包公立即把師馬都召到廳前問明情況。師馬都哭著把孫文儀打死自己的事情陳述了一遍。包公讓他暫時在府裡住下。

包公為了把趙王騙到東京來想了一個計策。包公裝病臥床，好幾天沒出家門。仁宗皇帝知道後，派御醫前來給包公醫病。包公的夫人對御醫說：「大人現在病得昏昏沉沉的，怕遇到生人的氣息，還是不見為好。」御醫說：「可以把金針插在大人的脈搏上，我在外面懸絲把脈，就可以診斷大人的病情。」夫人故意將針插在屏風上，御醫診脈發

包公沉默良久，然後騎馬來到城隍廟，對著神像說道：「限今夜三更，讓師馬都還魂。」

現脈搏不動，以為包公已經死了，急忙入宮向皇帝報告。包公等御醫走後，跟夫人說：「我現在假裝死了，等聖上問你我臨終有什麼遺言，你就說西京趙王為官清正，推薦他為開封府尹。」

第二天，夫人帶著開封府尹官印入朝，哭著向仁宗皇帝稟奏包公的遺言，文武百官都為包公的離世歎息不已。仁宗說：「既然包大人臨死時推薦御弟任開封府尹一職，就讓使臣前去通知趙王吧。」使臣來到趙王府中向趙王宣讀聖旨，趙王聽了很是高興，立刻吩咐僕人們收拾行囊坐船赴京。幾天後，趙王到了東京，入朝面見仁宗皇帝。仁宗對他說：「包拯臨死時推薦你，說你為官清正。現在朕就依照他的遺言，封你為開封府尹。」

次日，趙王帶著一隊人馬前去開封府上任，孫文儀也跟隨其後。到了南街，百姓們都懼怕趙王，紛紛跑回家關起大門。趙王坐在馬上怒道：「這群百姓好沒道理。跟隨我來的差役們在路上走得太久了欠缺盤纏❾，這裡的每家每戶都要交出一匹綾錦。」說完，令隨從們把附近的各家各戶搶劫一空。

趙王到了開封府，見堂上還掛著辦喪事用的白幡，讓隨從去打探何故。隨從回來稟報說：「包大人的棺木還未出殯。」趙王怒氣沖天地說道：「今天我選擇吉日上任，為什麼還沒出

❾【盤纏】即今日所說的路費。

殯？」張龍、趙虎把趙王已到府上的消息報告給包公。包公吩咐二人準備好刑具，並讓夫人出去跟趙王說半個月後才會出殯。趙王聽了，大罵包夫人不識好歹。趙王話音未落，包公從旁邊出來大聲說道：「你還認得包呆子否？」趙王嚇得怔住了，一句話也說不出來。張龍、趙虎隨即把府門關上拿下了趙王與孫文儀，將趙王關入西牢，孫文儀關入東牢。

第二天包公升堂，大堂兩邊站著二十四名大漢，趙王、孫文儀兩個跪在堂下聽審。包公將狀子念給趙王聽，並把師馬都叫出來作證。趙王開始不肯認罪，包公便用極刑拷問。趙王經受不住嚴刑，只得招出自己強行佔有了劉都賽並殺了師氏全家。孫文儀也難以隱瞞其罪行一一招供。包公把案情整理成文案，判趙王、孫文儀死刑，並親自領著劊子手去法場將二人處斬。次日，包公上朝把案情稟告給仁宗皇帝。仁宗聽後，說：「朕聽說你去世的消息，好幾日都傷心難過，現在才知道原來你是為此事詐死。趙王及孫文儀罪該當死，朕對你的判決沒什麼異議。」

包公從宮中回府後，讓師馬都回家辦理喪事，劉都賽也回到師家守孝服喪。趙王的家眷[10]被降為庶民。趙府的金銀器物等財產，一半充入國庫，一半賞給了張院公，以表彰其勇於為主人申冤。

---

❿【家眷】指家屬，妻子兒女。

第六回　殺假僧得真情

東京城外三十里有一個姓董的長者，住在東京驛站旁邊。董翁在驛站邊建造了幾間客店，接待四方來往的商客。每天收益很多，不久就累財萬貫成了一個富翁。董翁生有一子叫董順，董順長大成人後，娶了一位漂亮的妻子楊氏。楊氏不但頗有姿色，而且對公婆也很孝順，只是做事有點兒輕浮對感情不專一。

董順常常外出做生意，一兩個月才回來一次。城東十里外有個擺渡船的，名叫孫寬。孫寬每天來董家店裡與楊氏談笑，天長日久彼此有了好感，後來兩人有了私情。

有次，孫寬趁董順外出經商，對楊氏說：「我與娘子在一起不是一日兩日了，雖然彼此相愛，卻不能像其他人一樣光明正大地享受夫妻間的歡娛，娘子不如收拾所有的金銀物件隨我遠走高飛，結成永久夫妻。」楊氏聽了孫寬的話，答應了他。兩人決定在十一月二十日晚上一起遠走他鄉。到了這一天，黃昏時，有一個自稱是從洛州翠玉峰大悲寺來的和尚，帶著一個小伴童來到此地化緣，晚上投宿在董翁店裡。董翁是個樂善好施的人，他給和尚開了店

房，鋪好床席，並送來飯菜款待一番。董翁夫婦與和尚吃完飯後，各自回房閉門睡了。

此時楊氏已經收拾完所有財物，坐在房間裡等著孫寬來接她。大概到了二更時分，孫寬叩門來接楊氏。兩人出門發現天空下著雨，路滑難行。楊氏怕吃苦，於是低聲對孫寬說：「路太滑了，根本走不了，我們約其他時間再走吧。」孫寬聽完，心想：這樣拖下去怕是會洩露此事。又看到楊氏帶了很多錢財遂生歹心，拔刀將楊氏殺死。孫寬把楊氏的金銀財寶搶去，把屍體扔到古井之中，連夜逃跑了。半夜，和尚起來去廁所，不幸掉進古井中。古井有數丈深，和尚根本上不來。

直等到天明，和尚的小伴童發現和尚不見了，找了半天也沒找到，就喊醒店主董翁。董翁起床後也跟著找和尚，直到吃飯的時候，不但和尚找不到，董翁發現兒媳楊氏也不知道去了哪裡。董翁來到楊氏房裡發現屋裡空蕩蕩的，錢財絹帛一無所留。董翁心想：楊氏定是跟和尚跑了。於是在山上山下都找了一遍也沒有發現兩人的蹤跡，直到他來到古井旁，發現附近雜亂的蘆草叢上染有血跡，又聽到古井中有人叫喊。董翁立刻喊來鄰居王三，讓他用梯子和繩索下到井底。王三看到和尚在井底連連叫屈，而楊氏死在井底，於是綑綁和尚並把他從井底吊上來。眾人不由分說對和尚一通拳打腳踢，然後把和尚送到縣衙，告他謀財害命。和尚一再解釋，但知縣採用嚴刑逼和尚招供。最後和尚忍受不住嚴刑拷打，只得違心招認。

後來和尚被送到開封府，包公問和尚作案緣由。那和尚長歎道：「我前生一定負了這個女人的債，要今生來還。」和尚把實情向包公說了一遍。包公心想：他是洛州的和尚，與董家相距七百多里，怎麼可能在這麼短的時間內跟楊氏相約私奔呢？必有冤情。包公將和尚暫時囚禁在牢中，派人查訪此事，但案情一直沒進展。

有一天，包公突然想到一個計策。他叫來獄司❶，吩咐他將一個死囚剃了頭髮裝扮成僧人，押赴刑場處決。包公又吩咐幾名公差出城打聽，看看有沒有人議論此事。這幾名公差行至城外三十里，走進一家茶水店喝茶水。一個婆娘看到公差便湊過來跟他們聊天，問道：「前幾天董翁家楊氏被殺，現在官府結案了嗎？」公差們說：「有個和尚已經償命了。」那婆娘聽了，連連為和尚叫屈，說：「真可惜了這和尚，枉送了性命。」公差們問她原因，婆娘說：「在十里外，有個擺渡的船家，叫孫寬。他經常去董家跟楊氏私通。聽說孫寬為了謀取楊氏的財富，用刀子殺了楊氏。這命案跟那僧人有什麼關係？」公差們聽後，立即回來向包公稟報。

包公讓差役將孫寬緝拿歸案鎖進大牢，孫寬認為官府沒有證據，抵賴死不招供。包公笑著對他說：「一個人被殺，只需一條命來償。現在既然和尚已經為那楊氏償了命，就不需要別人再償命了，只是董翁丟失了四百餘兩的金銀物品還需找回。我聽說你撿到了，如果你還

---

❶【獄司】管理監獄的官員。

給董翁，我就放你回去。」孫寬聽後非常歡喜，說：「那一包袱金銀是董家以前寄存在我那裡的，目前還在我的櫃子裡。」

於是包公讓人押著孫寬到他家把金銀取來，並叫董翁前來辨認。董翁認得裡面的金銀器皿和一條錦被，說：「果然是我們家的東西。」包公再問董翁以前是否將這些金銀物件寄存在孫寬家，董翁說從未有過。包公叫來王婆作證，再次審問孫寬。

包公審問孫寬說：「楊氏的丈夫在外經商。你貪戀女色與楊氏通姦，又覬覦❷她的財富將其殺死。現在董翁說那些財富是他家的，也未曾在你家寄存過，你還有什麼可說的嗎？」孫寬見自己的罪行再也難以遮掩只得招認。孫寬隨後被押至法場問斬，和尚被無罪釋放。

---

❷【覬覦（ㄐㄧˋ ㄩˊ）】希望得到不應該得到的東西。

第七回　呂月娥丟銀告親夫

山東唐州有一女子叫房瑞鸞，十六歲時嫁給一個叫周大受的窮人，後來生了一個兒子，名叫周可立。無奈世事難料、造化弄人，沒多久周大受就因得重病撒手人寰，留下了年僅二十二歲的妻子和剛滿周歲的兒子。

房瑞鸞獨自一個人含辛茹苦撫養兒子，直到兒子成人。周可立十八歲時，能挑水會做飯，還會下地耕種。周可立侍奉母親極為孝順，鄉里人無不稱讚。兒子已長大成人，房氏便想要給他娶個媳婦，可是家裡實在太窮，沒有錢用來做聘禮。周可立雖然做傭工能賺些錢，但也只是勉強養活母親。房氏心想：像這樣下去，我雖能為丈夫終身守節，但兒子卻不能娶妻生子，不能為丈夫延續香火❶反而是大不孝。於是房氏在丈夫的靈位前焚香，拿著占卜的

❶【香火】原指祭祀用的線香與蠟燭，後多引申爲祭祀祖先之人，即指子孫、後裔、繼承人。此處就是後代的意思。

筶❷祈禱說：「我守節十幾年，誠心天地可鑒，從未想過改嫁。現在您若是要我終身守節，便賜我兩個陽面；如果您允許我改嫁換來錢財為兒子娶妻，便賜我兩個陰面。」房氏祈禱完扔下卜筶，結果是兩個陰面。房氏又對著丈夫靈位祈禱說：「卜筶扔下去不是陰面就是陽面，我也不敢全信。如果您真的有靈允許我改嫁，使周家香火延續下去，就請再賜我兩個陰面。」房氏扔下卜筶又得到兩個陰面，於是房氏開始託人為自己說媒準備改嫁。周可立知道後，哭著阻止母親說：「母親要是改嫁，應該趁年輕時嫁出去，不該到現在。現在您這麼大年紀了，若是改嫁，十幾年為夫守節不就沒什麼意義了嗎？一定是我這個做兒子的不孝順，待母親有不周之處，希望母親責罰我，我一定改過。」房氏說：「我心意已決，一定要改嫁，你阻止不了我。」

鄰村有一個富人叫衛思賢，年紀五十歲，妻子已經去世。衛思賢很敬佩房氏，聽說她要改嫁，便託媒人來到周家說合，並送禮銀三十兩。房氏拿著禮銀對兒子說：「你把這些銀子鎖到匣子裡讓我帶走，鑰匙你拿著。我六十日後來看你。」周可立說：「做兒子的不能給母親置辦衣服嫁妝，怎麼還能要母親的錢呢？母親您把鑰匙也帶走吧。」母子二人相擁而泣。

房氏到衛家兩個月後，對衛思賢說：「我本來不想改嫁，怎奈家貧如洗，為了讓兒子用禮銀娶妻生子才改嫁。現在我回去將這銀子交給兒子，讓他娶了媳婦，然後我再回來。」衛思賢說：「你既然有這個想法，那我推薦一個女孩。前村有個佃戶❸叫呂進祿，他是個老實人，生有一女叫月娥。這個女孩端莊而不輕浮是有福之相，今年才十八歲，跟你兒子同齡。我過些時日託媒人為你兒子去說說。」

房氏回到兒子家，對周可立說：「以前怕你把銀子浪費掉，所以我才帶走。現在我聽說呂進祿的女兒和你同齡跟你也般配，你拿這些銀子去娶她吧。」周可立依照母親的想法，拿銀子娶了呂月娥進門。房氏見到呂月娥很是喜歡，果真跟衛思賢說的一樣是個端莊的好兒媳。房氏把兒子的婚事辦完後就回衛家了。

周可立很喜歡月娥，每次看見月娥都是笑臉相迎，兩人關係也很融洽。但周可立每天晚上都穿著衣服睡覺，從來沒有跟月娥行過夫妻之事。這種情況持續了將近一年。月娥不得已問周可立：「我看你待我很好，我們倆也算是恩愛。從去年四月結婚到現在快滿一年了，而你從來沒有跟我有過夫妻之事。這是何故？」周可立忙解釋說：「母親改嫁，換得三十兩銀子我才娶了你。我不忍心用母親的錢娶妻享受枕邊之樂。我一定要攢夠三十兩銀子給母親才行。」呂月娥聽後很是生氣，說：「你我都是白手起家，勞動所得只能解決溫飽，到什麼時候才能攢下那麼多銀子？」周可立說：「一輩子攢不夠，就一輩子這樣。你若怕耽誤青春，

---

❷【筶（ㄍㄠˋ）】一種占卜器具，形狀像牛角。

❸【佃户】指租用地主土地的農民。

那你改嫁他處吧。」呂月娥沒辦法，只能說：「若夫妻間不和而分道揚鑣，這是不得已的事；若是因為得不到情欲的滿足而分開，那是畜生的行為。我現在回娘家跟你一起攢錢，攢夠了就將銀子還與母親，你再來娶我。你若是養著我，就更難攢錢了。」周可立覺得這樣也好，便送呂月娥回了娘家。

到了這年的冬天，呂進祿想把女兒送回周家，呂月娥再三推託不去，呂進祿很不高興。月娥將實情告訴她母親，母親又告訴了呂進祿，呂進祿不相信這是真的。後來呂進祿把這件事跟哥哥呂進壽說了，呂進壽說：「這是真的。前幾天我到侄婿左鄰王文家取銀子，順便問周可立為人如何。王文對我說：『那是個孝子，因為沒能償還母親的銀兩而不願跟妻子同床。』」

呂進祿聽後，歎息說：「我家若是富有，也會拿出幾兩銀子來幫助他，可我現在僅能自給自足。女兒又不肯改嫁，她一直待在家裡也不是辦法。」

呂進壽說：「侄女是個賢淑的人，侄婿又是個孝子，上天不會長久難為他們。為此事，我已經湊足二十兩，又將田地以十兩典當出去，一共是三十兩。你讓侄女把這些錢拿回周家。等周可立有了錢再還我；若是還不了，就當我送給他了。有了錢不用在此處，不就成了守財奴了嗎，錢留著有什麼用？」

呂月娥得到伯父的幫助不勝歡喜，拜謝完伯父後，在弟弟的陪護下回到周家。呂月娥回到房中，將銀子放在櫃子裡，然後到廚房做飯去了。誰料右鄰焦黑從壁縫中看到了剛才的一切，趁呂月娥在廚房做飯，溜進周家房中把銀子偷走了。呂月娥在廚房，聽到房內門響，還以為是丈夫回來了也沒出來看。

周可立回來後，走進廚房看到妻子，二人都滿臉笑容。吃完飯後，呂月娥來到房中發現銀子不見了，就問丈夫說：「你把銀子拿到哪裡去了？」周可立感到莫名其妙，說：「什麼銀子？」呂月娥說：「你別瞞我了，伯父借給我三十兩銀子，讓我交給你來還婆婆。我用青綢帕包著銀子放在櫥子裡。剛才我還聽到你進房開門的聲音呢。你把銀子拿走，故意讓我生氣。」周可立說道：「我回來後只去了廚房並未進臥房。你伯父也不是富貴之人，能有三十兩銀子借給你？你把這事賴在我身上是想回到周家，我決定跟你分開，絕不落入你的圈套。」呂月娥也非常生氣地說：「你在外面是不是有女人，才不肯讓我回來？把我的銀子拿去，又要跟我分開，我去哪裡湊銀子來還我伯父？」周可立任憑呂月娥說，卻始終不信她。

呂月娥沒想到竟遇到這樣的變故，心裡十分惱怒要上吊自殺，誰知繩子自己斷了。呂月娥摔倒在地上，被鄰居發現把她救了。呂月娥一氣之下把周可立告到包公那裡。包公看完狀紙後，立即派人查找銀子下落，但一直沒有找到。

包公每天對天地祝告，希望還周可立清白。有一天，天雷劈死一人。眾人圍上去一看，被劈死的那人是焦黑。衣服都被燒完了渾身成了炭，只有褲頭上的青綢帕沒被燒到。膽大的人將青綢帕解下，打開一看裡面竟包著三十兩銀子。大家都說：「周可立夫婦正在爭的銀子不就是三十兩嗎？莫非這銀子是他們的？」便把銀子給呂月娥看。呂月娥看後，說：「這正是我家丟失的銀子。」大家這才明白，原來是焦黑因偷了銀子才遭到雷劈而死。大家都認為是上天顯靈幫助周氏夫婦，無不讚歎周可立的孝心、呂月娥的情義、呂進壽的仗義。

呂進祿、進壽、衛思賢、房氏等人知道後都跑來看。衛思賢很是佩服周可立的孝心，對房氏說：「呂進壽所有的家產也就是值一百兩銀子，能夠分三十兩贈送給侄女以成全她的丈夫盡孝道；我有萬兩銀子的家產，只有兩個親生兒子，就算捐三百兩銀子給周可立也不算多。」於是，衛思賢立即寫了一份契約，分三百兩銀子的產業給周可立。周可立堅決不接受，說道：「只要母親回來讓我贍養就足夠了。」衛思賢說：「這個要看你母親怎麼想的。」房氏回答說道：「我也有想終身陪伴兒子的想法，哪怕到了臨死也要回到周家。只是我現在已經懷孕三個月了，難以抉擇。」

衛思賢說：「不管生兒生女，你就代我撫養吧，等長大後還給我。我讓過世的妻子做他的母親。這樣周可立有母親，你丈夫也有妻子；若是強制你回到我家，那你的兒子就沒有母親，你的前夫也就沒了妻子。那我就是奪走了別人兩個最親的人。我本想給你兒子三百銀子的產業，但他沒有接受。我現在交給你，作為報答你對我兩年的情義。」

包公知道此事後，送衛思賢一個牌匾來表揚他的所作所為。房氏在第二年生了一個兒子，取名衛恕，養到十歲時還給了衛家。後來衛恕參加科舉中了舉人。

第八回　夫婦爭罪

潞州城南有一個叫韓定的人，家裡很富有。他和一個叫許二的人從小一起長大。許二家裡很窮。他跟弟弟許三在河邊給鹽商們當用人，在河口找一些臨時性的工作，賺的錢只夠勉強度日。

一天，許二跟弟弟商量說：「我們兄弟倆都很會做生意只是缺錢。如果一直這樣下去，怎麼能夠發達？」

許三聽後說：「我很早就想跟你說這件事。我聽說你與韓定交情很好。韓家這麼富有，我們為什麼不向他借些錢？等賺了錢，連本帶利一起還他。」

許二說：「你說的是，只怕他不肯借。」

許三說：「如果他不肯，我們再想辦法。」

許二聽從了許三的話，第二天來到韓定家。韓定很高興見到許二，說道：「很久沒見到老兄了，請到裡面坐吧。」韓定把許二引到後廳，吩咐家人備些酒菜。酒喝到一半時，許二說道：「很早就想跟賢弟商量一件事，只是擔心賢弟不肯出手幫助，所以一直沒有開口。」

韓定說：「你我從小就認識，還有什麼話不能說呢？」

許二說：「那我就直說吧。我打算到外地販些貨物，但缺點兒本錢。今天我來找你，是想跟賢弟借些銀子，等賺了錢連本帶利一起還給你。」

韓定聽後，問：「老兄您是自己去，還是跟別人一起去？」許二沒有隱瞞，告訴韓定自己是和弟弟一起去。韓定本來想答應，後來一聽說許二跟弟弟一起去就推託說：「眼下要交官糧❶，沒有多餘的錢，還望老兄諒解。」許二知道韓定是在推託，便藉口說酒喝多了，辭別韓定回家去了。

許三看到許二沮喪地回到家，問道：「哥哥去韓定家借錢，想必是借到了，為什麼還這麼愁眉苦臉的？」許二把借錢的情況講給許三。許三聽後說：「韓定也太欺負人了，難道我們兄弟沒有他的錢就成不了事？」

韓定有一個養子叫韓順，聰明伶俐，很討韓定喜歡。這年的清明，韓順跟朋友在郊外踏青，在一家酒店喝了些酒。到了晚上，韓順的朋友都回去了，唯有韓順因多喝了幾杯酒，趴在興田驛半嶺亭裡睡著了。許家兄弟二人恰巧經過亭子，認出在亭子裡睡的人是韓定的養子。許三想到韓定不肯借錢，一時怒從心起，對哥哥說：「不要怪我狠毒，要怪就怪韓定無禮。現在趁四下無人把他養子殺了，一解心頭之恨。」

許二說：「弟弟想怎麼做就怎麼做吧，只是要謹慎別被人發現。」許三拿來一把利斧，朝韓順的頭劈去，把韓順砍死了。

當地山下有一個村子，村子裡有一個叫張一的木匠。他家房子後面就是興田驛。張木匠因要去城中幹活早早地出門，當時正是五更，天還是矇矇亮。張木匠正走著，卻被地上一個東西絆倒，低頭仔細一看竟是一個死人，滿身是血。張木匠

❶【官糧】古代繳納給官府的稅糧。

張木匠正走著，卻被地上一個東西絆倒，低頭仔細一看，竟是一個死人，滿身是血。

驚叫道：「今早出門不吉利，等到明天再去吧。」轉身回家去了。

到了午後，韓順遲遲沒有回家，韓定又聽說興田驛死了人便來亭子邊查看，韓定一看正是自己的養子韓順便痛哭起來。韓定召集鄉鄰查驗屍體，從傷口來看韓順是被斧頭所殺。大家沿著血跡，一直找到張木匠家中，街坊鄰居認為張木匠夫婦殺了韓順，韓定也認為是這樣，便把張木匠夫婦告到衙門。張木匠夫婦有口難辯、仰天叫屈，哪裡肯招認。司官便對張木匠夫婦嚴刑拷打，二人不堪忍受便爭相承認說是自己殺了人。司官見這夫婦二人爭相認罪也有點兒疑惑，便把他們暫且押在牢裡，將近一年也沒有結案。

這時，包大人路過潞州，潞州所有官員出城迎接。包公來到潞州府衙後，問本地有沒有可疑的案子。司官稟報說：「有個叫韓定的人告發張木匠謀殺他的兒子，但張木匠夫婦爭相認罪，事情有點兒蹊蹺。兩人關在牢裡，至今有一年了還沒結案。」包公聽後，說：「不論情節輕重，案件一年不破，百姓怎麼能承受得了？如果全國的案件都像你這樁一樣，一查就是一年，那天下能查出幾個罪犯？」司官聽後很是慚愧。

第二天，包公帶著兩個公差來到獄中，讓張木匠把情況詳細說一遍。聽完後，包公心想：韓順是被斧頭砍殺的，血跡又一路引到張木匠家。證據這麼明顯，這夫婦為什麼還不承認？裡面必有緣故。於是把張木匠夫婦提出來審問。一連審問了好幾次，張木匠的供詞一直沒變。

有一次，包公又來獄中審問張木匠夫婦。正疑惑間，忽然看見一個小孩給獄卒送飯，並跟獄卒竊竊私語，獄卒點頭回應他。包公便問那獄卒：「剛才那個小孩對你說了什麼話？」獄卒不敢直視包公，說道：「那小孩告訴我，我家有親戚來了，叫我今晚早點兒回去。」包公知道獄卒在撒謊，便把小孩帶到後堂，吩咐差役拿出四十文錢給小孩讓他買果子吃。包公問他：「剛才你跟獄卒說了什麼話？」這孩子乳臭未乾、心直口快，直接說道：「今天中午，我在東街茶館裡遇到兩個人，他們給了我五十文錢叫我買果子吃。然後讓我到獄中打探包丞相有沒有審問張木匠，還要打探這夫婦倆哪個認了罪。就是這些，沒有其他的。」包公聽後立即吩咐張龍、趙虎說：「你們同這孩子前去東街茶館捉拿那二人。」

張、趙二人跟這孩童來到東街茶館。正好看到許家兄弟在那裡等著孩童回來報告消息，張、趙二公差立即將許家兄弟捉住，押回衙門見包公。包公大聲審問許家兄弟，說：「你們殺了人，為什麼要讓別人償命？」許家兄弟開始抵賴不承認，包公便讓那小孩再將前言說一遍。許家兄弟知道隱瞞不下去，只得供出謀殺韓順的情由。韓定被包公叫到公堂上，聽說了許家兄弟的供詞後，才明白原來是因為當初沒借銀子給許二才導致兒子被謀殺。包公審決完後，許家兄弟被斬首，張木匠夫婦被釋放回家。

第九回　烏龜為恩人雪冤

浙西有一個人叫葛洪，家裡很富貴，平時做了很多善事。

一天，一個田翁提著一籃子烏龜到葛洪家賣。葛洪問田翁：「這些烏龜是從哪裡抓來的？」田翁回答說：「今天我經過龍王廟時，看到這些龜在廟前的洞裡飲水，我便抓來送給官人您。」葛洪很高興，說：「難得你專門送來給我。」便拿出些錢把田翁打發走了。葛洪讓僕人將烏龜拿到廚房裡養著，準備招待明天來的客人。夜裡，葛洪提燈來到廚房，聽到好似很多人喧鬧的聲音。葛洪很奇怪：「家裡人都在外面休息，怎麼會有喧鬧之聲？」到水缸邊一聽，才知道聲音是從缸中傳出來的。葛洪揭開水缸一看，竟是這一群烏龜在裡面喧鬧。葛洪不忍心烹煮，第二天早晨讓僕人把這些龜拿到龍王廟水潭放生了。

過了不到兩個月，葛洪的好友陶興來到葛家喝酒。陶興為人奸詐狠毒，很會奉承葛洪，所以葛洪沒有疏遠他。當兩人喝到一半的時候，葛洪對陶興說：「我繼承了祖上的產業有些錢財，打算販些貨物到西京去賣。只是擔心這一路的險阻，我想讓賢弟您陪我去，如何？」

陶興笑著說：「別說讓小弟陪同您去西京了，就是上刀山下火海我也萬死不辭。」葛洪聽了很高興，說：「如此甚好。但是從此地去盧家渡要先走七天的旱路才能坐船。你先在盧家渡等我，我把貨物準備好後就去找你。」於是兩人各自準備啟程。

葛洪的妻子知道這件事後，極力阻止但為時已晚，因為葛洪的貨物已經先發走了。葛洪出發時，其妻子孫氏以孩子年幼為由勸阻葛洪不要出門。葛洪對妻子說：「我已經決定。這次出門多則一年、少則半載就會回來。你看好門戶、照顧孩子，其他的事就不用管了。」說完便啟程了。

陶興在盧家渡等了七天才見到葛洪。所有的貨物裝到船上後，陶興對葛洪說：「現在天色已晚，我請兄長到前面的村子裡飲幾杯酒，然後回到渡口休息，明日我們再開船啟程。」兩人來到前村黃家店裡飲酒，葛洪被陶興連勸幾杯後不知不覺醉了。等到快黑的時候，陶興扶起葛洪來到一個叫新興驛站的地方，發現一口深不見底的枯井。陶興見四處無人，趁著葛洪酒醉沒有防備一把將他推進井裡。

陶興謀害了葛洪後回到船上，第二天一大早開船前往西京。到西京後，貨物的價格漲了兩倍，陶興把貨物賣了。回到家，他把錢分成兩半，一半留給自己，另一半給了葛洪的妻子孫氏。孫氏見陶興獨自一人回來，便問：「叔叔❶，你兄長怎麼沒跟你一起回來？」陶興騙孫氏說道：「葛兄喜歡遊玩。我們在一家店裡飲酒，聽別人說當地有一處勝景，葛兄便讓我陪他一起去遊玩。等到了汴河，葛兄遇到一位熟人，他又想跟那人去登臨某個寺院。我實在不耐煩了，就帶著銀兩回來。銀子請嫂子收好，葛兄他過幾日就回來了。」孫氏聽了陶興的話也沒多想就信了，並置備酒菜招待了陶興。

兩天後，陶興為了掩蓋他的罪行，讓人偷偷地從死人坑裡撿來一具屍體，把葛洪的錦囊繫在屍體的腰間丟在汴河口。然後陶興跑去跟孫氏說：「昨天我聽說汴河口溺死一個人，屍體沖到河岸上。好幾天都沒有葛兄的消息，難道死的人是他？」孫氏聽後，忙讓家童去查看。家童看後回來稟報孫氏說：「屍體的面部已經腐爛了，辨不出是何人。屍體腰間繫著一隻錦囊，我把它拿來給夫人看。」孫氏一看到錦囊，立刻哭泣著說：「這錦囊是我母親做的，老爺一直帶在身上。看來死者的確是我丈夫。」全家人聽後，都哀痛不已。隨後孫氏讓人把屍體裝入棺木中抬回家，為丈夫辦理喪事。陶興等葛家辦完喪事後，過來撫慰孫氏說：「人死不能復生，還望嫂子以安心撫養侄兒為重。」孫氏覺得陶興說的有道理，對丈夫的死因也沒再多想。

大概一年後，陶興利用謀得的錢財買田置地，認為謀害葛洪一事做得天衣無縫，沒人知道。一天包公因體察民情經過浙西暫歇在新興驛站。包公坐在廳中，忽然見一隻烏龜目不轉睛地盯著自己，好像有話要講的樣子。後來那烏龜轉頭向外爬。包公覺得很奇怪，讓差役跟隨著烏龜。在離驛館大概一里的地方，那隻烏龜跳進一口枯井裡。差役把情況報告給包公，包公立即讓人到井裡查看，竟發現一具屍體，皮膚還沒有腐爛。差役們把當地人叫來，人們都說不認識死者。後來差役從死者身上發現了一張紙，上面寫著死者的住址和姓名。包公讓李超、張昭二人按照紙條上的地址去找死者的親人。親人來到後都說葛洪已經在汴河口溺死了。包公很疑惑：既然此人在河口溺死了，現在怎麼又出現在井裡，一個人怎麼會死在兩處？孫氏來到後，包公讓她查看屍體。孫氏一看，便抱著死者哭道：「這才是我的丈夫。」

包公坐在廳中，忽然見一隻烏龜目不轉睛地盯著自己，好像有話要講的樣子。

❶【叔叔】古代婦女對丈夫弟弟的稱呼。

包公問孫氏：「為什麼先前把那個溺死的人認作你丈夫？」孫氏回答：「屍體上繫著我丈夫的錦囊。」包公細問錦囊一事，孫氏便把丈夫跟陶興到西京做生意的事說了一遍。包公聽後，說道：「你丈夫必定是陶興謀害的。他把錦囊繫在他人屍體上，讓你相信那屍體就是你丈夫。」說完立即派差役把陶興抓捕過來審問。陶興看到屍體後很害怕，供出了謀殺葛洪的實情。

包公隨後命人將陶興斬首，把他的財產給了孫氏。包公把烏龜跳井為葛洪申冤之事告訴孫氏。孫氏告訴包公她丈夫曾經放生過一籃子烏龜。包公歎道：「一念之善，得以報冤。」隨後讓孫氏把丈夫的屍骸安葬。

後來葛洪之子科考登第，官至節度使❷。

❷【節度使】古代官名，獨攬管轄區內的軍權、政權和財權，權力很大。

第十回　山中鳥替人申冤

江陰有一個布商，叫謝思泉，從巴州發布回家。為了節省時間，他抄近路來到一座大山裡從苦株❶林裡穿過。

在這座山裡住著兩兄弟，哥哥叫譚貴一，弟弟叫譚貴二。兄弟倆人面獸心，常常以砍柴為幌子打劫獨行的商客。

謝思泉在山裡走了五里路，沒看到一個人。後來看到譚氏兄弟從遠處過來，便喊道：「二位大哥，此地離江陰還有幾天的路程？」

譚貴一答道：「只有三天的路程。」

譚貴二隨後問道：「客官從哪裡來？」

謝思泉回答說：「小弟從巴州發布回家在此迷了路，希望二位大哥能給我指指路。」

---

❶【苦株】又名「苦櫧」，常綠喬木，屬殼斗科，多見於江蘇地帶。

譚氏二兄弟指著一條小路說：「那條山路可以去江陰。」

謝思泉以為二人只是砍柴的樵夫，絲毫沒有懷疑便順著他們指的方向一路走去。沒多久，小路漸漸沒了，一塊塊巨大的岩石擋在前面。謝思泉難以攀登，只能停下來等人問路。

譚氏兄弟偷偷地跟在後面，趁謝思泉不注意，揮刀砍向他的後腦。謝思泉當場鮮血淋漓氣絕而亡。譚氏兄弟將屍體掩埋後，拿著打劫來的銀子回到家中均分，半年沒出來露面。

某日，包公出巡巴州經過苦株林。走到半路時，忽然聽到有隻鳥在叫：「孤客孤客，苦株林中被人殺害。」包公來到當地府衙後，吩咐差役到鳥叫的地方查看是什麼冤情。差役們

差役們來到苦株林，順著鳥叫聲來到一個山凹中，發現一具人的屍骨……

來到苦株林，順著鳥叫聲來到一個山凹中，發現一具人的屍骨，回來後報給了包公。這天夜裡，包公夢到一個人，披頭散髮地站在他面前，哭著唱了一首絕句，訴出了自己的冤情。唱完後，那人又說：「小人的銀兩都編有『千字文』號。大人可讓人在他床下搜出銀兩，真相便能大白。」那人說完後便含淚而去。

包公第二天讓人去苦株林，將譚貴一、譚貴二兄弟二人抓來，審問說：「你兄弟二人假裝砍柴，傷人性命、謀人錢財，還不快快招來，免得身受重刑。」二人以為包公沒有什麼證據，不肯招認。包公又命差役到譚家去搜，在床底下搜出白銀若干。包公拿著白銀仔細一看，上面果然有「千字文」字號，面對著譚氏兄弟二人喝道：「這就是你們劫來的銀子，還不從實招來！」差役將二人嚴刑拷打。二人實在忍受不住只得從實招認，包公隨後命人把二賊人押到法場斬首。

第十一回　烏盆告狀

包公在定州做太守時，有一個叫李浩的人，家財萬貫，從揚州來到定州做生意。有一次，李浩在離城五里的地方飲酒，喝得酩酊大醉，最後躺在路邊睡著了。到了晚上，有兩個賊從此經過，一個叫丁千，另一個叫丁萬。他們把李浩扛到偏僻的地方，從他身上偷走了百兩黃金。兩人將黃金平分後又商量說：「這個人酒醒後發現黃金被偷必去衙門報案，不如現在就滅口以絕後患。」於是二人將李浩打死，將屍首抬進窯裡燒了。他們又把灰骨搗碎和在泥裡，製成一口黑色的瓦盆。

後來，定州有一個姓王的老頭，把這口烏盆買去當便盆用。有一天夜裡，王老頭起來小便，突然聽到這烏盆說話，「你為何往我口裡小便？」王老頭嚇了一跳，戰戰兢兢地點起燈問道：「你這盆子，怎麼會說人話？」烏盆說：「我名叫李浩，是揚州人，因被賊人謀財害命，魂魄附在這盆子上。」王老頭沒想到這盆子裡竟有一冤魂，於是顫顫抖抖地說：「你若真是冤枉而死，就把情況跟我詳說，我替你申冤昭雪。」盆子說：「前些日子，我帶著百兩

黃金來定州做生意，因酒醉睡倒在路上。丁千、丁萬二賊人趁我熟睡，把我扛到偏僻處偷走了我百兩黃金，二賊人怕我醒後告狀又傷我性命。我的屍首被他們投入窯中火化，後又把骨灰和為泥土製成這烏盆。請您帶我去見包太守，讓我告狀申冤。」

王老頭聽後答應了烏盆的請求，第二天捧著這盆子來到府衙，將昨夜之事詳細地跟包公說了一遍。包公聽完後半信半疑地審問這烏盆，烏盆靜默不答。包公覺得王老頭在胡說八道，便怒道：「你這老頭，竟用如此荒唐之事擾亂大堂。」隨後將王老頭趕出了大堂。王老頭被包公責備後，帶著烏盆回到家中，對烏盆怨恨不已。

到了夜裡，烏盆又叫道：「老者不要怨恨我，我身上一件衣服都沒有穿，雖見到了包公，但這冤屈

次日，王老頭用衣裳蓋住烏盆又去見包公。包公聽了王老頭解釋後，審問烏盆。這次烏盆果真開口說話了……

也難以訴說。希望老者能借我一件衣裳，再去見包太守。」次日，王老頭用衣裳蓋住烏盆，又去見包公。包公聽了王老頭解釋後審問烏盆，這次烏盆果真開口說話了，將其冤屈告訴了包公。包公聽完後立即讓公差把丁千、丁萬抓捕到大堂上，二人不承認有此事，不肯招供。包公將丁千、丁萬暫且押入大牢中，又把他們的妻子抓來審問。二賊人的妻子也不招認。包公說道：「你們的丈夫奪去李浩的百兩黃金又將其殺害，還把他燒成骨灰跟泥土和在一起做成烏盆。黃金被你們藏起來了，你們的丈夫都承認了，你們還抵賴什麼？」二賊人的妻子聽後都很恐慌，對包公說：「家裡是有些黃金埋在牆裡。」包公立即讓公差押她們回家，從牆裡取出黃金拿回衙門給包公。包公從獄中提出丁千、丁萬說道：「你們的妻子把黃金都交出來了，黃金放在這裡，你們謀殺李浩，還不招認？」二賊人面面相覷，覺得無法再隱瞞下去只得招認。

丁千、丁萬因謀財害命被判死罪；王老頭狀告有功賞銀二十兩。後來李浩親戚將烏盆和被劫的黃金領回鄉里，並安葬了烏盆。

第十二回　高尚靜丟銀城隍廟

河南開封府新鄭縣，有一叫高尚靜的人。他家裡人都從事耕種紡織，有數頃田園。高尚靜年近四十依然好學不倦，然而為人不修邊幅，言行舉止跟常人不同。衣服髒了不洗，粗糧淡飯也不挑剔；從不欺騙別人，不索取他人之物；不為無益之愁而悶悶不樂，不為歡心之事而處處張揚；有時候以讀書吟詩抒發情懷，有時候以彈琴喝酒獲得快樂；喜歡欣賞四季的風景，常常沉湎在江河山巒的秀色之中。

有一次，他跟妻子說：「人在世間就像白駒過隙，如果不及時行樂，到了白髮已生、暮年已至，再想行樂就晚了。」說完就讓他的妻子拿出酒來喝。這時，新鄭縣的官差來到高家催促他交納稅糧，高尚靜拿著家裡的碎銀子到市鋪去銷熔重鑄得銀四兩放在袖中。往年這時候都是里長❶來收稅糧，這次是包大人的公差前來收，而且包大人要親手秤銀。包大人為官清正、斷

❶【里長】相當於現在的村長。

案如神得到百姓的敬仰，不少人跑到城隍廟為包公祈福，許個良願。高尚靜也買了些酒肉香燭之類的東西前去城隍廟拜佛。祈禱完畢後，高尚靜便在廟中散福❷，不知不覺多喝了幾杯，袖中的銀子不小心落在城隍廟，自己醉醺醺地回家去了。

有一個叫葉孔的人，他是高尚靜的鄰居。葉孔看到高尚靜在鋪中拿著銀子前去城隍廟許願，便起了不良之心。他尾隨高尚靜來到城隍廟，躲在城隍寶座下。見高尚靜把銀子落下了，他便拾了銀子回家。

高尚靜回來後發現銀子不見了，趕忙回到廟中尋找。他把廟裡的各個角落都找遍了也沒

到了第三天夜裡，忽然狂風四起，有一片葉子落在包公面前。

找到銀子。高尚靜只好寫了份狀子呈給包公，希望包公能把銀子找回。包公看完狀子後，說道：「你的銀子在廟裡丟失，不知道是誰拾了去，本官也難以找回。」便沒有接受狀子。高尚靜含淚而去。

包公後來心想：我是這裡的父母官應該替百姓分憂，心中對高尚靜也有些慚愧。包公寫了一道疏文，帶到城隍廟燒了。到了第三天夜裡，忽然狂風四起，有一片葉子落在包公面前。包公拿來一看，葉子中間被蟲子咬了一個孔。

第二天，包公對張龍、趙虎說：「你們到街上呼喚『葉孔』這個名字，若是有人答應，就叫他來見我。」二人領命出去，在滿大街上叫葉孔。後東街有一人回應說道：「我就是葉孔，叫我有什麼事？」張、趙二人說：「包大人有請。」

葉孔來到縣衙，包公審問說：「前幾日，高尚靜在城隍廟丟失了四兩銀子。我知道是你拾得。你又不是偷的，為什麼不還他呢？」

葉孔見包大人料事如神，只得招認說：「小人在城隍廟上香撿到這四兩銀子，至今還沒有使用。」

包公令差役隨葉孔回家取銀子，又讓高尚靜到府衙來認領，果然跟他丟失的銀子一模一

❷【散福】古代祭祀完畢後，大家把祭祀食品分著吃，稱作「散福」。

樣。包公於是對高尚靜說道：「你不小心丟了銀子，多虧葉孔拾去。現在這四兩銀子還你，你可以把三兩五錢稅銀交給官府，剩下五錢分給葉孔作為酬勞。以後兩人相見不能心存芥蒂。」高尚靜、葉孔二人拜謝出了府。

後來高尚靜買了些祭祀的酒肉、香燭、紙錠等到城隍廟還願，感謝包公。

第十三回　包公借神貓捉五鼠

西天雷音寺曾有五隻老鼠，啃了佛祖的經書後有了神通，精通變化之術而且往來莫測。後來五鼠偷偷走下西天來到人間，聚集在瞰海岩下禍害一方。他們時而變成老人，騙取客商的錢財；時而變成美貌的女子，誘引人間子弟；時而變作男子，迷惑富家小姐。他們的名字也很怪異，按五鼠的大小稱呼為：鼠一、鼠二、鼠三、鼠四和鼠五。

清縣有一個叫施俊的秀才，辭別妻室與家童小二到東京參加科舉考試。二人趕路來到一座山前時天色已晚，便找客店投宿。這座山盤旋六百里，後面與西京地界接壤。山中沒有人跡，都是些幽林深谷、懸崖峭壁，還聽說常有妖魔鬼怪出沒。這天，鼠五化作一名店主人，在這山前迷惑過客，恰巧遇到施俊。鼠五看到施俊長得清秀，問他家住哪裡、來此何事，施俊都一一相告毫無隱瞞。晚上，鼠五備了一桌子酒菜與施俊舉杯暢飲，酒間兩人談古論今，鼠五對答如流。施俊有點兒奇怪，心想：他只是一個店家，怎麼如此博學。於是問鼠五說：「足下❶也是讀書人嗎？」那鼠怪笑道：「不瞞兄台，我三四年前曾經赴京趕考但名落孫山。從那以後我便放棄了讀書，在此開了一間小客店聊以謀生。」

兩人一直飲酒至深夜。那鼠怪趁施俊不注意，往施俊的酒裡吐了一口毒氣，施俊喝後立刻昏迷過去。小二以為主人醉了，便扶施俊到房裡休息。夜裡施俊突然感覺腹中疼痛難忍。僕人小二便慌慌張張地找郎中，只是此地偏僻連個郎中的人影都沒有。到了第二天早晨，小二發現昨夜的店主人不見了。小二只能扶著主人走了幾里，來到另外一家客店。等小二找來郎中給施俊醫病，才知道主人中了妖毒。

而那隻鼠妖已變作施俊模樣來到施俊家中。施俊的妻子何氏正在房中梳妝打扮，聽家人說丈夫回來後，有點兒不相信，忙出來看，丈夫果然回來了。何氏疑惑地問：「才離開家二十天，怎麼就回來了？」

那妖怪說：「臨近東京時，在路上遇到一個趕考的秀才，他說科考已經結束，考生們都散了。我沒有進城就轉身回家了。」何氏又問道：「小二怎麼沒回來？」妖怪說：「小二帶著行李走路太慢，我讓他在後面慢慢走。」何氏聽後也沒多想就給這鼠妖準備飯菜。親朋好友聽說施俊回來後都來拜訪，絲毫沒有察覺這是假施俊。晚上何氏與鼠妖同床共枕，殊不知她真正的丈夫在店裡受苦呢。

施俊在店裡苦熬了半個月，幸虧遇到董真人求得丹藥才得以獲救。施俊到了東京考場已散，只能跟小二一起回家。回到家後，小二先進門。何氏正跟妖精在後廳飲酒，見小二便問道：「你為何這麼晚才回來？」

小二說道：「不要說晚回來，就連主人的性命都險些沒有保住。」

何氏很疑惑，問：「哪個主人？」

「跟我一起進京的那個，還能是哪個？」

何氏笑笑說：「你是在路上偷懶了吧，主人已經回來二十多天了。」

小二聽後驚訝地說：「什麼？我與主人寸步不離，白天一起走路、晚上一起休息，他怎麼可能先回呢？」

何氏聽後，感到莫名其妙。這時施俊走進家門，看到何氏後就抱著她哭起來。那妖怪聽說施俊回來了，走到廳前，大聲說道：「你是誰？敢調戲我妻子？」

施俊大怒，沒想到這妖怪不但差點兒讓自己送命，還來禍害他的家人。施俊上前跟鼠妖搏鬥一番，卻被妖怪趕出門外。街坊鄰居聽說後都很驚訝。施俊沒有辦法，只好跑到岳丈那裡訴說尋求幫助，岳丈讓他到王丞相府上告狀。

王丞相看完狀子後大為驚訝，立即讓公差把假施俊、何氏抓來。王丞相一看，果然跟施俊長得一模一樣。左右都說只有包大人能斷此案，可惜包公目前還在邊境視察未歸。王丞相

---

❶【足下】古時對同輩、朋友的敬稱。

一時沒有辦法，只能把兩個施俊都押入牢裡，等包大人回來再審。

這妖怪在牢裡怕包公回來後自己原形會暴露，便使神通通知哥哥鼠四前來營救。第二天早晨，鼠四來到丞相府變作王丞相，令相府中的人押出施俊一干人等。然後升堂審問，將真施俊重重打了一番，施俊被打得一直叫屈。恰在這時，真的王丞相來到大堂之上，見到假的丞相後很驚訝，立即下令將此人拿下。假的毫不退讓，也令公差拿下真丞相。一時間公堂亂作一團，公差們都分不清誰是真丞相，也不知道該聽誰的。兩個王丞相在堂上爭辯起來，所有人都看呆了。有一個年紀較大的人提議說：「兩位丞相一模一樣不能分出真假，就是爭論幾天幾夜也沒用，除非去朝見皇上。」

仁宗皇帝知道這件事後，讓兩位丞相入朝。二人到了仁宗皇帝的面前時，那妖怪作法向仁宗皇帝噴出一口氣。仁宗一時間眼花撩亂看不清楚，下令將二人關進牢裡，等晚上北斗星出現時再審問二人。原來仁宗皇帝是赤腳大仙降世，到半夜即使是天宮他也能看見，所以才決定等到晚上再審。

假丞相一看不妙，又作法喚鼠三來救。鼠三來到宮中變作仁宗皇帝坐在朝元殿會見文武百官。當真仁宗來到殿中時，文武百官見到兩個皇帝十分驚訝，急忙把國母請來。國母說：「你們不要慌張，真天子的左手掌上有山河的紋，右手掌上有社稷的紋，你們看哪個沒有便是假的。」眾官員看後，果然有一個皇帝手上沒有此紋。國母下令將假皇帝押進牢裡。

鼠三很慌張，作法向兩位哥哥求救。鼠一非常不高興，說道：「五弟太沒有分寸了，惹出這樣大的事來。朝廷現在追查起來，我們怎麼逃脫？」

鼠二說道：「我去救他們回來。」鼠二來到宮中變成國母模樣，來到獄中下令把牢裡的人都放出來。恰在此時，宮中國母傳旨讓獄卒嚴加看管犯人不得讓妖怪逃脫。一個說要放，一個說要嚴加看管，獄官也不知道聽誰的。

仁宗皇帝因鼠妖之事睡不著、吃不下。有大臣提議說：「陛下讓包拯回朝，也許包大人能判明此案。」仁宗允奏，親自寫詔差使臣前往邊關傳包公回朝。包公接到聖旨後，立即啟程回開封府。

四位鼠妖被囚在同一個牢中，聽說包公要回開封審理此案，商量說：「包拯回來後一定會去城隍廟尋求神靈的幫助，查出我們的本相。雖然他奈何不了我們，但若是上天動怒，這怎麼了得？我們還是請大哥來吧。」於是鼠妖們又作法通知鼠一。此時，鼠一正在開封府打探消息，聽說包拯要審理此案，笑道：「我變作包丞相，看你還如何斷案。」於是鼠一搖身一變成了假包公坐在堂上。這時真包公已經來到開封，去了城隍廟行香，知道了妖怪的來路。忽然有人報說堂上已經有一位包公，真包公氣憤地說：「這孽畜竟敢如此猖狂。」說完就逕直來到堂中，命令公差將假包公拿下。那妖怪很狡猾，見真包公回來後，就走下堂來跟真包公混在一起，讓公差們分不清真假。

包公無可奈何地回到房間，對夫人說：「這些妖怪詭異難辨，看來只能求助上天了。我一會兒魂魄出竅去天庭，你將我的身體蓋好不得亂動，我最多兩晝夜便回來。」於是取來孔雀血慢飲幾口。包公死去後，其魂魄來到天庭向玉帝稟報了鼠妖之事。玉帝命檢查司查看是什麼妖怪在人間作亂，回報稱是西方雷音寺五鼠精落入中界❷擾亂凡間。玉帝聽後想讓天兵去收鼠妖，檢查司上奏說：「天兵收不了這些鼠妖，搞不好會逼得他們潛入海中，那就更不好辦了。我聽說雷音寺佛祖那裡有一隻玉面貓，如果能把此貓請來，可勝過十萬天兵。」玉帝聽從了檢查司的建議，立即派天使和包公一同前往雷音寺求取玉面貓。

天使和包公帶著玉帝的玉牒❸來到雷音寺參見佛祖，奉上了玉牒。佛祖讀後，與眾佛徒商議。有位佛徒進言說：「現在世尊殿❹上離不開玉面貓，殿中有很多經卷，唯恐老鼠來啃。若是玉面貓被借去，經書會被老鼠損壞。」大乘羅漢進言道：「文曲星❺為了東京百姓千辛萬苦來到這裡，我們應該以救眾生為重，將玉面貓借給他。」佛祖聽後，依從了大乘羅漢的建議，令小童將玉面貓取來。佛祖誦了一段經文，那貓立刻趴在地上，身體變得很小，隨後鑽進包公的袖子裡。

包公帶著玉面貓出了天門回到人間，魂魄重新回到肉身上。夫人見包公醒來很是高興，立即端來補湯給包公喝。包公喝完湯對夫人說：「我已經從西天佛祖那裡借來除妖的寶物，不要洩露此事。」

夫人問道：「現在要怎麼做？」

包公壓低聲音說：「你明天入宮去見陛下，告訴陛下為了降妖除魔需要在南郊築起一座高臺。」

夫人依包公所說，第二天乘轎進宮求見仁宗皇帝。皇上聽完夫人的稟奏後，立即命令狄青❻帶領軍兵在南郊築起高臺。高臺建完後，包公獨自一人走上高臺。臺下站立著真國母、假國母、假仁宗、假包公和真假兩個丞相、兩個施俊，文武百官分列兩旁。那假包公站在臺下不停地爭辯。

將近中午時，包公將玉面貓從袖中取出，並讀了一段經文。那玉面貓頃刻間身體增加數倍如猛虎一般，眼睛放出兩道金光，飛身來到臺下先將假仁宗咬倒。鼠二看情況不好，露出原形想要逃跑，卻被神貓的左爪抓住。隨後鼠一又被神貓的右爪抓住也露出原形，神貓張口將此

---

❷【中界】即「人界」。道家將宇宙分爲三界：天界、人界、地界。人界在其他兩界之間，故稱中界。

❸【玉牒】指天界玉帝的文書。

❹、【世尊殿】即佛教中的大雄寶殿。

❺【文曲星】星宿名之一，主管文運的星宿。人們認爲包公是文曲星下凡。

❻【狄青】北宋仁宗時的一位名將。

二鼠咬倒。假丞相與假施俊此時已經變身飛到雲霄，神貓又迅速地飛上天，將鼠五和鼠四咬了下來。包公走下高臺，看到五隻老鼠躺在地上，身長足足有一丈，被神貓咬傷的地方流出了白膏。

仁宗皇帝看到鼠妖已死很是高興，命百官入朝。仁宗皇帝在大殿之上賞賜了包公，並設宴款待文武百官。

後來施俊帶著何氏回到家中。何氏因與鼠妖親近中毒很深，施俊取出董真人所給的藥丸讓何氏吃下，何氏才吐出毒氣得以痊癒。後來施俊得中進士，在吏部任職。

鼠二看情況不好，露了原形想要逃跑，卻被神貓的左爪抓住。隨後鼠一又被神貓的右爪抓住，也露了原形，神貓張口將此二鼠咬倒。

第十四回　撕傘辨真偽

話說有個叫羅進賢的農民，在大雨天撐著傘出門探友。他走到後巷亭，一個後生❶跑到他跟前要求共用一把傘。羅進賢拒絕說：「下著這麼大的雨，我的傘怎麼能遮住兩個人。」這個後生是城內的光棍❷，叫邱一所，擅長花言巧語最會騙人。他對羅進賢解釋說：「我其實帶了傘，只是被朋友借去，我在這裡等他回來。現在我急著回家，才想跟你共用一把傘，你怎麼這麼小氣？」羅進賢聽完後，便同意跟他共用一把傘。

等他們到了南街尾要分開走時，邱一所拿著傘說：「你可以從那裡走了。」羅進賢說：

❶【後生】指青年男子。

❷【光棍】一般指沒有結婚的成年單身男人。中國古代民間，對無所事事惹是生非的地痞無賴，也稱光棍。

「把傘還我。」邱一所笑道：「明日再還你。」羅進賢很是氣憤，罵道：「你這光棍！我讓你用傘，你還想拿到哪裡去？」邱一所也罵道：「你這光棍！我本想不該幫你，現在又冒認我的傘，這是什麼道理？」羅進賢忍受不了這口氣，拽著邱一所到衙門來見包公。

包公問道：「你們二人傘上可有記號？」二人都說：「傘是不值錢的小東西，沒有記號。」包公又問：「有沒有人證？」羅進賢回答說：「他在後巷開始跟我共用傘，沒有人證。」邱一所回答說：「我們一起打傘時有兩個人看到了，只是不知道他們的姓名。」包公又問：「一把傘值多少錢？」羅進賢說：「這是把新傘，值五分錢。」包公憤怒地說：「五分錢的東西還來打攪

羅進賢說：「把傘還我。」邱一所笑道：「明日再還你。」羅進賢很是氣憤，罵道：「你這光棍！我讓你用傘，你還想拿到哪裡去？」

衙門。」隨後令公差將傘扯成兩半分給二人，並把他們趕出府衙。包公秘密吩咐一位公差說：「你去看看他二人在外面說什麼話。」公差聽後，回報說：「一個罵老爺糊塗；另一個說：『你沒有理由跟我爭傘。』」包公聽後，立即把二人叫回來，問道：「哪個人罵我了？」公差指著羅進賢說是他，包公說：「辱罵地方官員，當打二十板。」羅進賢一聽，趕忙說道：「小人沒有罵，真是冤枉啊。」邱一所趁機說道：「他明明罵了大人還不承認。他想白佔我的傘是真的。」包公說：「你要是不說爭傘之事，我差點兒誤打了人，分明是你佔了羅進賢的傘。我沒有判對，傘又被扯破，他才會氣憤怒罵我。」邱一所說：「羅進賢貪得無厭，看到傘沒有判給他才罵大人您。傘怎麼會是他的？」包公說：「你這光棍，為什麼說謊？我剛才將傘扯破是為了試探你們二人的真偽，不然，我哪裡有時間給你們去找證人審理這件小事。」隨後，包公打了邱一所十大板，並罰他一錢銀子來補償羅進賢。

此時，曾被邱一所在後巷騙過的兩個人見包公審出了此案，對包公拍掌稱讚道：「包大人真是神人啊，不需要人證就能把案子斷了。」包公問二人剛才議論何事，二人都說邱一所曾經也是以共傘為由騙走了他二人的傘。包公更加確認自己的判斷沒有錯。

第十五回　竹籃觀音助包公

揚州城東門有一個儒生，姓劉名真，字天然。劉真小時候很聰明，喜歡詩書，立志金榜題名、衣錦還鄉。宋仁宗皇佑三年開科取士，劉真準備行李前往東京赴考。因為盤纏不夠，在路上耽誤了很多時間，等他到了東京時科考已經結束。劉真歎息道：「我命運怎麼如此不濟！」於是收拾東西，住進了開元寺苦讀。

第二年的元宵佳節，東京各處都掛上了花燈。在離城三十里的地方有個碧油潭，水深萬丈。碧油潭裡有一個千年金絲鯉魚精，常常變成美貌的女子迷惑往來的商客。這天晚上，鯉魚精化作一個十七八歲的丫鬟，手持燈籠慢慢地走進城來，人們看了都被她的美貌所打動。快到五更時，鯉魚精怕天亮後露出原形，就藏進金丞相後花園大池子裡。元宵節過後，鯉魚精也不想再回到潭裡去了。

有一天，丞相的女兒金錢帶著侍女來花園賞花，看見廊簷上有一叢十分可愛的紅白的牡丹，就讓侍女折了幾朵來玩。金錢一邊把玩牡丹，一邊靠在欄杆上飲酒。她看到池中有條金

色的鯉魚，揚起魚鬚張著嘴在水面上游。金錢就將酒杯裡剩下的酒倒在池子裡，卻被那鯉魚一口吞盡，金錢見了哈哈大笑。鯉魚精知道金錢小姐喜歡牡丹，便在每天夜裡向牡丹花上噴氣，因此牡丹花的顏色愈發鮮亮，引得金錢小姐天天來後花園觀看牡丹。

春去夏來，時光似箭。劉真在寺廟裡已經住了很久，朋友們都各自回去了，他身上的錢也差不多用光了。為了生計，劉真寫了幾幅字拿到城中的官宦人家去賣。一天，金丞相探訪朋友回府，恰巧碰到劉真在相府前賣字，金丞相看了劉真的字後連聲稱讚。他把劉真帶進府內，詳細詢問他的籍貫和來東京的目的。金丞相覺得劉真是個人才，就讓他留在府中教金家子弟讀書。丞相讓劉真住在後花園東軒旁邊的一間房子裡，並讓僕人把劉真的東西從寺中搬到府中。劉真得到了丞相的提攜，衣食無憂、專心讀書，府內所有的書信往來都由劉真代丞相寫。

一天晚上，劉真偶然間來到後花園中，看到金府小姐與兩三個侍女在花架下玩花。劉真自言自語地說：「早就聽說丞相有個女兒貌美如花，果真是名不虛傳。若小生今後成名，能夠得此佳人為妻，這一生就足夠了。」說完，就轉到軒下吟唱杜甫的詩歌來表達他的心情。

池內的鯉魚精知道了劉真的想法，晚上便化作小姐的模樣來到劉真的門前敲門拜訪。劉真打開門一看大吃一驚，站在門外的竟是白天見到的金錢小姐。鯉魚精對劉真說：「秀才你不要驚慌，我聽到你夜半還在讀書，就趁爹娘睡去特意來向你請教。」劉真請小姐進房，一起坐在榻上談論了很久。兩人情意綿綿，後來就同床共枕了。第二天，天還沒亮，鯉魚精先起來對劉真說：「今天晚上我早點兒來陪你。」說完就回去了。從此以後，鯉魚精每天都是晚上來，白天走，並且每次都帶美食給劉真吃。劉真自以為得佳麗垂愛不勝欣喜。

一天晚上，鯉魚精帶來酒菜，與劉真邊飲酒邊說：「你住在這裡雖然好，但如果侍女發現你我之事告訴了爹娘可就慘了，不如我收拾些錢財跟你一起回鄉做長久的夫妻。」劉真說：「如果丞相追究起來，我們怎麼能逃得了？」鯉魚精說道：「我的母親很愛我，況且你也還沒有結婚，縱使追究起來也不會有事。」劉真聽從了鯉魚精的話，趁著夜晚兩人坐船來到揚州。丞相得知劉真走了後也沒有追究。

自從鯉魚精走後，池邊的那叢牡丹就枯萎了，金小姐因思念牡丹生了病，雖然請良醫醫治也未能調理好。小姐的母親問她病因，金小姐說是思念牡丹的緣故。丞相知道後，說道：「這種牡丹花揚州有。」便派家僕前往揚州尋找牡丹。家僕聽說劉秀才家裡有這種牡丹便來到劉家。這時劉真不在家，簾子下站有一個女子，問家僕：「是誰？」金府的家僕聽到後有點兒驚訝，好像是小姐的聲音。走近前仔細一看，真的是小姐，家僕驚得半晌沒說出話來，搞不清楚是怎麼回事。這時劉真也回來了，金府的家人認得劉真。劉真問金府家僕的來因，家人回答說是為治療小姐的病特地來揚州買牡丹。劉真笑笑說：「小姐隨我來到這裡已經半年了，哪裡又冒出來一個小姐？」金府的家人不明所以，便連夜回到東京將此事稟報給丞相。丞相不相信是真的，派公差來到揚州接女兒回去一看究竟。那鯉魚精絲毫沒有推辭，與劉真一起來到丞相府。丞相看到後大驚失色，與妻子說：「女兒現在還病在房中未起，怎麼又會在這裡？」丞相隨後問劉真其中的緣故，劉真也沒有隱瞞，把以前的事一一告訴了丞相。丞相聽後大驚說：「你一定是被妖怪迷惑了。」說完後，立即乘轎去開封府見包公。

包公得知事情的來龍去脈後，命人去把二位小姐和劉真帶到堂上。三人帶來後，包公取出軒轅所鑄的照魔鏡懸於堂上，登時就照出了鯉魚精的原形。這時鯉魚精吐出漫天的黑氣，頓時遮天蔽日。後又聽到一聲巨響，黑氣霎時間散了，而真的金錢小姐也不見了。丞相與包公都很吃驚，在場的所有人無不失色。包公對丞相說：「丞相請暫時回去，給我幾天時間一定會找到小姐。」丞相憂心忡忡地回去了。包公張掛榜文稱：有知道妖精、小姐下落的賞錢五千貫。包公又來到城隍廟，通知五湖四海的龍君務必捉拿魚妖。龍君得知此事後，立即派水族神兵沿江湖捕捉魚妖，但水族神兵都不是魚妖的對手，每次都失敗而歸。龍君把此事上報給玉帝。玉帝立刻派天兵捉拿魚妖。那妖怪越遍八荒[1]，最後逃入南海。

京都郊外有個姓鄭的人平時好善，家中掛著一張淡墨素裝的觀世音像，每天叩頭供奉。忽然有一夜，他夢到一位素裝的婦人跟他說：「你明天到河岸邊，帶我去見包大人，一定會讓你

[1]【八荒】也叫八方，指東、西、南、北、東南、東北、西南、西北八個方向。

得到富貴。」鄭某次日來到河邊，果然看到一位中年婦女站在楊柳樹下，手執竹籃，竹籃裡放了一條小小的金色鯉魚。那婦人看到鄭某來了，說道：「碧油潭的金鯉魚被四海龍王追趕逃進南海，藏在瓊蕊蓮花下，現在被我罩在籃子中。前日，包大人張貼榜文，只要提供魚妖的線索就會得到一筆錢。你帶我到包大人那裡，得來的錢財都歸你。」鄭某聽後非常高興，急忙帶著婦人來到府衙，正好碰到包大人與金丞相在大廳上討論此事。鄭某把婦人所講之事告訴了包公，包公聽完後，看了看竹籃中的金鯉魚，鬆了一口氣說道：「原來是這隻魚怪。」那魚怪為佛法所伏，

包公聽完後，看了看竹籃中的金鯉魚，鬆了一口氣說道：「原來是這隻魚怪。」

將迷惑劉真之事一一向包公供出，並告訴包公金小姐目前困在碧油潭旁邊的山洞裡。包公想將妖魚從籃子中取出來煮，老婦人阻止說：「這條鯉魚已經修煉了一千年，即使用水煮也殺不死它，我將它帶回去自有發落。」包公同意了，讓人拿出五千貫錢給老婦人。

老婦人從府衙出來後，將五千貫錢交給鄭某，對他說：「你誠心供奉我三年，這些錢是我對你的報答。」說完後，那個老婦人就不見了。鄭某才醒悟過來，原來這老婦人就是家中供奉的觀音大士。鄭某帶著錢回家後，請人繪觀音手提魚籃的畫像，京都的人知道後都紛紛效仿。

公差到碧油潭找到金小姐時，發現金小姐已經昏厥過去了，心口還有點兒餘溫。公差把金小姐抬到丞相府，請來郎中診視，郎中說只有有緣人的氣息才能救小姐。包公對丞相說：「莫非小姐與劉真有緣？老夫今日做媒成就這段姻緣。」於是叫來劉真，讓他對著金小姐呵氣，小姐果然醒了過來。旁邊的人看到後都覺得金小姐和劉真確實有緣，包公也非常高興。後來劉真與金小姐成親。第二年，劉真科考得中，數年後官至中書❷，生了兩個兒子也都做了官。

---

❷【中書】古代的官名，負責典章法令編修撰擬、記載、翻譯、繕寫等工作。

第十六回　小家童為主人申冤

揚州有一個叫蔣奇的人，家裡十分富有，平時也很好善。

有一日，有一個老僧來到蔣奇家化緣，蔣奇用豐盛的齋飯招待他。僧人吃完後對蔣奇說道：「貧僧是山西人，在東京的報恩寺中削髮為僧。現在寺東堂缺少一尊羅漢像。我聽說您平時樂善好施，所以貧僧不遠千里而來，求施主能施捨些銀兩塑造羅漢像。」蔣奇說：「這是件大善事，我不敢推託。」隨後讓妻子張氏取來白銀五十兩交付給僧人。僧人拿到銀兩後，笑笑說：「用不了這麼多的銀子，一半就足夠塑造一尊佛像了。」蔣奇說：「若是羅漢像塑造完後還有剩餘的銀兩，就請大師您去做些功德普度眾生吧。」

僧人見蔣奇如此好善便收了銀子，辭別蔣奇。僧人沒走幾步，心想：「剛才見到施主的相貌，眼角下有一股不祥之氣，應該會有大災。他如此好善，我應該告訴他。」於是僧人轉身回去，對蔣奇說：「貧僧通曉麻衣之術❶，從您的相貌來看，今年會有厄運，只要謹慎不出門就可以避開禍事。」僧人再三叮嚀後才離開。蔣奇等僧人走後，來到後屋對張氏說：

「化緣的僧人說我今年有厄運，真是可笑。」張氏聽後說道：「僧人見多識廣，你還是謹慎些好。」

到了百花齊放的時節，蔣奇跟妻子在後花園裡賞花。有一個姓董的家僕，平時不務正業，在亭子裡跟蔣家女僕春香嬉戲玩耍。蔣奇看到後，把二人痛斥了一頓，董僕記恨在心。

一個月後，蔣奇在東京做通判❷的表哥黃美寫信請蔣奇去一趟。蔣奇接到書信後，對張氏說明情況並告訴她自己要去東京。張氏阻攔說：「前些日子那個僧人說你今年有厄運，不能出遠門，現在兒子又年幼，不去為好。」蔣奇不聽，吩咐姓董的僕人收拾行李，第二天就辭別妻子出發了。

蔣奇、董僕還有一名家童，三人一起走了幾天的旱路，然後來到河口坐船走水路。晚上，船停在水灣裡。兩個撐船的船夫，一個姓陳，另一個姓翁，都是不善之徒。董僕因為被蔣奇責罵懷恨在心，於是夜裡悄悄地跟兩個船夫商量說：「我家官人箱子裡有百兩白銀，帶的行李衣物也很多，不如我們三人把這些財物劫來平分，怎麼樣？」陳、翁二人笑道：「你不這樣說，我們兩個也有這樣做的打算。」

---

❶【痲衣之術】一種迷信，通過觀察人的相貌推算此人未來吉凶。

❷【通判】古代官名，主要掌管州府的糧運、家田、水利和訴訟等事項。

船上，蔣奇和家童睡在前艙，董僕睡在後艙。在將近三更時，董僕大喊：「有賊。」蔣奇被驚醒，從船艙裡探出頭來看發生什麼事。姓陳的船夫趁機用刀子捅了蔣奇一刀，並把他推到河裡。家童被驚醒後想要逃跑，卻被姓翁的船夫打了一棍子落入水中。三人打開箱子把銀子均分後，陳、翁二人撐船回家，董僕帶著財物逃到蘇州。

家童被打下水僥倖沒死，他游到岸上大哭了起來。天漸漸亮了，河上游有一條漁船慢慢地向家童駛來。船上的漁翁聽到岸邊有人在哭，便撐船過來一看，是一個十七八歲的孩子，滿身是水。漁翁問他為何坐在岸邊哭泣，家童把被劫之事詳細告訴了漁翁。漁翁可憐他就把他帶到家中，取出乾衣服給他穿，並問道：「你是想回去，還是想留下來跟我生活？」家童說：「我的主人遭難，下落不明，我怎麼還能回去？願意在這裡伴隨公公。」漁翁說道：「你先找到劫賊，再作打算吧。」

蔣奇被賊人推下水後，當即死了。他的屍首漂到蘆葦港裡，隔岸是清河縣。有一天，清河縣慈惠寺的和尚們在港口做齋事，忽然看到河上漂著一具滿面傷痕的屍首。僧人說道：「此人一定是遭到打劫的客商，被賊人拋屍河中漂流到這裡。」一個老僧說道：「我們把這具屍體埋了，也算是一樁善事。」一眾僧撈起屍體後埋在岸上。

包大人賑濟完濠州後，回東京經過清河縣時，包公的坐騎前突然颳起一陣旋風，並且馬哀嚎不已。包公感到很奇怪，就讓公差張龍跟隨旋風。張龍回來稟報包公說旋風到了河岸上就消失了。包公暫時留在清河縣。第二天，包公讓本縣的縣官帶著公差到旋風消失的地方挖掘，挖出一具死屍，脖子上有一道很深的刀痕。知縣檢查過後，問左右：「前面是什麼地方？」公差回答說是慈惠寺。知縣叫來慈惠寺的僧人查問，僧人都說道：「昨天我們在此做齋事，看見一具死屍就把他埋了。至於這個人是怎麼死的，我們不知道。」知縣聽後說道：「分明是你們這些人謀害死的，還有什麼可說的？」於是不由分說地把僧人們抓到獄中。包公從知縣那裡了解完情況後，把眾僧人從獄中提出來升堂審問，僧人們都稱冤枉。包公心想：若是僧人殺了人，何不將屍體丟棄河中，為什麼還埋在岸上？包公覺得可疑，命獄卒寬鬆看管僧人。二十多天過去，依然沒有找

家童看後哭訴道：「這正是我的主人，是被這兩個賊人殺的。」

到線索。

到了四月末，荷花盛開，很多人到河裡遊船賞花。一天，賊人陳、翁二人在船上賞花飲酒。到了河口，二人停船買魚。那賣魚之人正是家童和漁翁。家童認出了賊人，便趕緊低下頭不讓賊人看到。等賊人買完魚走後，家童把情況悄悄地告訴漁翁，漁翁說：「終於可以為你主人雪冤了。現在包大人在清河縣因一件案子滯留此地，你快去向他告狀。」家童趕忙上岸跑到縣衙向包公哭訴主人被殺一事，並說那兩個賊人正在船上飲酒。包公立刻讓公差跟隨家童來到河口，將陳、翁二人抓到府衙。包公讓家童去認死屍，家童看後哭訴道：「這正是我的主人，是被這兩個賊人殺的。」陳、翁二人看到家童以為是鬼使神差，嚇得趕緊把實情招了出來。僧人們被放了出去，陳、翁二人戴著長枷被關到獄中。第二天，包公把賊人從獄中提出來，追回被劫的錢財，二賊人被押到法場斬首。

包公把追回的銀兩交給家童，讓他帶著主人的棺木回鄉埋葬。後來蔣奇的兒子蔣士卿科考登第，官至中書舍人[3]。董僕得到錢後成了巨賈，卻在揚子江被強盜殺死。真是天理昭彰，分毫不爽。

---

❸【中書舍人】古代官名，明清時期，其主要職責是編寫詔書等。

第十七回　包公智拿曹國舅

潮水縣鐵邱村有一個秀才，叫袁文正，從小學習儒學，成年後娶了張氏為妻。張氏美貌賢慧，生有一子，今年三歲。袁文正聽說東京將要開南省❶，便跟妻子商議說要去赴試。張氏說：「家中貧寒，兒子還小。你要是去了，我依靠誰？」袁文正說：「十年苦讀，就是為了一舉成名。你在家裡無所依靠，乾脆收拾行李跟我同去。」

兩人帶著孩子來到東京，投宿在王婆的客店。到東京的第二天，一家人吃完早飯後一起到城裡遊玩。忽然聽到前面有人高喊開道，夫妻二人忙抱著孩子躲在一邊，原來是曹國舅二皇親騎馬經過。二國舅偶然間瞥見張氏的美貌便動了心，讓差役請袁文正一家到府中作客。袁文正聽說國舅來請，哪裡敢推辭，便和妻子一起到了曹府。二國舅親自出來迎接，以禮相待。二國舅詢問袁文正到東京的目的，袁文正說為赴考而來。曹府女僕把張氏領到後堂招

❶【南省】也叫「南選」，一種選拔人才的制度。

待，二國舅擺出筵席與袁文正一邊聊天一邊喝酒。袁文正喝得酩酊大醉後，二國舅讓家丁把袁文正拖到偏僻處用麻繩勒死了。可惜袁文正滿腹的才華，還沒有來得及施展就命歸黃泉。而後二國舅又把三歲的孩兒打死。等到張氏從後堂出來要同丈夫回客店時，二國舅說：「你丈夫喝醉了在房中休息。」張氏心慌，想等丈夫醒來後再出府。到了黃昏時，二國舅讓女僕告訴張氏袁文正已死，並勸張氏做二國舅的夫人。張氏聽後號啕大哭，說什麼也不肯，後來她被關進房間裡看管起來。

一天，包公從朝廷回府，騎馬路過石橋邊。忽然馬前颳起一陣狂風旋繞不散，包公心想：此處必有冤情。便讓差役王興、李吉二人跟隨狂風。王、李二人領命，跟著狂風一直來到曹國舅府門前，那狂風到此消失了。二人抬頭一看，府門上寫著幾個大字：有人看者，挖去眼睛；用手指者，砍去一掌。二人不敢進去，回報包公。包公聽後大怒說：「又不是皇家宮殿，竟如此狂妄！」隨後帶人親自來看，果然是一座豪宅，但不知是誰家庭院。包公讓公差去問附近的一位老人，那老人稟報說：「這是皇親曹國舅的府院。」包公聽後說：「即便是皇家的庭院，也不會建造得如此豪華，更何況他只是一個國舅。」老人歎息道：「大人不問，我也不敢說。國舅的氣焰比當今的皇上還盛。他手裡的犯人是用鐵枷關起來的；看到別人的妻子漂亮就搶來霸佔，不服從的就活活打死。都有好幾個人被他打死了。現在府中鬧鬼，國舅不敢住，全家移到別處去了。」包公聽完後，賞了老人一些錢財便回府了。

包公叫來王興、李吉，讓他二人到曹府引那位旋風鬼到府衙告狀。到了晚上，二人站在曹府門前大喊：「冤鬼到包公的府上去！」忽然一陣風颳起，一個冤鬼抱著一個三歲的孩子跟隨公差來到府衙。這個冤鬼披頭散髮、滿身是血，見到包公把曹國舅謀害自己後棄屍花園井中的事，從頭到尾跟包公講了一遍。包公聽完後問他：「你的妻子在哪裡？為什麼不讓她來告狀？」那冤鬼說：「妻子被曹國舅帶到鄭州已經三個月了，我見不到她。」包公聽後便讓冤鬼離去。

第二天升堂，包公對公差們說：「昨夜冤鬼說曹府後花園的井裡有千兩黃金，有誰肯下去取來就賞他一半。」王、李二人自告奮勇來到井裡，卻摸到一具死屍。二人十分害怕，回來稟報包公。包公道：「我不信，就是屍體也要撈起來看看。」二人又來到井中，把屍體取出來，抬到開封府衙的東廊。

包公從公差那裡得知曹國舅現在已經搬到獅兒巷住，便讓張千、李萬準備了羊肉和好酒去曹家新府祝賀。包公到曹府時，大國舅還在朝中沒回來。國舅的母親郡太夫人見包公來祝賀很是生氣，辱罵了包公。包公無奈，正要轉身回開封府，大國舅回來了。大國舅見到包公，下馬寒暄了一番。聽說包公被郡太夫人辱罵後，大國舅賠不是說道：「不要見怪。」隨後包公回府了。

大國舅來到府內，對母親郡太夫人說：「剛才包大人來祝賀，母親你把他罵走了。現在二弟犯下了滔天罪行，倘若被包拯知道了，二弟的命就難保了。」郡太夫人說道：「我女兒是正宮皇后，還怕他嗎？」大國舅說：「當今皇上犯了錯，包拯都敢指點批評呢。他還怕皇后嗎？不如現在寫封書信給二弟，讓他把袁文正的妻子殺了以絕後患。」郡太夫人覺得大國舅說得有道理，立即寫了一封信差人送到鄭州。二國舅收到信後很是無奈，他用酒把張氏灌醉，正要拿起刀殺她時，看到張氏的容貌又不忍心下手。二國舅走出房來，看到張公在院子裡，便把情況跟張公說了一遍。張公聽後，建議說：「國舅若是在這裡將她殺了，則冤魂不散又來作怪。我後花園有口枯井深不見底，把她推到井中，豈不是更乾淨？」二國舅很高興，賞了張公十兩銀子，讓他把張氏綁起來扔到井裡。

張公其實是想救張氏。張氏醒來後，張公偷偷地打開後門，把十兩銀子送給她做路費，叫她去東京包大人那裡告狀。張氏拜謝完張公後出門，想到自己只是個弱女子，一個人怎麼能去得了東京？張氏的悲哀怨氣感動了天上的太白金星，太白金星化作一個老翁把張氏帶到了東京，然後化作清風而去。張氏很驚訝，她抬頭一看，面前正是王婆的店門。王婆也認出了張氏，等她聽完張氏訴說自己的遭遇後，王婆流著淚說道：「今天五更時，包大人要去行香，你等他回來後，可以在街上攔住他的馬告狀。」

張氏請人寫了一份狀子後走到了街上，剛好遇到一個官員坐著轎子經過，張氏便攔馬告狀，誰知轎子裡的人竟是大國舅。大國舅看完狀子，立即把張氏抓了起來，讓人用棍子將張氏打死後將屍體丟在一個偏僻的巷子裡。王婆聽到消息後，忙跑到巷子裡去看，發現張氏尚留有一口氣，連忙叫人抬回店中救醒。

過了兩三天，包大人在王婆的門前經過。張氏得知後，捧著狀子跪在包大人馬前喊冤。包公看完狀子後，讓公差領著張氏到府上辨認屍體。張氏看到丈夫的屍體悲泣不已。包公叫來王婆，審問明白後讓王婆回店，張氏暫住開封府中。

包公為了抓住大國舅，詐病在床。仁宗皇帝聽說包拯病了就讓群臣去探望，大國舅來到開封府，包公吩咐差役們準備捉拿人犯。包公把國舅領到後堂，對國舅說：「國舅，下官前幾日接到一份狀子，說她的丈夫、兒子被一官員打死，自己又被擄走。後來這位娘子逃到東京，又險些被仇家打死。我正要想找國舅商議，想問問國舅那個官員姓甚名誰。」大國舅聽後才明白原來包公要抓自己，不禁毛骨悚然。這時張氏從屏風後走出來，指著大國舅說道：「想打死妾身的就是此人。」大國舅對張氏大聲呵斥說：「無故誣賴國戚，該當何罪？」包公讓公差把大國舅捉住，扣下國舅的官印，摘去頂戴花翎，上了長枷投入牢中。包公吩咐府上的人一定要嚴密封鎖消息，不能走漏半點兒風聲。包公寫下一份書信送到鄭州二國舅那裡，並用大國舅的官印蓋章。信中假稱郡太夫人病重，要二國舅急速趕來。二國舅得到書信後急忙趕到東京，還沒到曹府就被包公抓到開封府投進大獄。

郡太夫人得知二位國舅都被包公押在獄中後，急忙進宮向曹皇后求助。曹皇后又向仁宗皇帝求助。仁宗皇帝不理睬，曹皇后只得私自出宮，來到開封府為二位國舅說情。包公不理會，說道：「國舅已經犯下大罪，娘娘您私自出宮，明日我向皇上稟奏此事您也逃不了干係。」皇后無話可說，只得回到宮中。

第二天，郡太夫人又向仁宗求助。仁宗很無奈，讓大臣們到開封府為國舅求情。包公知道大臣們會來，在開封府門前寫了一告示：有為國舅求情者，與之同罪。眾大臣見了都不敢進開封府。郡太夫人又向仁宗皇帝哀求，仁宗皇帝只能親自來到開封府為二位國舅求情。包公向仁宗奏道：「今天又不是祭祀天地的日子，陛下私自出宮會給天下帶來大旱的。」仁宗皇帝說：「朕此次來開封府是為了二國舅的事，看在朕的份上饒恕了他吧！」包公說：「既然陛下要救二國舅，下一道赦文就足夠了，為何要御駕親臨呢？現在二國舅惡貫滿盈，若陛下不依臣所啟奏的辦理，臣情願辭官務農。」仁宗皇帝沒辦法只能回宮。

包公從牢中押出二國舅赴法場。郡太夫人得知後，又入朝哀求聖上下一道赦書救二國舅。皇上立即下了一道赦書，讓使臣到法場宣讀，稱赦東京罪人及二位皇親。包公聽後，說道：「都是皇上的百姓犯罪，為何不赦天下，只赦東京？」包公不從，先把二國舅斬了，等到中午再斬大國舅。郡太夫人聽到二國舅已經被斬，急忙哭著稟奏皇上。王丞相向皇上建議說：「陛下須大赦天下才可保住大國舅。」仁宗皇帝立刻草詔頒行天下，不論犯罪輕重一律赦免。包公聽說大赦天下，便放了大國舅。

大國舅回到府中見了郡太夫人，母子相擁而泣。國舅說：「兒子不肖❷讓父母受辱。現在我死裡逃生，想到母親會有人侍奉，兒子情願辭去官職入山修行。」郡太夫人勸留不住。後來曹國舅遇到真人點化入列八仙。

包公判完此案後，將袁文正的屍首葬在南山之南，又從庫中撥出三十兩銀子給張氏讓她回鄉。所有得到赦免的犯人及家屬都稱頌包公的仁德。包公殺一個國舅，袁文正的冤情得以昭雪；赦一個國舅，天下的罪囚們都被釋放，就像是大旱之後降下了一場甘霖。

❷【不肖】指某人品行不好，不才。也作謙辭。

第十八回　破窯裡的皇太后

包公賑濟完災民後回京，路上暫時在桑林鎮停歇。張貼告示說：「本官在東嶽廟停留三天，此地若有不平之事可向我告狀。」

鎮上有一個住在破窯裡的婦人聽說此事後跑到東嶽廟來找包公。包公見這婦人兩眼昏花、衣衫襤褸，便問道：「你是何人，有何冤屈？」想不到那婦人竟指著包公罵道：「你要我說出姓名，你就罪該萬死。」包公很驚訝，那婦人又接著說，「我的狀子只有真包公才能斷，我怕你不是真的。」包公問那婦人：「那你有什麼辦法能分得清我是真是假？」婦人說：「我眼睛看不見，要摸你的頸後。若是有肉塊，就說明你是真包公，我才會跟你訴說我的冤情。」包公走到婦人面前讓她摸，那婦人抱住包公的頭，摸到包公的頸後果然有肉塊。誰知那婦人卻趁機打了包公兩巴掌，旁邊的人看了都大驚失色。包公倒是不生氣，問那婦人說：「你到底有什麼冤屈？」婦人道：「這件事只能你我二人知道，你把旁邊的人遣走我才能說。」

於是包公讓其他人都退下，那婦人一邊哭一邊說：「我是亳州亳水縣人，父親姓李名宗華，曾是節度使，只生了我一個女兒。後來家道衰落，十三歲時為了養活自己到太清宮修行被尊為金冠道姑。有一次，真宗皇帝到宮中行香，見我美貌就納我為偏妃。後來我生了一子，而南宮劉妃生了一位公主。我們兩人幾乎是同時生產。誰知後宮總管郭槐與劉妃串通一氣，把劉妃的孩子跟我的孩子調了包。我一時氣急攻心倒在地上誤殺了小公主，後被囚禁在冷宮。一個姓張的奴僕知道我的委屈，有次他趁太子在內苑遊玩，稍微跟太子說起了這件事。郭槐知道後就報給了劉皇后，劉皇后就把這個奴僕絞死並殺了他全家十八口人。真宗去世後，我的兒子繼任皇位，敕免了所有冷宮裡的罪人，我才出了宮來到桑林鎮隱姓埋名。萬望包大人將我的冤情奏明聖上，讓我們母子團聚。」

包公聽後吃驚地問道：「娘娘您生太子時，太子身上可有什麼記號？」婦人說：「我生下太子後，發現他雙手伸不直。我讓宮人掰開，發現他左手寫著『山河』二字，右手寫著『社稷』二字。」包公一聽，這正是當今聖上的胎記，連忙把婦人扶到椅子上，跪拜說：「請娘娘恕罪。」隨後娘娘換上錦衣，跟隨包公一起回到了東京。

包公回京後，上朝向仁宗稟奏說：「臣在回京路上遇到一個道士，那道士哭了三天三夜。臣問她為什麼哭，她說：『山河社稷倒了。』臣感到很奇怪，又問她：『為什麼說山河社稷倒了？』那道士又說：『當今沒有真正的天子，所以說山河社稷倒了。』」皇上聽到後哈哈大笑說：「那道士口出狂言。朕左手有『山河』二字，右手有『社稷』二字，怎麼不是真天子？」包公說：「望陛下讓小臣看看。」仁宗攤開兩隻手讓眾臣看，果然是這樣。包公又叩頭說道：「可惜真命天子做了草頭王❶。」大臣們聽包公這樣說都大驚失色。仁宗皇帝生氣地說：「我太祖皇帝仁義得到天下，現在傳到我這裡。你為何說我是草頭王？」包公說道：「既然陛下是嫡系真主，那您知不知道自己的親生母親在何處？」仁宗皇帝說：「昭陽殿劉皇后就是寡人的親生母親。」包公又稟奏說：「我已經查明，陛下的生母住在桑林鎮。倘若聖上不信就問文武百官，其中必有人知道。」於是仁宗問群臣說：「包拯所言可是事實？」王丞相稟奏說：「這是陛下的內事，除非問後宮總管郭槐，只有他知道。」仁宗立即宣來郭槐詢問。郭槐說：「劉娘娘是陛下的生母，這還用問嗎？包拯這是妄生事端、欺瞞陛下。」仁宗聽後很憤怒要將包公斬首，王丞相勸解說：「包拯這樣說必有原因。望陛下把郭槐交給西台御史❷處查個明白。」仁宗批准了丞相所奏，命御史王材追查此事。

劉太后得知此事後怕事情洩露，秘密地跟一個姓徐的監官商議，決定用金銀珠寶買通王材。王材這人貪財，得到一大筆財物後便放了郭總管，並擺出酒席盛情款待徐監官。在他們喝酒時，門外闖進一個黑臉漢。王材問這漢子是什麼人，黑臉漢說：「我是三十六宮四十五院的都節使。今天是春節，特意來向王大人討些節日禮品。」王材吩咐家人給他十貫錢，又賞了三碗酒。黑臉漢喝完三碗酒後，醉倒在門前叫屈。旁人聽後很疑惑，問他為何叫屈。黑臉漢說道：「天子不認生母是大屈，官府貪贓受賄是小屈。」王材聽後，呵斥道：「天子不認親娘，關你什麼事？」說完後就讓家僕把黑臉漢吊起來。忽然有人來報說包大人來了，王材慌忙讓郭槐回牢中，讓徐監官從後門出去，自己則跑出門迎接包大人。王材走出府門，看見包公的隨從在外面站著，包公卻不知在哪裡。王材問隨從：「包大人在哪？」隨從董超回答說：「剛才大人進您的府內議事，要我們在這裡等候。」王材、董超等人來到府內，一看吊在堂中的正是包公，慌忙地把他解下來。包公大怒，讓人把王材拿下，並從其府中搜出珍珠三斗、金銀各十錠。包公對王材說：「你貪贓枉法該處以極刑。」隨後讓人把王材推到法場斬首示眾。

包公帶著從王材家裡搜出的贓物面見聖上。仁宗看到贓物沉吟不決，問包公：「這些金銀珠寶是誰送去的？」

包公說：「臣查明是劉娘娘宮中的徐監官送去的。」仁宗皇帝召來徐監官問話，徐監官難以隱瞞只得招認。仁宗聽後龍顏大怒，說：「既然是我的生母，為何私下賄賂王材，其中必有緣故！」仁宗把徐監官發配邊關充軍，令包公拷

---

❶【草頭王】舊時指佔據一塊地盤的強盜頭子。

❷【西台御史】監督官員的機構。

問郭槐。包公領旨後，回到開封府嚴刑拷問郭槐，但郭槐不肯招認。包公覺得這樣下去也不是辦法，便想出一個計謀。

這天，董超、薛霸二人來到獄中，私自打開郭槐的枷鎖，拿來一瓶好酒與郭槐一起喝，並告訴他：「劉娘娘秘密傳旨讓你不要招認，事情過後會重重賞你。」郭槐聽後很高興，不知道這是包公的計謀，也沒多想一高興就喝醉了。郭槐對董、薛二人說：「你們二位只要在獄中給我方便，等我回宮見到劉娘娘一定會好好地犒勞二位。」沒想到董超聽後竟嚴肅起來，把郭槐拖進內牢嚴刑拷打了一番，說道：「郭槐，你分明知道案件的內情，還不快快招認，免得受皮肉之苦。」郭槐終於熬不住，將他知道的情況都招了出來。

第二天，包公聽說郭槐說出實情非常高興。郭槐被押到大殿上，由仁宗皇帝親自審問。沒想到郭槐在殿上變了卦，對仁宗皇帝說：「臣是禁不住他們的嚴刑拷打才胡亂招認。」仁宗問包公現在該如何辦理，包公請奏說：「陛下把郭槐吊在張家院裡，此案就會真相大白。」仁宗皇帝聽從了包公的話，把郭槐押到張家院子裡吊了起來。

將近三更時，忽然天昏地暗、星月無光，一陣狂風過後，郭槐感覺自己被什麼人捉了去。等他睜開眼，前面竟有兩排鬼兵，再往前一看，發現閻羅王坐在大堂之上。閻羅王問身旁的判官[3]：「張家一十八口該滅嗎？」判官稟報說：「張家該滅。」閻羅又問：「郭槐該滅嗎？」判官稟報說：「郭槐還有六年的陽壽。」郭槐聽後，叫道：「大王，我若是能躲過這一劫，我一定把您的恩德告訴劉娘娘，讓她好好感謝您。」閻王說道：「你把劉娘娘當初做的事情跟我陳述一遍，我就饒了你。」郭槐做多了虧心事，絲毫沒有懷疑這閻王的真假，將全部實情說了出來。閻王聽完後，大聲罵道：「奸賊！現在你還要抵賴嗎？朕是真天子，不是閻王！」原來這又是包拯設計的一番好戲，他讓皇上假扮閻王，而自己扮成判官。郭槐見狀嚇得低著頭啞口無言只求速死。

審完郭槐後，仁宗起駕回宮。待到天明，文武百官都來上朝，仁宗命人安排好鑾駕，迎接李娘娘。母子二人見面悲喜交加、相擁而泣，文武百官都歡呼慶賀。仁宗讓宮女送李娘娘到宮中休息，下令將劉娘娘處以油鍋之刑以洩心裡的怨恨。包公稟奏說：「王法中沒有斬天子的劍，也沒有煎皇后的鍋。皇上若是想要她死，就賜她一丈白綾吧；而郭槐當受鼎鑊之刑[4]。」仁宗同意依包公建議斷了此案。這真是亙古一大奇事。

---

❸【判官】本爲古代官職名，隋朝時始置。唐制，特派擔任臨時職務的大臣，可自選中級官員奏請充任判官以資佐理。後也指陰曹地府中審判鬼魂的官員。

❹【鼎鑊（ㄏㄨㄛˋ）】古代酷刑，把人投入盛著沸水的大鼎中煮死。

第十九回　牆壁上的銅錢

龍陽縣有個叫羅承仔的人，為人輕薄、不遵法度，常常跟一些狐朋狗友來往。羅承仔家中房子寬大，他開了一間賭場從中抽取頭錢❶。他還代人典當借貸，當保頭❷。家中常有一些道德敗壞、行為猖狂的人出出入入。有人勸他說：「交朋友應該選擇那些勝過自己的人，比自己差的人就不要交往了。」羅承仔卻說：「天高地厚，方能納汙藏垢。大丈夫在天地之間怎麼能分辨清濁好壞，為什麼不敞開胸懷接納眾人？」別人又勸道：「交友不慎，終會有得不償失的時候。一點兒的差錯常會引來天大的禍端，常言道：『火炎昆岡，玉石俱焚』。你為何這麼固執？」羅承仔回答說：「一尺青天蓋一尺地，上天是不會被蒙蔽的。只要我自己端正就不會有事。」羅承仔對別人的勸誡一概不聽。

羅承仔的一個同鄉衛典很富有。一天夜裡，五十多名賊人舉著刀槍火把闖進衛典的家中搶劫財物。等賊人們走後，衛典一家大小悲泣不已，親朋好友都來安慰。羅承仔在衛家門前經過，歎息道：「家裡太富有難免被劫，只有貧窮人家才能無憂無慮、夜夜睡得香。」衛典聽到這句話，心裡很不痛快，對他兩個兒子說道：「親戚朋友個個都可憐我，唯獨羅承仔說這種話。想必那些賊人都是在他家賭博的光棍，缺衣少食、敗了家業就來打劫我們的家財。不把他告上官府此恨難消。」於是衛典寫了狀子，把羅承仔告到巡行到此地的包公那裡。

包公看了狀子，命公差把羅承仔抓來嚴刑審問。羅承仔辯解說：「現在衛家被劫，沒有抓獲一名賊人又沒有人證物證，平白無故地誣陷我，我怎麼肯心服口服？」衛典對包公說：「羅承仔既不耕種又不經商，終日開設賭場抽取頭錢，還代人典當借貸。在他周圍都是些陌生不知來歷的人。他家猶如賊窩一樣，難道不該剪除嗎？」包公聽後斥責羅承仔說：「羅承仔，你不安分守己、盡做一些不務正業的事，難免被別人懷疑。」但是入戶劫財案情嚴重，若要定罪最好是當場抓獲，其次是有物證，最少也需有人證。衛典狀告羅承仔搶劫沒有證據，狀子中的言辭大多是懷疑之意。所以允許羅承仔保釋出獄，但要改掉惡習，若有再犯一定嚴查。

羅承仔經過這次教訓，不再開賭場也不做保頭了。人們都為他改過自新而高興。唯獨衛典心裡很不舒服，到處抱怨說：「我家被賊人打劫，錢財都被洗劫一空，狀子告到衙門不但

---

❶【頭錢】賭博中抽頭得到的錢財。
❷【保頭】爲別人做擔保的人。

沒有受理，反而受了一肚子氣，實在是不公平。」包公聽說後，將衛典抓起來打了二十大板，罵道：「刁惡的奴才，我什麼時候判斷錯了？自己不小心被盜，那盜賊已經遠走高飛了，你應該自認倒楣，怎麼怨恨起本官來了！」隨後把衛典關進了牢裡。

城中城外的人都知道衛典被抓進了牢裡，官府也不再調查盜賊之事。所以賊人鐵木兒、金堆子等人聽到後很高興，召集眾賊人買酒買肉，還到城隍廟還願相互慶賀。到了深夜，有賊人笑道：「人們都說包大人神明，也不過如此。但願他的子子孫孫都做官，而且專門在我們這裡做官，讓我們自由自在、無驚無擾。」這時包公正穿著布衣在為衛典被劫之事明察暗訪，走到城隍廟西邊聽到了這些話，他心想：願我的子子孫孫做官當然好，但讓他們無驚無擾這話就有點兒可疑。隨後就用小錐子在牆上寫了三個「錢」字。包公來到觀音閣東，又聽到有人說：「城隍爺爺真靈，包公爺爺真好；若不是他糊塗，我輩都有煩惱。」包公又心想：說我好也就罷了，但都有煩惱的話又很可疑，這句話和前面聽到的那句話好像是盜賊說的。包公把三個銅錢插在牆壁中，然後回府休息。

第二天，包公同眾官員前往城隍廟行香，完畢後乘轎子到廟西街。看到牆上有三「錢」字，命人圍起此屋，抓到鐵木兒等二十八人。又來到觀音閣東，找到牆壁上三個銅錢處讓人圍住，捉到金堆子等二十二人。包公將人帶到衙門後，把鐵木兒等人用長枷夾起，問道：「衛典與你們有什麼仇恨，你們在夜裡搶劫他家錢財？」鐵木兒等人不肯承認。包公又審問道：「你們願我來此地做官得以自在、無驚無擾，原來是因為不遵王法做了賊人。」鐵木兒聽後，才知道自己昨夜所說被包公聽到，只能招認打劫過衛典家。包公又審問金堆子等人說道：「你們為何同鐵木兒等人搶劫衛典？」金堆子等人絲毫不肯承認，包公怒道：「你們這些人都說『城隍爺爺真靈，包公爺爺真好』，今日若不招認，個個『都有煩惱』！」金堆子等人聽後個個驚慌失措全都招了出來。

後來，包公把追回的財物還給了衛典；判金堆子、鐵木兒等人死罪，秋後處決。

包公來到觀音閣東，又聽到有人說：「城隍爺爺真靈，包公爺爺真好；若不是他糊塗，我輩都有煩惱。」

第二十回　地窖中的陰謀

河南汝寧府上蔡縣，有名巨富叫金彥龍，娶妻周氏，生有一個兒子叫金本榮。金本榮剛二十五歲，娶了一位面容姣好的妻子叫江玉梅，年方二十。

有一天，金本榮到街上去算命，算命人說在一百日之內他會有血光之災，除非出門躲避才可免除。金本榮心想：我有一位結拜兄弟在河南洛陽經商，不如先到他那裡躲災避難，順便做做生意。金本榮回家後將想法跟父母說了一遍，父親金彥龍說：「既然你已決定，我就給你一雙玉連環、百顆珍珠。你拿到你義兄那裡去賣，可得錢十萬貫。」金本榮的妻子江玉梅向前說道：「公公婆婆，丈夫他在家每天都飲酒，若是帶這麼多財寶出門，恐怕路上會喝酒誤事。怎麼能讓人放心？現在家裡也沒有什麼事，我想跟丈夫一同出去。」金彥龍聽後覺得可行，說道：「我也想過他會喝酒誤事，你能同他一道出去更好。今天就是個吉日，現在收拾一下出發吧。」隨後金彥龍將珍珠、玉連環都交給金本榮，並囑咐一百天後一定要回家，不可在外面只顧著遊玩讓父母親擔心。金本榮點頭答應，夫婦倆辭別父母一同上路了。

到了晚上，金本榮夫婦入住到一家客店。兩人正在喝酒聊天，一位全真❶先生走進店裡。金本榮信奉道教，見到全真先生便說：「先生請來這裡，坐下一起飲酒。」全真先生坐下後，問金本榮：「金本榮，你夫婦二人要到哪裡去？」金本榮大驚說道：「我與先生素不相識，怎麼知道我的姓名？」先生說：「貧道得到真人的傳授，能夠預測人的吉凶。我觀察你們二人的氣色，眼下會有大災，一定要小心謹慎。」金本榮聽後，說道：「我倆都是凡人，不知道避災的方法，請先生指點。」先生說道：「貧道看你們夫婦兩個平時都做了不少善事，豈能坐視不管。我給你們兩顆丹藥，服下去後自然能夠免除災難。但你們要記住把身邊的寶物藏好。如果你們遇到大難，可以到山中尋找雪澗師父。」全真先生說完後就辭別走了。

夫婦倆將到洛陽縣時見大家紛紛逃生，聽說是西夏國王趙元昊興兵犯界。金本榮聽後想了一會兒，對妻子說：「我有個朋友叫李中立，他在開封府汜水縣居住。去年他來我們縣做生意時，我曾有恩於他。現在到了此地，不如先去拜訪下他。」江玉梅同意了丈夫的決定，跟著金本榮一路打聽來到李中立家中。李中立出來迎接金本榮夫婦，請二人到廳中喝茶。李中立見江氏貌美，又覬覦金本榮的財寶，便心生一計，對金本榮說道：「洛陽與本地都由京都管轄。西夏國軍隊若是犯界，此地也會遭到搶掠。小弟這裡有個地窖，若是賊兵來襲

---

❶【全眞】即全眞教，是中國道教後期的分支之一。

就鑽進地窖裡躲避，保證你一定沒事。賢兄就放心在我這裡住著吧。」說完，讓家人拿來酒菜招待。

過了幾天，李中立暗地裡跟家僕李四說：「我去上蔡縣做生意時，金本榮把我的本錢都騙了去。現在他帶著百顆珍珠和一對玉連環來到我家。你如果能替我報仇，把金本榮領到沒人的地方殺了，我就養你一世，絕不虛言。你殺完金本榮後，刀上一定要有血，然後帶著他的頭巾和珍珠、玉環作為憑證前來見我。」李四聽後覺得有好處就答應了。第二天，李中立對

金本榮連忙說：「寶物在我身上，你拿去吧，求你放了我。」

金本榮說道：「我有一所小莊院，院子裡有一個地窖，賢兄可以去看看。」金本榮不知是計，應和說：「那就讓李四帶我去看看吧。」李四把金本榮帶到沒有人的地方，抽出刀子想要殺金本榮。金本榮嚇得魂飛魄散，忙問李四為何要殺他。李四把主人李中立的想法告訴了金本榮。金本榮聽完後跪在地上求饒，說道：「李四哥你聽我說，我在上蔡時多次有恩於李中立，現在他恩將仇報想謀得我的財富，還要霸佔我的妻子。家有七旬的父母沒人奉養，你饒了我吧！」李四聽後說：「我只是奉我主人的命令把財寶拿走，快告訴我寶物藏在哪裡？」金本榮連忙說：「寶物在我身上，你拿去吧，求你放了我。」李四見了寶物又說：「我聽說得到財富就不害人性命。現在我已經拿到寶物，但還要取你的頭巾作為憑證，而且這刀上一定要有血跡，才能回去跟主人交代。不然我也很難處理。」金本榮說：「這很容易。」便脫下頭巾，咬破舌尖把血噴在刀上。李四說：「我現在饒了你性命，你一定要去別處躲藏。」金本榮說：「我既然保住了性命，自當遠離此地。」說完便逃走了。

李四得到寶物後，就急忙回去向李中立交代。李中立大喜，置酒席犒勞李四。到了黃昏，江玉梅見天色漸晚，丈夫依舊沒有回來，問李中立：「我丈夫去看地窖，為何現在還沒回來？」李中立帶著一臉淫笑說：「我家大業大，嫂嫂如果跟我結為夫妻必能快樂一世，何必掛念你丈夫呢？」江玉梅聽後很吃驚，說道：「叔叔為何說出這等羞恥的話？」李中立向前想摟住江玉梅，卻被江玉梅一把推開。江玉梅說：「我聽說守婦道之人未出嫁時要聽從父親，出嫁後要聽從丈夫。我的丈夫從沒有嫌棄我，我怎麼能做出傷風敗俗之事，玷污了我的名節。」李中立不耐煩地說：「你丈夫已經被我殺了。你若不信，我將他的東西拿來給你看。」說完後，就將李四帶回的頭巾和刀丟在地上，說道：「娘子，你看看這頭巾，刀上還有血跡。你若不歸順我，別怪我無情連你一塊殺了。」江玉梅看到丈夫的頭巾後哭倒在地，李中立趕忙將她抱起，說：「嫂嫂不要煩惱。你丈夫已經死了，我與你成了夫妻也不算玷污了你。為何還這樣執迷不悟呢？」江玉梅心想：賊人將我的丈夫害死，不但謀得財物，現在又想佔有我，我若是不從必定會遭到毒手。想到這裡，江玉梅對李中立說：「我現在已經有了半年的身孕，你若是想要跟我做夫妻就等我生完孩子；否則我就是死了也不從你。」李中立心想：等你生了孩子，諒你也逃不掉。隨後叫來一個叫王婆的婦人吩咐說：「我在深林山神廟邊有一所空房子，你把她藏在那裡。等她生完孩子後，不論生男生女都要丟進水裡溺死。」王婆領命，把江玉梅領走了。

光陰似箭，歲月如梭。江玉梅在山神廟旁的空房子裡住了幾個月後，生下一個男孩。王婆跟江玉梅說：「這個孩子要丟進水裡，不然李中立知道後會責怪我。」江玉梅再三哀求說：「他父親慘遭橫禍。孩子剛剛出世，等到他滿月再丟了也不遲。」王婆見江玉梅可憐便同意了。等到了滿月，江玉梅寫了孩子的出生年月貼在孩子身上，把他放在山神廟裡，希望有人能抱去撫養。不曾想江玉梅在廟中遇到金彥龍夫婦。原來金彥龍在家等著兒子、兒媳，過了一百天仍然杳無音信就出來尋找，二人來到山神廟中想問個吉凶卻碰到江玉梅。公婆二人見到江玉梅後大驚，問她丈夫在什麼地方。江玉梅哭著向公婆訴說前事，金彥龍聽了不禁流下眼淚，他寫了狀子去到官府告狀。

剛好包公訪察此地，得知此事後命人把李中立捉拿到府衙，先打了一百大板，然後押在牢中。

且說金本榮，逃出汜水縣後，想到在客店遇到的全真先生對自己說的話：如遇大難，去找雪澗師父。於是金本榮來到山中找到雪澗師父訴說自己的難事。雪澗師父讓他暫時留在庵中，直到某一日對他說：「你現在去府衙，你的親眷都在那裡。」金本榮辭別了師父，逕直來到府衙，正好遇到包公升堂審理李中立，金彥龍夫婦、江玉梅及王婆都在堂上作證。金本榮見到父母與妻子，全家人又重新團聚，喜悅之情溢於言表。金本榮又將前後之事向包公陳述一番。李中立無法抵賴如實招供，包公隨後將李中立用長枷腳鐐鎖上投入死牢，又將劫去的寶物歸還了金本榮。

第二十一回　指腹之盟[1]

潮州府鄒士龍、劉伯廉、王之臣三人是莫逆之交，情同手足。

後來鄒士龍、王之臣二人一起坐船到京都參加會試[2]。鄒士龍在船上情緒有點兒低落。王之臣以為他因為別離友人劉伯廉而煩惱便安慰他說：「大丈夫志在功名，離別之情不值得這樣憂愁。」

鄒士龍說：「我這樣不是因為劉兄，而是因為我妻子已懷孕七個月，正月即將臨盆，所以有點兒不放心。」

王之臣說：「我的妻子也一樣。吉人自有天相，她們一定會平安無事的，你不必掛念。」

鄒士龍說：「你我二人小時候拜同一個老師讀書，後來一起進了學校，前幾日鄉試上又同時金榜題名，現在我們倆的妻子都懷有身孕，這不是偶然啊。王兄若是不嫌棄，如果我們的妻子都生男孩，就讓他們結為兄弟；如果是兩個女孩，就讓她們以姐妹相稱；如果是一男一女，就讓他們結為夫妻。王兄意下如何？」

王之臣聽後，說：「你這樣說再好不過了。」兩人讓僕人端上酒來暢懷而飲。

二人到了京城，會試完後，鄒士龍高中，而王之臣名落孫山。王之臣先辭別回家，鄒士龍送他到京城郊外，囑託說：「我有一封家書，麻煩王兄帶回家交給我妻子。我家中事務煩勞王兄代我主持。」

王之臣接過信說道：「鄒兄家中的事務我一定會效力的，你不用掛念。你只管努力準備殿試❸，爭取考入前三名。」然後擦了擦眼淚，辭別了鄒士龍。

王之臣回到家後，其妻子魏氏已經生了一個男孩，取名朝棟。王之臣問孩子的生日，魏氏說：「正月十五辰時生。鄒大人的妻子也在這一天生了一個女兒，取名瓊玉。」

王之臣把書信送到鄒家。鄒士龍的妻子李氏從信中知道了王之臣與丈夫在船中定下的約定。李氏很高興，讓家人準備酒席招待王之臣。之後，鄒家內外之事都由王之臣兢兢業業地主持操辦。幾個月後，鄒士龍做了知縣。回到家中後，他請劉伯廉為鄒、王兩家交換聘禮。

---

❶【指腹之盟】即指腹爲婚，舊時的一種婚姻風俗。雙方家長在孩子還沒出生之時就爲他們定下婚約。

❷【會試】中國古代科舉考試制度中的中央考試。

❸【殿試】中國古代皇帝親自出題的考試，考生都是從會試中挑選出來的。

王之臣家以金鑲玉如意作為聘禮；鄒士龍家用碧玉鸞釵還禮。鄒士龍赴任後，每月與王之臣都有書信往來。雖然王之臣後來幾次考試都沒中，但他也做了官，曾在松江府做同知[4]。後來王之臣病重，寫了一封書信給鄒士龍。信中囑咐他一定要扶持自己的遺孤。過了不久，王之臣死在任上。

王家的喪事辦完後，鄒士龍想接朝棟到鄒府讀書。朝棟辭謝說：「父親剛剛去世，母親在家守寡，怎敢遠行？」鄒士龍覺得朝棟很孝順，便給了他一些財物供他讀書。但朝棟只知讀書，家裡的積蓄越來越少。

鄒士龍歷任參政[5]，後來辭職回到家中。朝棟和劉伯廉前往鄒家拜訪，鄒士龍見朝棟衣衫襤褸很不高興。朝棟十六歲時，託劉伯廉到鄒家說親，想擇吉日跟鄒家小姐完婚。鄒士龍要求行六禮[6]才可完婚。朝棟很不高興，說道：「我家這麼窮，怎麼會承擔得起，為什麼為難我？」後來只顧讀書，沒有再提婚姻之事。

一天鄒士龍跟夫人說：「女兒已經長大該出嫁了。」夫人說：「前些日子王家的公子來商議婚事。我只有這麼一個女兒，王家現在很貧窮，為什麼不讓王公子入贅到我們家？這樣兩處都方便，何必讓他納采？」鄒士龍說：「我看王朝棟將來也就是個窮儒生。以我現在的身分，怎麼能選一個窮儒生做女婿？諒他也沒有錢納采。再過一年，我叫劉兒去告訴他，再不納采就給他百兩銀子讓他另娶別家女子。我給女兒選一個好人家嫁出去，也不至於耽誤了我女兒。」夫人聽後，不同意，說道：「他雖然窮，但喜歡讀書，將來一定不會淪落成窮儒生。他父親雖然死了，但我們兩家有過約定，怎麼可以毀約呢？」鄒士龍說：「不是你想的那樣，我自有辦法。」瓊玉剛好在屏風後，無意間聽到父母的這段對話。

一次，瓊玉與婢女丹桂在後花園賞花。丹桂看到朝棟從牆外經過，就指著朝棟對瓊玉說：「這就是王公子。」瓊玉見朝棟雖然衣衫襤褸，但風姿俊雅，心中暗喜。第二天，瓊玉又到後花園遊玩。朝棟經過，見此女子星眸月貌、光彩動人，跟婢女一起賞花，想必是瓊玉。瓊玉看到朝棟後，讓丹桂喊道：「王公子。」朝棟怕被人看到，不敢走過去。丹桂又連喊幾聲。朝棟心想一定是有事告訴我，便來到牆邊從小門進入後花園。瓊玉把她從父親那裡聽到的話跟朝棟說了一遍，朝棟說：「這門親事是父親定下的，現在我雖然貧窮，但親事絕不會退，銀子也絕不會接受。現在你父親想悔婚，我也沒有辦法。」瓊玉說：「我父親雖然有此意，但我絕不服從。你要用心讀書，我們終究會在一起。晚上你來這裡，我有事跟你說。現在我怕有人來，你先回去吧。」

---

❹【同知】古代的官名，知府的副職。

❺【參政】古代的官名，丞相之副。

❻【六禮】古代婚姻的六個步驟，既納采、問名、納吉、納徵、請期、親迎。

朝棟等到夜深人靜時，來到鄒家的後花園。丹桂看到朝棟，便對他說：「小姐請公子進房中說話。」朝棟說：「萬一被你家老爺發現，不太好吧？」丹桂說：「老爺和夫人已經睡了。」朝棟這才放心地進入瓊玉房中。瓊玉準備了些酒肴，與朝棟一起坐下飲酒。後來瓊玉拿出三匹絲綢、一對金手鐲和數雙銀釵給朝棟，讓他拿去暫補家用。瓊玉說：「我父親讓我嫁給別人，我絕對不會答應。古人云：一絲已定，豈容再易。」朝棟說：「恐怕到時候會被情勢所逼，身不由己。」瓊玉說：「我父親若是以勢壓人，我寧肯以死明

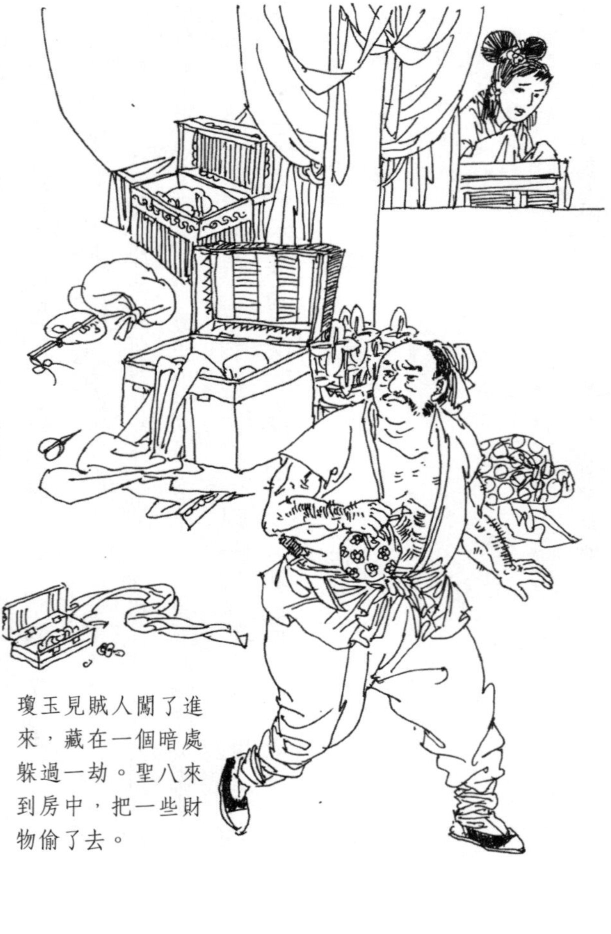

瓊玉見賊人闖了進來，藏在一個暗處躲過一劫。聖八來到房中，把一些財物偷了去。

志。」隨後拉起朝棟的手對天盟誓，而後兩人又飲酒相互傾訴愛慕之情。瓊玉還年幼，不勝酒力，不知不覺醉倒在床，穿著衣服睡著了。朝棟本想離開，但見瓊玉睡在床上，如同一支含苞待放的海棠，忍不住抱起瓊玉。瓊玉醒來也是情意綿綿，沒有推開朝棟，兩人同寢直到天明。而後，朝棟每晚都來與瓊玉幽會，這樣持續了兩個多月。

一天晚上，朝棟因為母親生病沒有去見瓊玉。丹桂在門口等了很久，不見朝棟過來。忽然聽到有腳步聲，連忙告訴瓊玉：「公子來了。」想不到來的人是一個叫聖八的賊人，到府上偷東西。丹桂一看是賊人慌忙逃跑，聖八急忙抓住丹桂並拔刀殺了她。瓊玉見賊人闖了進來，藏在暗處躲過一劫。聖八來到房中，把一些財物偷了去。等賊人走後，瓊玉叫醒父母說：「丹桂被賊人殺死了。」鄒士龍聽後，急忙讓人到官府報案。

包公恰好巡行此地，接到案子後立即派人展開調查。但連續好幾天都沒找到一點兒線索，案情一直沒有進展。

有一天，朝棟因沒有錢為母親買藥，就將瓊玉給他的一個金手鐲拿到街上店鋪中換銀子。恰巧鄒家僕人梅望在鋪門經過，看到了朝棟手裡的金鐲子。等朝棟走後，梅望把金鐲子買了去交給鄒士龍，說：「這件東西好像是我們家的，請夫人、小姐來認。」夫人看到後說：「這的確是小姐的東西，你從哪裡得來的？」梅望說：「是王朝棟拿到金銀匠那裡賣的。」鄒士龍說道：「原來是這後生因貧窮幹起偷盜的勾當。」立即寫了一份狀子，把王朝棟告到了包大人那裡。

包大人接受了狀子，讓公差把朝棟捉拿到大堂上，審問道：「你這金鐲子是從哪裡來的？」朝棟說：「是鄒小姐給我的，可讓小姐給我作證。」包公想了一會兒，問道：「難道你與瓊玉小姐有私通？」朝棟欲言又止，最後說了句：「不敢。」包公看出了朝棟的心思，把他帶到後堂讓左右隨從退下，問道：「既然沒有私通，那她怎麼給你這麼多財物？」朝棟很無奈，歎息說：「現在要不是我蒙受這麼大的冤屈，絕對不會把實情說出來讓別人嘲笑瓊玉。但事情到了這種地步，我只能直言相告了。」朝棟隨後將他與瓊玉的事詳述了一遍。包公聽後，說：「明日我讓鄒參政與他女兒在大堂上聽審，你再將此事詳細地說一遍。如果此事屬實，我不但判你無罪，還會作主讓你們完婚；若是不屬實，我一定會讓你償命。」朝棟再三叩頭說：「望大人成全。」

第二天，包公又升堂審理此案，拍驚堂木，對朝棟說：「你父親是名清官，你卻成了盜賊，你怎麼能忍心玷污自家門庭？」朝棟說：「學生一向遵從禮法、信守仁義，不會做盜竊之事的。」包公說：「既然你沒有偷竊，這些贓物是從哪裡來的？」朝棟回答道：「是鄒家小姐送給我的。」鄒士龍一聽很生氣，說道：「明明是他理虧，還把責任推到我女兒身上。」包公又接著對朝棟說：「你詳細地說一遍。」朝棟又將他與瓊玉之間的事說了一遍。鄒士龍聽後，說道：「他這是一派胡言，我女兒知書達理、安分守己，怎麼可能會像他說的那樣。」包公說：「這種情況下只能問令愛[7]了，事情自然明瞭。」可是瓊玉因為年幼，羞愧不肯作答。朝棟對瓊玉說：「既然是你給我的，你就直說了吧，難道你忍心置我於死地嗎？」小姐始終不肯回答。包公連敲桌子厲聲罵朝棟：「你這可惡的後生，嘴裡講著孔孟，實際上卻是作惡多端的盜賊。你現在編造這些謊話來欺瞞本官，重打四十板，判你死罪。」這時，朝棟倒在地上，大哭說：「早知今日，何必當初。小姐，你當時跟我定下的誓盟，如今在哪裡？我死不足惜，可是家中老母誰來侍奉？」小姐聽後，低下頭流出眼淚，說道：「金鐲的確是我給朝棟的，殺丹桂的不是他。那賊人來到房中，趁著燈光我看見他有點兒老，留有鬍鬚。」包公聽完，對朝棟說：「這是公道話，我饒了你。」瓊玉見朝棟的頭髮散落下來，跪到朝棟身邊為他綰起頭髮。鄒士龍見了心裡很惱怒，說道：「我女兒是一派胡言。她被賊人嚇得花了眼，沒有看仔細。」包公對鄒士龍說道：「現在小姐為朝棟綰髮，足可以見證兩人的真情。丹桂對這後生來說如同紅娘一般，他又怎麼忍心殺害丹桂呢？何必再苦苦爭辯。」鄒士龍此時也無話可說，對包公說：「任憑包大人決斷吧。」

包公又對鄒士龍說道：「依我之見，你當初與王大人既是同窗[8]，又有指腹之盟，現在

---

❼【令愛】也作令嬡（ㄞˋ），指對方的女兒，一種尊稱。

這兩人又相互恩愛，為何不讓他們快點兒完婚？」鄒參政說道：「照現在的情況來看，雖然丹桂不是他殺的，但此事也是因他而起，必須讓他查出凶手才能完婚。」包公說道：「七日之內必能查出這個賊人，然後讓他們擇日完婚。」

當天夜裡，朝棟回到家中，在父親靈位前燃香禱告說：「孩兒不幸遭遇這樣的禍事，辱沒了門庭。如果不查出賊人的下落，我和瓊玉就會沒有結果。父親在天之靈幫幫孩兒吧。」朝棟禱告完後就回房睡下。到了半夜他果然夢見父親坐在自己前面，朝棟上前行禮。他父親扔出一雙竹箸，這聖箸在地上擺成一個「八」字。

包公當天夜裡也夢到一個人，峨冠博帶，走到包公面前拱手謝道：「小兒不肖，望大人多多培植。」說完扔出一雙竹箸走了。包公一看，聖箸像一個「八」字。

第二天，包公將朝棟召來，將昨夜所夢告訴了他。朝棟很驚訝，說自己也做了此夢，並說道：「這是我父親感謝大人您對我家的恩情，特意來拜謝。」包公說：「我昨夜想了很久，這賊人可能姓祝，名聖，或者名箸，在家排行第八。」包公旁邊的一個差役聽後，稟報說：「前任劉老爺曾經抓過一個叫聖八的小偷，念他是初犯就刺臂[9]釋放了。」包公一聽大喜，說：「就是此人。」

包公立即讓公差把聖八捉到大堂升堂審理，對著聖八呵斥道：「你這畜生，黑夜殺人劫財，好大的膽子！」聖八爭辯說：「小人一向遵守法度，並無此事。」包公說：「若是你一向遵守法紀，前任劉大人為何要抓你刺臂？」聖八說：「劉老爺誤抓了我，後來審明了就把我放了。」包公說：「你初犯刺臂釋放，賊心不改。現在又殺人劫財，重打四十板，從實招來。」聖八受刑後，依然不肯招認。包公見他腰間有兩把鑰匙便心生一計，叫來兩名公差吩咐一番。

兩名公差拿著鄒家丟失財物的單子和鑰匙來到聖八家，見到他的妻子，說道：「你丈夫在公堂上承認劫了鄒家的財物，我們拿鑰匙來是叫你開箱取走贓物。」聖八的妻子信以為真打開了箱子，依單子一一取出贓物。公差把贓物拿到公堂上，聖八看見後無詞爭辯，只能招供說是他殺了丹桂。

後來，王朝棟、鄒瓊玉擇日成婚，夫婦恩愛，對長輩之事也事必躬親，很是孝順。次年朝廷舉行科舉考試，王朝棟赴京趕考榮登黃榜，朝廷授他翰林⑩之職。

---

❽【同窗】指在一起讀書的同學。

❾【刺臂】古代的一種刑法，在犯人的手臂上刺字。

❿【翰林】官名，也叫「翰林學士」，主要負責起草機密的詔書。

第二十二回　江名玉謀害好友

江州城中有兩個鹽商，一個叫鮑順，另一個叫江名玉。鮑順敦厚老實，而江名玉則奸詐狡猾。鮑順因鹽商們抬舉，家業越做越大。後來娶了城東黃億女為妻，生有一個兒子叫鮑成。鮑成喜歡打獵，父母多次禁止他打獵都不聽。

一天鮑成領著家童萬安出去打獵，看見潘長者園子裡有棵樹，上面站著一隻黃鶯。鮑成打了一彈，那黃鶯中彈掉落在園中。鮑成讓萬安到園中撿黃鶯，萬安見園中有很多女孩在裡面嬉戲不敢進去。潘成問：「為什麼不給我撿黃鶯？」萬安說：「園子裡有一群女孩，不敢闖進去。等她們走了再去撿。」鮑成就坐在亭子裡休息。直到中午，女孩子們才回去。萬安翻牆進去後沒有發現黃鶯，想必是那群女孩撿去了。萬安回來告訴了鮑成，鮑成很是憤怒，往萬安臉上打了一拳，萬安的鼻子被打出了血。萬安不敢作聲，回到鮑家後也沒有對主人說。

黃氏見萬安鼻子下有血痕，問道：「今天讓你跟鮑成去學堂，你們去了嗎？」萬安沉默沒有回應。黃氏再三詢問，萬安才說出打獵之事。黃氏聽後生氣地說：「人家的孩子能好好

會報復他。

讀書為父母爭氣，我們家的孩子就喜歡遊蕩，還打傷家人。」隨後黃氏將鮑成的獵狗打死，把打獵的器物毀壞，並讓鮑成住進學堂，不許他回家。鮑成於是非常痛恨萬安，常想找個機會報復他。

江名玉雖然也是鹽商，但他的生意總是賠錢。看到鮑順變成了富豪，江名玉就想謀取他的錢財。一天，他跑到鮑順家中喊道：「鮑兄在家嗎？」剛好鮑順從外面回來，看到江名玉很高興，讓黃氏置備酒席招待。二人在酒席上一邊飲酒一邊談生意的事。江名玉說：「我這裡有一個賺錢的好機會，只是我缺少本錢，特意來跟鮑兄商議。」鮑順問：「什麼生意？」江名玉說：「一個蘇州巨賈有一百箱上好的布料，打算低價出售。我算了一下，差不多用一百兩黃金就可以收了他的貨。然後我們再待價而沽，盈利能有百倍。」鮑順是個愛財之人，聽到這種好事就立刻答應江名玉一起去，並約定在江口相會。江名玉走後，鮑順把這件事情告訴了黃氏，黃氏不同意，但鮑順態度很堅決。他收拾百兩黃金先去江口，讓萬安挑著行李在後面跟上。

第二天清晨，鮑順帶著百兩黃金出門，天微微亮就到了江口，江名玉和他的兩個侄兒以及僕人周富在船上備好酒菜等著鮑順。幾人將鮑順扶上船，江名玉說：「太陽還沒有出來，大霧瀰漫江面，我們幾個先喝幾杯酒再開船。」鮑順毫無警覺，連喝了十幾杯酒，覺得有點兒醉了。江名玉還勸鮑順多喝幾杯，鮑順說：「早上不應該喝這麼多酒。」江名玉埋怨說：

「我好心好意招待你，為什麼推託？」遂從袖中取出秤砣砸向鮑順，正中其頭頂，鮑順昏倒在船上。江名玉等人把黃金搶走，把鮑順推到了江裡。

萬安挑著行李到了江口不見主人。一直等到中午，也沒有發現主人的身影，萬安只得回去，對黃氏說：「主人不知道從哪條路去了，我沒找到他，所以就回來了。」黃氏感覺此事不順利也沒說什麼。過了三四天，江名玉來到鮑家說：「那天我等了鮑兄半天不見他來，我自己就開船去了。」黃氏聽後很驚慌，連忙讓家人四處打聽鮑順的下落。鮑成在學堂裡聽說後，心想：一定是萬安在那一天謀害了我父親，故意挑行李回來想要瞞天過海。想到這裡，鮑成立即寫了一份狀子，將萬安告到王知州[1]那裡，說萬安是個刁滑奸詐的奴僕，父親一定是被他謀害的。王知州信以為真，用嚴刑拷問萬安，萬安熬不過酷刑屈打成招。王知州把萬安夾上長枷關進牢裡，案子就這樣結了。

這個冬天，仁宗皇帝命包拯審理天下的死囚案，萬安被押到東京聽審。包公看完萬安的案卷，重新審問萬安。萬安哭泣不已，將實情告訴了包公。包公心想：白天殺人，怎麼會沒有人看見？若是萬安劫了主人的財物，應該遠逃才對，怎麼還會回去？於是下令把萬安的長枷去掉，寬鬆地押在獄中。包公秘密地吩咐公差李吉道：「你去江州鮑家查訪此事，若是有人問萬安如何，你就說已經處斬了。」李吉按包公的吩咐來到江州。

且說江名玉謀得了鮑順的百兩黃金成了富人。他聽說萬安為鮑順抵命後心神不寧，唯恐被人發覺是他殺了人。有一天，江名玉夜裡夢到一位神人警告他說：「你謀得鮑順的財物，他的家僕又冤屈抵命，你要小心日後會有一個穿著紅衣服的婦女揭發此事。」江名玉從夢中驚醒，牢牢地記下了此事。一個月後，他果然遇到一個穿紅衣服的婦人，帶著五百貫錢向他買鹽。江名玉把這婦人請到家中厚禮相待。婦人很奇怪，問道：「我與你素不相識，為何用厚禮招待我？」江名玉說：「娘子難得來我這一次，你若是需要鹽，我就專挑一些好鹽給你送去，何必親自來買呢？」婦人聽後說：「我的丈夫在江口販魚，需要用鹽醃起來，特意讓我帶錢到你這裡買鹽。你若是不肯出價格，我就到別處買。」江名玉無奈只得從命，給了婦女雙倍的鹽。婦女剛要辭行，江家僕人周富端著一盆髒水經過，髒水滴到婦人的衣服上。婦人很不高興，江名玉急忙賠禮道歉，說：「這個小僕一時不注意，請你原諒。衣服的錢我會賠給你。」婦人還是很不高興地走了。江名玉很氣惱，將周富綁起來打了一頓，兩天後才放了他。周富心裡怨恨主人，於是他跑到鮑家把江名玉殺鮑順的事告訴了黃氏。黃氏聽完後正打算到官府狀告江名玉，這時李吉來到鮑家，稱自己是東京來的，因缺少路費想向鮑府借些盤纏。黃氏問李吉：「你從東京來，有沒有聽說萬安的案子審判的結果？」李吉回答說：「萬安已經處決了。」黃氏聽後傷心地哭起來。李吉不解，問黃氏是何故，黃氏說：「我現

❶【知州】中國古代官名，爲各州的行政長官。

在已經知道謀殺我丈夫的凶手了，萬安是被冤枉的。」李吉聽後直接告訴黃氏說自己是包公派來調查此案的。黃氏取出十兩銀子，讓李吉帶著周富連夜趕到東京，把實情稟報包公。包公審理完畢，李吉讓公差到江州把江名玉一干人等抓捕到府衙詳細審問。江名玉幾人隱瞞不下去只能如實招認，包公將江名玉叔侄三人定為死罪關進獄中，將萬安從獄中釋放出來，鮑順的冤情終於昭雪。

第二十三回　巧扮新婦

揚州吉安鄉有一個人叫謝景，家中很富有。他的兒子謝幼安娶了城裡蘇明之女。蘇氏很賢慧，謝家人很是滿意。

一天，蘇氏的一個侄兒蘇宜到謝家探親。謝幼安覺得他是個無賴之徒而怠慢了他，蘇宜心裡很不滿懷恨而去。過了半個月，謝幼安到東鄉查看耕種情況，因為路途遙遠就沒有回家。有一個賊人李強聽說謝幼安不在家，趁黃昏人影朦朧時偷偷藏進蘇氏的房中。到了半夜，李強出來偷蘇氏的首飾等財物。偷完後，李強正要開房門逃走，蘇氏恰好醒來。蘇氏看到房中進了賊人，急忙喊：「有賊！」李強怕被捉住，驚慌之下就抽出一把尖刀把蘇氏殺了。

第二天，謝景夫婦早早地起床，看到媳婦房間的門已經開了，就朝房裡喊：「怎麼這麼早開門？」喊完後，媳婦房中一點兒動靜都沒有。婆婆覺得有點兒奇怪，走進房裡發現媳婦躺在地上滿身是血，婆婆驚呼：「是誰殺了我家媳婦？真是大禍啊！」門外的謝景聽到妻子的喊叫後，趕忙來到媳婦房中也是驚慌失措不知道怎麼辦才好。等到謝幼安回到家中，知

道了這件事悲傷不已。父子倆到處尋找殺人者，十幾天也沒有找到線索。鄉鄰們不清楚事情的來龍去脈，只覺得這事有點兒蹊蹺。蘇家認為蘇氏的死跟謝家有關，不是強盜所殺。蘇宜因謝家曾怠慢自己而懷恨在心，便趁此機會把謝景告到官府劉大人那裡，稱謝景姦淫兒媳，因蘇氏不從而殺人滅口。劉大人看完狀子後，把謝景抓到府衙審問。謝景一再說兒媳是被盜賊所殺，盜賊還偷走了屋內的金銀首飾。劉大人詢問謝家鄉鄰，鄉鄰們都說未必是被盜賊所殺。劉大人又審問謝景：「有盜賊要殺你兒媳，為什麼她不喊？現在沒有一個人聽到喊聲，一定是被你殺的。你快點兒招供，免得受皮肉之苦。」謝景不能辯白，只能喊冤枉。後來謝景受不了嚴刑拷打，只得承認殺了人。劉大人把謝景用長枷夾起投進牢裡。雖然案卷已經寫完，但過了一年也沒有判決。

後來包公巡行至揚州，審問獄囚。謝幼安知道後，來到府衙向包公陳述父親的冤情。包公讓人取來謝景的案宗，升堂重新審問謝景。雖然謝景的供詞與原來一樣，但包公明白其中定有冤情。

賊人李強殺了謝家媳婦，盜走了她的金銀首飾，按理說他應該潛形匿跡、低調處事，但沒過多久李強又再次作案。城內有個富人名叫江佐。他的兒子新婚時，李強趁亂潛入新人房中藏在床下。本想到了深夜爬出來偷東西，可新人房間裡的蠟燭一直亮到天明。這樣一直持續了三個晚上。李強在床下不敢出來又不能動，痛苦交加，最後只能爬出來向外跑，卻被江家人捉住。眾家僕把這賊人亂打了一頓，要把他送到官府。李強說道：「我沒有偷竊你們家的財物就被打了一頓。如果押我到官府，我就告你們亂打人。」江家人怕他使詐，沒有把他押到劉大人那裡，而是送到包公那裡。

包公升堂審問李強，李強卻爭辯說：「我不是盜賊，我是郎中，他們誤會我了。」包公問：「你既然不是盜賊，為什麼藏到人家房子裡？」李強回答說：「那個婦人患有一種罕見的病，讓我時刻相隨，以便給她用藥。」包公聽後心想：這女子才嫁到江家，即使有病也不應該讓李強同行？此人形跡可疑，一定是個賊人。包公追究此事，李強就把新娘家從事的職業和平常都和哪些人交往告訴包公。包公到江家向新

謝景不能辯白，只能喊冤枉。後來謝景受不了嚴刑拷打，只得承認殺了人。

娘詢問李強所講之事，居然跟李強講的一模一樣。包公很疑惑：若是這賊人初到江家，他怎麼知道這麼多新娘家的事；若是他跟新娘一起來，那他就不是盜賊了。想了一會兒，包公讓人把李強關進獄中。

退堂後，包公又思考這件事，懷疑這個盜賊莫非在房中太久了，聽到新婚夫妻的談話。包公遂生一計，秘密地讓公差找來一個歌妓，讓她穿上江家媳婦的衣服。第二天升堂，李強看到堂上的歌妓，便叫了江家媳婦的小名，並說：「是你請我治病的，現在反而說我是盜賊。」歌妓不作聲，堂上的其他人都掩口而笑。包公笑道：「你這個賊人，既然你跟江家媳婦很熟悉，為什麼還把這位歌妓當成她？想必謝家的媳婦就是你殺的。」包公吩咐公差到李強家中搜查贓物。公差發現床下有新土，挖開一看，有一匣子首飾。包公召謝幼安前來辨認，謝幼安說裡面有幾件是妻子蘇氏的。李強只能如實招供。

審理完畢後，李強被帶上長枷投入獄中，判了死罪；蘇宜被判誣告之罪，謝景獲得清白被釋放出獄。

第二十四回　猜字謎破凶殺案

袁州有一個叫張遲的人，娶妻周氏，生有一子。

一天，周家的一個小家童來到張家找周氏，告訴她周母生病在床。周氏聽後很著急，連忙告訴張遲說要回娘家看望母親。張遲答應後，周氏便收拾行李、抱著孩子回到了娘家。沒過幾日，周母的病痊癒了。周氏在娘家多住了一個月。

某日，張遲接到一位故人的來信。這位故人在臨安做官，寫信讓他到臨安相聚。張遲看完信後，立刻回了一封答應了邀請。張遲找來弟弟張漢，對他說：「臨安有位朋友邀請我前去相會，我答應了他。但我一走就沒有人看家護院，你趕快去周家把我去臨安的事告訴你嫂嫂讓她回來。」張漢答應了。

次日，張漢來到周家，把哥哥囑咐的事告訴了嫂嫂。周氏是個賢慧的婦人，很敬重小叔子，吩咐下人置備酒菜招待張漢。喝了幾杯酒後，張漢起身對嫂嫂說：「路途遙遠，我們盡早動身吧。」周氏便辭別父母，抱著孩子跟張漢一起回去。他們來到一座高嶺上，周氏感覺

酷暑難耐，又抱著孩子，實在是走不動。周氏說：「這裡離家也不遠了。我們在這林子裡休息一下，等暑氣消散了再走。」張漢說：「不如我先抱侄兒回去，然後雇轎夫來接你。」周氏覺得可以，就把孩子交給張漢，讓他回去了。

張漢回到家，看見哥哥張遲在門口等著。張漢對哥哥說：「天太熱，嫂子走不動，派人去接吧。」張遲立刻雇了兩名轎夫到高嶺上接周氏。但是轎夫在山裡找了半天也沒見到一個人影，便回來報告張遲。張遲聽後很慌張，連忙叫上弟弟一起到高嶺上找人，還是沒找到。弟弟張漢猜測道：「莫非嫂嫂有什麼東西忘在娘家又回去拿了？」張遲覺得有可能，便來到周家詢問。周家人說：「她已經離開半天了，沒見到她回來過。」張遲心更慌了，跟弟弟回到林子裡又仔細找了一遍。突然在一處幽僻的地方發現了妻子的屍體，但頭已經沒了。張遲悲痛欲絕，哭了很久。最後讓弟弟雇人把妻子屍體抬回家，用棺木裝起來。

周氏的哥哥周立喜歡訴訟。他聽說此事後，懷疑是張漢在路上想強姦周氏，被拒絕後又怕周氏回家告訴張遲就殺人滅口。周立寫了狀子，把張漢扭送到曹都憲[1]那裡，告他謀殺了周氏。曹都憲相信了周立的話，升堂審問張漢，張漢哪裡肯承認。曹都憲就用嚴刑拷打張漢，但張漢始終不肯屈服。曹都憲讓都官查找周氏的人頭，都官來到高嶺找了很久也沒找到，就偷偷地打開一名婦人的墓，取了她的頭冒充是周氏的。曹都憲再次升堂審問張漢並嚴刑拷打，張漢實在是熬不住了只能屈服，被關在獄中等待處斬。

半年後，包公巡審東京罪人。他看完張漢的案宗後，把張漢叫到廳前問話。張漢把前情訴說了一遍。包公心想：當時周氏的丈夫找了很久也沒找到她的頭，都官用幾天的時間就找到了，這件事很可疑。包公讓公差到街上找來一位江湖術士，問術士說：「現在你給我占卜一件事，一定要虔誠。」那術士問道：「大人要占卜什麼事，能否讓我知道？」包公說：「你只管占卜，這件事只能我一人知道。」之後，術士推出一個「天山遁[2]」的卦，告訴包公：「此卦中，遁者，匿也，大人是想要尋找某個人。」包公說：「卦辭如何？」術士回答說：「卦辭很深奧，需要大人自己揣測。」卦辭是：

遇卦天山遁，此義由君問。聿（ㄩˋ）姓走東邊，糠口米休論。

包公看完卦辭，想了一會兒，不明白是什麼意思。術士得到了一斗米賞賜便回去了。包公問當地的官員：「這裡有沒有一個叫『糠口』的地方？」眾人都回答沒有。晚上，包公回到房間，秉燭而坐，揣摩卦辭，苦思一段時間後恍然領悟。第二天，包

---

❶【都憲】明朝時都察院、都御史的別稱。
❷【天山遁】也叫「遁卦」，是易經六十四卦中的第三十三卦。

公叫來張遲的鄰居蕭某，吩咐他說：「你帶著兩名公差，到建康驛站的各個旅館查訪張家之事，限你三日之內查出個結果。」蕭某聽後，覺得事關重大難以在三日之內有結果。但他看到包公滿臉怒色，只能隨二名公差出府，來到建康驛站分頭打聽張家命案的情由。

包公說：「卦辭如何？」術士回答說：「卦辭很深奧，需要大人自己揣測。」

某日中午，蕭某來到一家旅舍準備吃午飯。蕭某看到店裡面有兩個客商，帶著一個年輕的婦人在廚房裡做飯。不一會兒，二客商覺得有些睏倦，躺在床上睡了。蕭某看了看那個婦人覺得很眼熟；婦人看到蕭某也覺得認識。二人互看了很久後，那婦人帶著滿臉愁容，走到蕭某面前，問道：「這位官人是從哪裡來？」蕭某回答說：「我從萍鄉來，姓蕭。」婦人聽到蕭某是她的同鄉，又趕忙問：「你認識張遲嗎？」蕭某大驚道：「你看起來很像張家的周娘子。」婦人潸然淚下說：「我正是張遲的妻子。」蕭某很吃驚，沒想到竟在這裡遇到周氏，心裡暗暗佩服包公。蕭某把張漢被污衊坐牢之事告訴周氏，周氏哭著說：「真是冤枉啊！當時叔叔抱著孩子回家，我在林子裡等著。忽然來了兩個客商，他們挑著箬籠❸，見四處無人就拔出利刀逼我脫下衣服。我很害怕，只能把衣服脫下來。那二客商又從籠子中叫出一個婦人，讓她把我的衣服穿上。這兩個賊人真是喪盡天良，他們砍下那婦人的頭裝進籠子，把屍體丟在林子裡。之後，又逼我進了籠子，挑我來到建康驛。一路上讓我替他們乞討賺錢，受盡了苦難。今天有幸遇到同鄉，這真是老天開眼啊！希望你可憐我，通知我的丈夫讓他來救我。」說完後，周氏悲咽不已。蕭某感慨良久，對周氏說道：「包公正是為了破你的案子，讓我帶著二位公差來這裡調查，沒想到遇到你。我這就去告訴二位公差，讓他們來救你。」周氏收起眼淚，點頭同意，然後進入旅舍照顧那兩個客商。很快，蕭某帶著二位公差衝進旅舍，見那兩個客商正在和周氏吃飯。公差說：「我們是奉包大人的命令，捉你們倆回去。」二客商一聽到「包大人」這三個字，登時嚇得魂飛魄散，腳下一軟癱倒在地。

公差把二賊人帶到包公面前。包公大喜，立即叫來張遲讓他與妻子團聚。夫妻二人再次

---

❸【箬（ㄖㄨㄛˋ）籠】用箬葉與竹篾編成的盛器。

重逢，感慨萬千、相擁而泣。很快，包公升堂審理此案，周氏把她的遭遇向包公訴說了一遍。那二賊人也不敢抵賴都如實招供，隨後被夾上長枷押進大牢。包公又叫來都官追究婦人首級之事，都官知道隱瞞不下去了，只能如實供出首級的來歷。包公整理案卷上報朝廷。

幾日後，仁宗皇帝下旨：二客商謀殺婦人手段殘忍，立即處決；曹都憲審案不明，險些造成冤案，立即革去官職貶為庶民；二客商所有財物都賜給蕭某；釋放張漢；周立誣告他人，發配遠方；都官私自打開他人棺木，盜取頭骨冒充物證，定為死罪。

案子審理完畢後，眾人問包公如何從卦辭中破案。包公說：「陰陽之事，報應不差。卦辭的前兩句沒有意義，第三句是『聿姓走東邊』，天下哪裡有姓聿的？『聿』字旁邊加一『走』字，就是個『建』字；第四句是『糠口米休論』，『糠』字去掉『米』，就是『康』。離此地九十里的地方有個建康驛站，那是個客商聚集的地方。我懷疑周氏是被人拐走，所以叫她的鄉鄰到那裡查訪，果然查到她的下落。」眾人聽後，無不佩服包公的神見。

第二十五回　持假銀抓盜賊

平涼府前有一群人圍著一位術士，看他給別人算命。這群人裡有一個賣絲綢的客商，叫畢茂，他身上有十餘兩銀子用手帕包著藏在袖子裡。

有一個混混扒走他的銀子，卻不小心掉在地上。畢茂正要俯首去撿，那個混混也彎腰撿，兩人爭執起來。畢茂生氣地說：「這銀子是從我袖子裡掉出來的，與你何干？」混混也毫不退讓地說：「這銀子不知道是誰掉的。我先看到的，憑什麼說是你的？現在不如給在場的所有人平分，如何？」眾人一聽要平分，都來替混混說話。畢茂堅持說銀子是他的，不肯與眾人平分，卻被人們扭送到包公那裡。混混對包公說：「小的叫羅欽，在府前看術士相人。不知道誰的一包銀子丟在地上，小的去撿，他卻跟我爭。」畢茂說：「那是從我袖子裡掉出來的銀子，他卻要跟我分。我看這人是個江湖混混，銀子可能就是被他割破衣服掉出來的。不然我兩手拱著，怎麼會掉出來？」羅欽說：「既然他這樣說，看看他的衣袖破了沒。況且我跟家人在此地賣錫賺了不少錢，現住在南街李店。怎麼會是個混混？」

包公看羅欽面相不善，便讓公差到南街把他家裡的帳目拿來看，上面果然記有賣錫，帳目寫得很明白，這才不懷疑羅欽。包公問畢茂：「既然你說銀子是你的，那可記得有多少兩嗎？」畢茂回答說：「這銀子是隨便放在身上用的，我不記得數目。」包公又讓手下到府前找來兩個知情人詢問，二人都指著羅欽說：「是他先看到的。」再指著畢茂說：「這個人先撿到的。」包公說：「羅欽看到後，有沒有說話？」二人說：「說了。羅欽說：『那裡有個包。』畢茂聽後就撿起來，打開一看裡面是銀子，二人便爭執起來。」包公說：「畢茂，你不知道銀子的數目，那這銀子一定是別人丟的，應該與羅欽均分。」說完，當堂把銀子分成兩半，畢茂與羅欽各得八兩。

包公叫來一名公差，對他說：「你悄悄跟著這兩個人，聽聽他們說什麼。」不久，公差回來稟報說：「畢茂一直埋怨老爺，他說銀子被那光棍騙走了。羅欽出去後，那兩個證人跟他要銀子。他們去了店裡，不知道後來怎麼樣了。」包公又叫來書吏任溫、俞基，對他們說：「你二人去換五兩假銀，摻幾分真銀。你們在路上故意讓羅欽看見，然後到鬧市去。如果有人剪破你們的衣服偷銀子，就把他抓來交給我。我自會獎賞你們。」任溫與俞基拿著假銀子來到街上，恰巧遇到羅欽。任溫故意打開銀包買櫻桃，俞基也將銀包打開，說：「還是我請你吧。」二人吃完櫻桃後就到東嶽廟看戲。俞基是個年輕小夥，袖中的銀子什麼時候被偷走了全然不知。任溫雖然眼睛在看戲，但心思都在銀子上，只要有人剪袖口就立刻捉拿。

過了一會兒，身旁的人就擠擠攘攘起來，其中一人在後面托著任溫的袖子，將銀包從袖子裡偷了出來。任溫察覺後，馬上轉身抓著那賊人說：「有賊在此。」沒想到此時有兩個人緊緊地擋住任溫，那個賊人趁機逃跑了。任溫隨後把擋著他的兩個人抓起來說：「包大人讓我二人在這裡抓賊，現在賊人已經跑了，你二人跟我一起去回覆包大人。」二人說：「你叫有賊，我們正想抓，可是被人擠著走不了。現在賊人已經跑了，見包公還有什麼用。」任溫說：「沒有別的原因，只是要你們做證人。證明我不是捉不住賊人，而是因為在人群中不好捉。」旁邊的人見任溫是書吏，都過來幫助他把二人送到包公面前。

包公問二人的姓名，一個叫張善，一個叫李良。包公說：「你們為什麼故意放了賊人？現在我要你們二人代罪。」張善說：「看戲的人太多，誰知道他被人偷銀子呢，怎麼歸罪於我們？望大人明察。」包公說：「看你二人姓張姓李，又名善名良，一聽便是盜賊慣用的假名。任溫捉拿你二人，沒有什麼不當的地方。」於是各打二人三十板，判兩年徒刑。隨後二人被押到驛站。包公密信給驛丞❶說：「李良、張善二人犯到後，可以向他們索要財禮，得到的銀子交給我。」

李良、張善來到驛站後，驛丞擺出各種刑具恐嚇他們，說：「各打四十大板。」張善、

---

❶【驛丞】管理驛站的官。

李良說：「小的是被賊人連累代他受罪，求您饒了我們的小命。」隨後託人把四兩銀子獻給驛丞，請求驛丞三日後放他們回去。驛丞將銀子送到包公府上。俞基看到銀子後說：「這些假銀子正是我前日在廟中被偷去的。」包公把張善、李良提拿到堂上，問道：「你們趕快報上偷任溫錢財的賊人姓名，我就饒了你們的罪過，免受皮肉之苦。」張善說：「小的如果知道早就說了，怎麼會替別人受皮肉之苦呢？」包公把四兩假銀子扔下堂去給二人看，並說：「這些銀子是你們送你驛丞的，俞基認過說是他的。你們二人跟剪袖子的人是一夥的。」張善、李良見事情敗露只得從實招供，說：「我們一共二十人，都是剪袖子偷銀子的。昨天逃走的那個人叫林泰，前天是羅欽。目前除了我們四個，其他人都沒有犯法。我們之間有約定，至死也不透露其他人的姓名。」

包公把林泰、羅欽二人捉來，讓羅欽把八兩銀子還給畢茂；判二賊人兩年監禁。

第二十六回　和尚報仇

西京有一個叫程永的人，他開了一家旅店接待來往的商人。旅店由家人張萬管理，程永親自拉客人。凡是前來投宿的人，都會把名字記在本子上。

一天，有一個叫江龍的和尚來到店裡投宿。晚上，江龍在房中收拾衣服，將身上的銀子擺在床上。恰巧，程永從親戚家喝酒歸來，見和尚的房間裡亮著燈，走到窗前看到了床上的銀子。程永心想：這和尚不知是從哪裡來的，帶了這麼多銀子。錢財易動人心，程永就起了邪念。夜深人靜的時候，程永拿一把尖刀撬開了僧人的房門，進去大聲喝道：「你謀了別人許多財物，怎麼不分給我些？」僧人聽了大驚，還沒反應過來就被程永一刀刺死。程永在床下挖了一個坑，將僧人的屍體埋了起來，收拾完衣物銀兩就回房睡了。

次日，程永拿著劫來的銀子去做生意，幾年後成了富人。他還娶了城裡女子許氏為妻，生有一子，叫程惜。程惜長得十分俊俏，被父母視為心頭肉，程惜年紀稍大後喜歡遊蕩、不愛詩書。程永就這麼一個兒子也不怎麼管他，經常好言相勸，兒子反而憤恨而去。

一天，程惜讓匠人打造了一把鼠尾尖刀，來到父親的好友嚴正家。嚴正見到程惜很是高興，讓妻子備酒席招待他。嚴正問道：「賢侄難得到此，你父親可好？」程惜聽到「父親」二字，立刻睜大眼睛怒氣沖沖地像有什麼話要說。嚴正感到很奇怪，問道：「侄兒這是怎麼了？」程惜道：「我父親是個賊人，我一定會殺了他。我已經準備好了刀子。我來你這裡是特意告訴你，我明天就下手。」嚴正聽了嚇一跳，說道：「侄兒，父子至親，怎麼能說這種大逆不道的話呢？如果被外人聽到非同小可。」程惜說：「叔叔不要管。」說完就起身走了。嚴正很慌張，把這件事告訴了妻子黃氏，黃氏擔心地說道：「這件事非同小可。程惜如果不告訴你，他父親有什麼不測也不會連累到我們；但他現在已經把想法告訴了你，萬一他真做出大逆不道之事，我們怎麼脫得了干係？」嚴正問道：「現在該如何是好？」黃氏說：「現在看來，只能報告官府以免受到牽累。」嚴正同意了。次日，嚴正來到府衙告狀。

包公看完狀子覺得很奇怪，說道：「世間哪會有這等逆子。」立即吩咐人把程惜的父母召來問話。程永直接表明兒子有弒父之心；他妻子也說道：「不肖子常常在我面前說要殺了他父親，每次我都會譴責他。」包公又抓程惜來審問。程惜低著頭不作聲。又喚來程家的鄉鄰，鄰居們都說程惜有弒父之心，而且身上還藏有利刀。公差們在程惜身上搜了一遍沒有發現刀子。父親程永說道：「一定是藏在他的睡房裡。」公差們又來到程惜的房中，果然在席子下搜出一把鼠尾尖刀。包公把刀放在程惜面前，讓他說出實情，程惜依然默不作聲。包公無奈，只得把所有嫌犯暫時關進牢裡。

包公退到後堂，暗自思付：他倆是親生父子，為什麼無緣無故出現這種情況？這件事一定有不為人知的原因。四更時，包公做了一個夢。夢中包公在江邊，江中忽然出現一條黑龍，龍背上坐著一位神君。那神君手持牙笏❶、身穿紅袍，對包公說道：「包大人不要怪罪他兒子不肖，這是二十年前的孽緣。」說完，神君與黑龍都消失不見了。包公驚醒，想了想夢中之事，明白了神君所說的話。

次日升堂，包公問程永說：「你家的財產是祖上留下的，還是自己辛苦賺取的？」程永回道：「我曾經做客店生意賺了些錢。」包公又問：「出入都是由你管理嗎？」程永說道：「那些都是由家人張萬管理。」包公立即讓人找來張萬，拿出帳本從頭到尾仔細看了一遍。發現中間有一個叫江龍的和尚，投宿的日期正是二十年前的這時候。包公想到昨夜夢中之事豁然明白，單獨把程永領到屏風後，對他說：「你兒子大逆不道按律該嚴懲，但你的罪過也休想逃脫，趕快把你當年之事從實招出來，免得連累別人。」程永回道：「我兒子不孝，即便處死我也心甘情願。我沒有什麼事可招。」包公道：「我早就知道了，你還想瞞我多久？僧人江龍狀告你二十年前的事，你難道不記得了？」程永一聽倉皇失措，以為包公知道了

---

❶【牙笏（ㄏㄨˋ）】用象牙做的手板，古代官員持牙笏朝見皇帝。

二十年前的事，不敢再抵賴只得招供。

包公回到大堂再次審問。公差來到程家，從客房的床下挖出一具僧人的屍骸。程永被關進監獄，其他證人都回了家。包公心想一定是那和尚死後陰魂不散，特意來到程家投胎討債。包公又叫來程惜，問他：「他是你父親，你為何要殺他？」程惜依舊不說話。包公又說：「免了你的罪，你回去做些生意，不要見你父親了，如何？」程惜終於開口說話了，說道：「我不會做什麼生意。」包公說：「我給你一千貫錢，想做什麼就做什麼吧。」程惜說：「如果能有一千貫錢，我便買張度牒❷出家為僧。」包公相信了他，說道：「你去吧，我自會有處置。」

次日，包公將程家財產變賣出去得錢千貫給了程惜，程惜果然出家為僧。程永被發配到遼陽充軍。冤冤相報，何其不爽。

❷【度牒】古代官府允許人出家爲僧的憑證。

第二十七回　馬客商身死水塘

武昌府江夏縣有個人叫鄭日新，他跟表弟馬泰的關係一向很好。鄭日新常常到孝感販布。有次馬泰也跟了去，兩人賺了不少錢。

第二年的正月二十日，二人各帶二百多兩銀子來到陽邏驛。鄭日新說道：「你我二人如果一起到城中，一時很難收完貨。不如我們分開，你到新里街，我去城中。怎麼樣？」馬泰說道：「正合我意。」二人來到店中買酒，店主人李昭跟他們很熟，連忙出來迎接。李昭擺開酒席，勸道：「二位一年就來一次，多喝幾杯。」喝了一會兒，鄭、馬二人覺得醉了，拿出酒錢給李昭並跟他辭行，李昭再三推讓才勉強收下，三人拱手相互辭別。鄭日新囑咐馬泰說：「你收了布匹，就讓人挑到城裡交給我。」馬泰答應後就離開了。

馬泰走了不到五里地，因酒力上頭腳下無力，坐在地上休息，竟不知不覺倒在地上睡著了，醒來的時候已是日沉西山。馬泰急忙趕路，走了五里地，來到一個叫南脊的地方。一看，此地前不著村、後不著店的，馬泰心裡很是慌張。高岡上有一個叫吳玉的人，常常以牧牛作掩護謀取過客的錢財。他看見馬泰後，就說道：「客官，天快黑了，怎麼還不找家客店投宿？這個地方不比以前了，前面十里地都是荒野山岡，可能會有賊人。」馬泰一聽，心裡更慌了。他問吳玉：「你家在哪兒？」吳玉道：「前面源口就是。」馬泰說道：「既然不遠，能不能讓我借宿一宿？明早辭行必有重謝。」吳玉假裝推託說：「我家又不是客店酒館，怎麼能留人住宿？家裡沒有多餘的床鋪，你向前走也好，往回走也好，我家裡住不得。」馬泰再三懇求後，吳玉說道：「我看你是個忠厚之人，既然這樣我就收了牛帶你回去。」

吳玉把馬泰帶到家後，對妻子龔氏說：「有一個客官到我們家借宿，你備些酒菜。」龔氏與吳母都知道吳玉又要謀害人，二人見到馬泰很不高興。馬泰不知何故，以為二人不想讓外人投宿，便安慰道：「夫人娘子不要擔心，我一定會有重謝。」龔氏向馬泰使眼色，馬泰不知其意。過一會兒酒席擺好了，吳玉、馬泰二人便喝起酒來。吳玉接二連三地勸酒，馬泰飲了數杯又醉了。吳玉又用大杯勸了馬泰兩碗酒，馬泰喝完就趴在桌子上不省人事了，原來酒裡下了蒙汗藥。吳玉拿走了他身上的銀子，又將他背到水塘邊，找了一塊石頭裹到馬泰的衣服裡將他推進了水塘。吳玉就是用這種方法謀害了不少人。

鄭日新到了孝感，兩三天後收了二成的貨，但沒見到馬泰發貨來。又過了十天，馬泰還沒有消息，鄭日新有點兒擔心就來到新里街找他。鄭日新來到牙人[1]楊清家。楊清問他：「今年怎麼這麼晚才來？」鄭日新愕然，說道：「我表弟很早就來到你家收布了，我在城中等他，怎麼遲遲沒有發來？」楊清很納悶地說：「他什麼時候來的？」鄭日新答道：「二十二日我跟他在陽邏驛分開的。」楊清說從沒看見。鄭日新很擔心，又問了其他幾個牙人都說沒見到。

當天夜裡，楊清為鄭日新擺酒接風。眾人都很愉快，唯獨鄭日新悶悶不樂。大家也知道他是擔心馬泰，安慰道：「他可能到別處買貨了，不然我們怎麼會沒見到。」鄭日新想：他都不熟悉其他地方，還能去哪裡？次日一大早，鄭日新來到陽邏驛李昭店裡打聽，也說從分別後沒有見到過。鄭日新想是不是在途中被打劫了，便又回到新里街一路打聽都說未有死人。到了新里街，又向別人詢問楊清店中客商是什麼時候到的，都說是二月到。鄭日新心想：一定是牙家見他帶了很多銀子又孤身一人把他謀害了。於是跑到楊清店中對他說：「我表弟帶了二百多兩銀子來收布，一定是你謀財害命。我在路上問了很多人，都說沒見到死人，如果我表弟在路上被人殺了一定會有屍體。一個大活人怎麼就能沒了呢？」楊清辯解說：「我這店中都是客人，如何能做出這種事？」鄭日新又憤怒地說：「你家的客商都是二月份到的，我表弟是正月來的，那時你家還沒有這麼多客商呢，一定是你害死的。」楊清說：「如果他來我這裡，鄰里的人一定會看見。你怎麼平白無故地冤枉我呢？」二人爭論了很久，還大打出手。

---

❶【牙人】相當於現在的中間人，撮合買賣雙方，從中獲取傭金。

後來鄭日新讓人把消息報給家中，並在第二天寫了一份狀子把楊清告到縣衙。

孝感知縣接到狀子，便命人把楊清等相關人員押到堂上審問。知縣問道：「鄭日新你告楊清謀害了馬泰，有什麼證據？」鄭日新回答道：「楊清詭計多端、作案謹慎，不會輕易露出馬腳。請大人詳查。」楊清抱怨說：「鄭日新說的話毫無道理，真是瞞心昧己。馬泰從沒來過我家，若是我見過他一面甘心受死。馬泰一定是被鄭日新謀害的反而誣告我。」鄭日新說：「小人在李昭店裡喝酒後就跟表弟分開了，怎麼會害他？」知縣問李昭可有此事，李昭說道：「那天他倆到我店裡買酒，因為是新年第一次，小的照例設酒招待他們。喝完後他倆就分開了，一個向東，一個向西。確有此事，不敢隱瞞。」楊清說：「小的家中客人很多，如果馬泰到了我這裡，一定會有客人見到。大人可以問問我店中的客人，還可以問問周圍的鄰居。」知縣問楊清店中的客人都回答說沒見到。鄭日新說：「這些人都和楊清有關係，即使見到也不會說。他們都是二月份到的，馬泰是在正月裡到的，怎麼能看見？一定是馬泰先到，楊清見他一個人便起了不良之心。請大老爺依法讓他償命。」知縣勒令楊清招認。楊清本來就是無辜的，哪裡肯招？知縣又命人打了他三十大板，楊清依舊不承認。知縣用嚴刑拷打楊清，楊清受刑不過只好屈打成招。知縣又問道：「既然承認了，那屍體藏在哪裡了？」楊清說：「我真的沒有謀害人，因為實在是熬不住苦刑才胡亂招認的。」知縣聽後大怒，又命人用刑具把他夾起。楊清昏迷過去，很久才醒來，心想：不如暫且承認，他日再尋機會申冤。遂招供說：「屍體丟在長江裡，銀子已經用完了。」知縣見他招了供，就給他上了長枷押進大牢等待處斬。

不到半年，包公奉旨巡行天下來到武昌府。夜裡，包公詳查當地案卷，讀了此案後感覺有點兒睏倦便靠在案桌上小睡了一會兒。睡夢中見一隻戴著帽子的兔子跑到案桌前。包公醒來，心想：兔子戴了頂帽子，不就是「冤」字嗎！想必這案中定有冤情。

次日，包公提來案件的有關人等升堂審問。李昭依舊說「他們喝完酒後就分開了」，楊清及他的鄰居都說「沒見到」。包公心想：一定是在途中被害。

第二天，包公託疾不坐堂，帶著兩個家丁微服到陽邏驛察訪。行到南脊，包公見此地偏僻就停下來仔細勘察。見前面源口池塘邊鴉雀成群，很是奇怪，便走過去看看什麼情況。只見一死人浮在水面上，還沒有腐爛。包公讓家丁到陽邏驛調來驛卒，驛丞聽說是包公也跟了過來。包公想讓驛卒下水抬出屍體，但不知道水有多深。其中一個驛卒自告奮勇地道：「小人略懂水性，願意下去。」包公讓他下水塘將屍體拖上岸，包公又讓驛卒下水仔細搜搜，看看還有什麼其他東西。獄卒又搜出幾具屍體，都已經腐爛不能托起。包公立即吩咐驛卒捉來附近的十幾戶人家，問他們：「這池塘是誰家的？」都說：「這是用來灌溉莊稼的池子，不是一家的，也不是一個人的。」包公又問：「這屍體是哪裡人？」眾人都說不認識。包公將這些人押到驛站，路上心想：這麼多人，怎麼審問？豈能每個人都用刑？細細一想，心生一計。

包公回到驛站坐定，令抓來的人都跪在廳下，報出各自的姓名。然後包公說道：「前天我在府中，夢到有幾個人到我這裡告狀，說被人謀害後丟在池塘裡。今天我過來查看，果然找到數具屍體。這個殺人犯就在你們當中。」說完，用朱筆在名冊上亂點了一點，然後高聲喝道：「無辜者起來，殺人者跪在地上聽審。」廳下的人都覺得心中無愧紛紛了站起來。唯獨吳玉嚇得心驚膽戰、兩腿發軟。他正想努力站起來，包公狠狠地拍了一下驚堂木，罵道：「你這個殺人犯，還敢起來！」吳玉嚇得登時又跪在了地上，不敢說話。包公命人打了他四十板，問道：「殺了哪些人從實招來，免得再受皮肉之苦。」吳玉戰戰兢兢地說道：「都是些遠處來的孤客。小人以牧牛為由，在晚上花言巧語騙他們到家中休息。用毒酒將他們灌倒，然後丟進池塘。我不知道他們的姓名。」包公問：「有具屍體沒有腐爛，是什麼時候害死的？」吳玉說：「是在正月二十二日晚上殺的。」包公聽後，心想：鄭日新跟他表弟分別時也是這個日期，莫非此人就是馬泰？

包公命人將吳玉鎖起來帶回武昌府。府上的官吏都不知道是怎麼回事，聽說包大人從郊外來，紛紛出來迎接。眾官吏詢問緣故，包公一一作答，大家無不嘆服。又過了一日，包公讓鄭日新前往南脊認屍，回來報稱死者確實是馬泰。包公調出楊清等人，審問楊清道：「你從沒殺人，為什麼還要招認？」楊清說：「小人再三喊冤說沒有殺人。可是我店裡的客商都說是二月份來的，鄰居們也怕受到連累都推脫說不知道，這才讓知縣劉大人生疑。我被嚴刑逼供，暈過去好幾次。後來心想：不招供可能也會死，不然先暫時招了，可能有一天冤屈能夠昭雪。老天開眼讓我有幸遇到包大人，查出真凶還我清白。」包公讓人打開楊清的枷鎖。轉身又問鄭日新：「你當時沒有詳查，為什麼誣告他？」鄭日新說：「小人問了路上所有人都沒有表弟的下落，沒想到賊人做事如此縝密。小人狀告楊清也是迫不得已。」包公又問：「當時馬泰帶了多少銀子？」鄭日新說：「二百兩。」包公又問吳玉：「你謀得馬泰多少銀子？」吳玉說：「花了三十兩，剩下的都還在。」包公立即讓人到吳家去取贓物。吳母看到官差以為是來抓自己，跳水自殺了。龔氏見婆婆跳水也跟著跳了下去，幸虧被公差及時救起。龔氏被帶到大堂，向包公哭訴道：「我丈夫是凶惡之徒，母親屢次勸他都被他罵，何況是我呢？現在婆婆已死，我也願意隨她而去。」包公安慰道：「你既然苦勸過他，這件案子就不會連累你了。」包公又對鄭日新說：「本該定你誣告之罪，但見你沒有惡意，只是想為表弟申冤就免了你的罪。罰你搬屍回葬。」鄭日新磕頭叩謝。吳玉被斬於法場。

第二十八回　王倍冒充趙家女婿

開封府祥符縣沈良謨，生有一子，名叫沈猷（ㄧㄡˊ）。同鄉的趙進士趙士俊，娶妻田氏，生有一女名阿嬌。阿嬌有沉魚落雁之容、閉月羞花之貌，遂與沈猷結為秦晉之好❶。但趙家只有趙士俊見過沈猷，其他人都沒見過。

後來沈良謨家中遇到水患家門衰落，趙士俊見沈家貧困，尋思著退婚。其女阿嬌賢良淑德，對母親田氏說：「父親將我許配給沈家，豈能再嫁給他人？」田氏見女兒已長大成人急著讓她成親，只是沈猷沒有錢下聘禮。

一天，趙士俊外出，田氏趁機派人來到沈家，告訴沈猷要給他一筆銀子作為結婚的聘禮。沈猷聽後很高興。但他連一件完整的衣服都沒有，不好意思見田氏，就來到姑母家向堂兄借件衣服穿。姑母見到沈猷問他有什麼事，沈猷說：「岳母見我家貧，叫我過去一趟想給我一筆銀子做聘禮。只是我現在連件像樣的衣服都沒有，不好意思去，所以來這裡向堂兄借件衣服穿。」姑母聽後也很高興，留他吃過午飯後，讓兒子王倍去取一件新衣服。沒想到王倍是個小人，他對沈猷的事了解得一清二楚，於是故意騙他說：「難得堂弟來我們家，先休息一天，我去拜訪一位好友，明天回來再把衣服給你。」沈猷只得在姑母家等著。

隨後王倍冒充沈猷來到趙家，田夫人與女兒阿嬌出來迎接。田氏見王倍舉止粗俗，行為不雅，問道：「賢婿是讀書人，為何如此粗率？」王倍回答說：「財是人膽，衣是人帽。小婿家道衰落，住的是茅屋。突然來到貴府，心裡有點兒慌張才會如此。」田氏也沒有多想，以為是真女婿就留他住下。到了晚上，田氏故意放鬆女兒，讓她去與王倍偷情。次日，田氏拿來八十兩銀子和一些金銀首飾、珠寶等交給王倍。王倍拿著這些金銀回到家，見到沈猷只說是看望朋友回來了。沈猷又被王倍留了一日。到了第三天，沈猷堅決要去趙家，王倍只好把衣服借給了他。

沈猷來到岳丈家，遣人報給岳母。田氏覺得很奇怪，出來問：「你是我女婿，說些你家中的事給我聽聽。」沈猷一一道來，有根有據。田氏見他言辭文雅、氣度不凡，有大家風範，這才猛然醒悟上次來的那個女婿是冒充的，但悔恨也來不及了。田氏進女兒房裡，對女兒說：「你出去見見他吧。」阿嬌不肯出去，隔著簾子對沈猷說：「叫你前日來，為何拖到今天？」沈猷回答說：「我身體有點兒不舒服，所以來晚了。」阿嬌又說道：「你早來三天，我

---

❶【秦晉之好】春秋時期，秦國與晉國多次聯姻。後泛指兩家聯姻。

就是你的妻子，金銀也都會給你。可你現在才來就什麼也得不到。這是你的命。」沈猷有點兒不解，說道：「令堂[2]約我到府上，是要贈我銀子做聘禮。如果不給也沒關係，為什麼拿前天今天推辭。我若不寫退婚書，你再等三十年也是我的妻子。令尊[3]雖然有些權勢，也不能將你嫁給別人。」說完後就要起身離開。阿嬌急忙叫住，說：「是我跟你沒有緣分。你以後會娶到一位好妻子。我這裡有金鈿一對、金釵二股，你拿去讀書用吧。希望我們來生再續良緣。」沈猷說：「小姐怎麼跟我說這麼絕情的話？把這些金銀首飾給我，難道是要退親嗎？即便是你父親給我，我也不會接受的。」阿嬌說：「不是退親，明天你就會明白。你快點兒把這些財物拿去，不然會拖累你的。」沈猷不肯走，端坐在堂上。過了一會兒，內房有人喊：「小姐上吊了！」沈猷和田氏急忙跑進去解下繩子，可惜阿嬌已斷氣身亡。田氏抱著女兒痛哭，沈猷也淚如雨下。田氏督促沈猷說：「你快點兒出去，不可滯留。」

沈猷急忙回到姑母家還回衣服，並把這件事告訴了姑母。後來，沈猷的姑母知道了是兒子王倍詐騙了趙家銀子、姦淫了趙家女兒導致阿嬌上吊身亡，登時五雷轟頂一般，幾天後因怨憤竟死了。王倍的妻子游氏美貌賢德，剛剛入門一個月。她知道了王倍所做之事後，罵道：「既然得到了銀子，就不該玷污人家的身子。你這種人，簡直天理難容！我不想再與你做夫妻了。」王倍說道：「我現在有了錢，還怕娶不到妻子嗎？」便寫了一封休書[4]，讓游氏回了娘家。

趙士俊回到家後，想不到出去幾日家裡竟遭受如此大的變故。田氏告訴他：「女兒嬌生慣養，常常欺負婢女，瞧不起這些下等人。前天沈女婿來求親，她見人家衣衫襤褸很是羞愧，一時想不開就自縊而死。這跟女婿沒有任何關係。」趙士俊生氣地說：「我以前就跟你說要退親，你和女兒執拗不肯。現在他玷污趙家門風，坑死了我女兒。你反說與他無關！我一定要讓他償命。」說完，趙士俊寫了狀紙把沈猷告到官府葉府尹那裡。趙士俊家財萬貫、勢力極大，他賄賂官府上下打通了關係，葉府尹捉來沈猷判了死罪。

快到秋天時，趙士俊寫文書通知包公，囑咐他快點兒處決沈猷。田氏知道後也寫了一份信，讓家人交給包公求他不要殺沈猷。包公心裡很疑惑：都是同一個女婿，丈人說要殺，丈母卻說不殺，其中必有緣故。包公單獨提出沈猷審問，沈猷把情況一一向包公陳述。包公問道：「當時趙小姐怨你來得遲，你為何晚去兩天？」沈猷說：「因為我沒有像樣的衣服就去姑媽家向堂兄借，卻被他留住延誤了兩天。」包公聽後，心裡明白了。於是他化裝成布客，來到王倍家賣布。王倍想買二匹布，包公故意抬高價格，激得王倍大罵道：「小商小販真是可

---

❷【令堂】古代對對方母親的敬稱。

❸【令尊】古代對對方父親的敬稱。

❹【休書】封建社會，男女雙方解除婚約，由男方出具的書面證明。

惡。」包公也罵道：「諒你也不是買布的。我這裡有二百兩的布，你若是買得起就便宜你五十兩。不要欺騙我這個小商販。」王倍說：「我又不是商人，買這麼多布做什麼用？」包公說：「我就知道你是個不如我的窮骨頭！」王倍心裡盤算著：家中有七八十兩銀子，再加上金銀首飾，差不多一百五十兩。於是說：「我現在有不到二百兩的銀子，若是添上些首飾足夠買你的布了。」包公說：「你只要能買，首飾也行。」王倍隨後拿出六十兩銀子，又拿出價值九十兩銀子的首飾，把包公二十擔的好布買去。包公拿著這些財物回府，找來趙士俊讓他看。趙士俊認得其中的幾件首飾，說道：「這釵鈿大多是我家的，怎麼會在這裡？」包公命人捉王倍到大堂上，反問道：「你用來買布的金銀首飾是趙家小姐的。你還做了哪些好事？」王倍抬頭一看，堂上的包公就是前日的賣布客。現在贓物都擺在面前，王倍知道自己難以逃脫罪責只能招認。包公對王倍的惡行非常氣憤，重責他六十大板，王倍當日就死在了杖下。趙士俊怒氣沖天地說道：「騙了我家銀子已是罪不可恕，還玷污了我家女兒，又險些害死女婿，此恨難消。必須把所有的金銀財物追回，還要抓來他的妻子，判她死刑，方洩此憤。」

游氏聽說後，急忙來到趙家對趙士俊夫婦說：「我嫁到王家還不到一個月，發現丈夫騙取貴府的錢財，深惡痛絕，請求離異。我被休後就回到娘家快有一年了，現在我跟王家沒有任何關係，有休書為憑。至於貴府被騙的金銀首飾我一件也沒有，希望大人能查清楚。」趙士俊看了看休書，想到此女子因為丈夫騙錢財而自求離異，歎息道：「你不碰不義之財、不附無德之夫，知禮知義，名門望族的女子也不過如此。」田氏因思念女兒，又聽到丈夫如此讚美游氏，便說道：「我把女兒當作掌上明珠，可惜遇此不幸。我想收你做我的義女，你願意嗎？」游氏跪在地上，說道：「若果能得到夫人的垂憐，您就是我的再生父母。」趙士俊說道：「既然做了我家義女，又尚無婚配，不如讓沈猷與你結婚，如何？」游氏心中非常歡喜，說道：「願聽從父親、母親的吩咐。」於是趙士俊立即派人將沈猷請來入贅到趙家與游氏成親，兩人皆大歡喜。

於是他化裝成布客，來到王倍家賣布。王倍想買二匹布，包公故意抬高價格，激得王倍大罵道：「小商小販真是可惡。」

第二十九回　光棍搶人妻子

金華府有個叫潘貴的人，娶妻鄭月桂，並生有一子，剛八個月。一天，夫妻二人要給潘貴的岳父賀壽，便帶著孩子來到清溪渡口坐船。在船上，孩子餓了哭鬧不止。鄭氏只好解開衣服給孩子餵奶。同船的一個光棍洪昂，看到鄭氏左乳下有一顆黑痣，便起了不良之心。

上岸後，潘貴夫婦正要往東走，光棍洪昂卻一把扯住鄭氏往西邊拉。潘貴怒道：「你這無恥之徒，無緣無故拉扯別人的妻子幹嗎？」洪昂卻挺起胸膛說：「她明明是我的妻子，什麼時候成了你的了？」潘貴沒想到碰到這種無賴，上去與洪昂廝打起來。後來二人扭打著來到府衙。知府邱世爵升堂審問說：「你們倆為什麼打架？」潘貴首先回答道：「小人和妻子給岳父祝壽，到清溪渡口坐船。上岸後，這個光棍想奪走我的妻子，遂跟他打了起來。請大人明斷。」知府叫來鄭氏，問道：「你是誰的妻子？」鄭氏回到道：「潘貴是我的丈夫。」這時洪昂說道：「我妻子厚顏無恥與他有私通，不承認我是她丈夫，請大人詳查。」知府

問洪昂：「你既然說她是你妻子，有什麼憑證？」洪昂說道：「小人妻子的左乳下有一顆黑痣。」知府便讓一名婦女解開鄭氏的衣服檢查，果然有一顆黑痣。知府責打潘貴二十板，將其妻子鄭氏判給洪昂。

這時包公奉旨巡行，恰巧來到金華府。看見三個人走出府衙，其中一男一女哭著抱在一起不忍分別，另外一個男的強行扯著那婦人。包公問道：「你二人為什麼在這裡哭鬧？」潘貴就將前事細說了一遍。包公聽後說：「你們先在這裡站著，不許走開。」包公進府見到知府邱世爵，說道：「剛才在府前看見兩個人抱頭痛哭不忍離去。我詢問一番後，才知道事情的原委。聽說邱大人已經斷了此案，但恐怕刁民狡猾，其中可能有冤枉。」邱世爵說：「老大人既然這樣說，還請您再審此案辨出真偽。」邱知府隨後命人把人犯帶到衙門。

包公升堂後，先問鄭氏：「你自己說，哪個是你丈夫。」鄭氏說：「潘貴是我丈夫。」包公問：「你跟洪昂以前認識嗎？」鄭氏說：「未曾謀面，只是昨天與他一起坐船。船上我給孩子餵奶，他見我的乳下有顆痣起了謀心。等上了岸，我與丈夫向東走，他卻扯住我向西走。因此我丈夫跟他打了起來。來到堂上後，這光棍以我乳下的痣為憑證，得到了知府大人的信任，知府大人就把我判給了他。求大人明察，把我判還給我丈夫。」包公問道：「潘貴既然是你丈夫，那他與你都多大年齡了？」鄭氏回答說：「小女子今年二十三歲，我丈夫二十五歲，成親已經有三年了，有了一個孩子，現在有八個月大。」包公又問道：「你公公婆婆都在嗎？」鄭氏說：「只有婆婆還在，今年四十九歲。」包公問：「你父母姓什麼，有多大年紀，你有沒有兄弟？」鄭氏回答：「父親叫鄭泰，今年八月十三日正好五十歲；母親姓張，今年有四十五歲；我有兩個哥哥。」包公聽完，令鄭氏到西廊休息。又叫來潘貴，問道：「這婦人既然是你的妻子，那你說說她叫什麼，多大年紀。」潘貴回答道：「我妻子叫鄭月桂，今年二十三歲。」包公聽完，讓他到東廊等著。又把洪昂叫來，問道：「你說這婦人是你的，潘貴又說是他的，怎麼分辨？」洪昂說：「小人妻子左乳下有顆黑痣。」包公問：「那顆痣在乳下，她餵孩子的時候人們都會看到，怎麼能作為證據？你把她的姓名年齡報給我。」洪昂一時無對，想了很久後，說道：「我妻子叫秋桂，今年二十二歲，岳父姓鄭，明日五十歲。」包公問：「你們結婚幾年了，孩子什麼時候生的？」洪昂胡亂答道：「成親一年，兒子半歲。」包公怒道：「你這光棍好大的膽子，竟然想憑空霸佔別人的妻子，真是不知廉恥。」隨後打了洪昂四十板，發配邊外充軍。

第三十回　彭裁縫選官

山東有一位監生❶，姓彭名應鳳，跟妻子許氏一起來京都聽選❷。他們住在西華門王婆的客店裡。離選期還有半年，而二人的銀兩差不多用完了，許氏便在樓上刺繡枕頭、花鞋，賣出去換錢來貼補家用。

浙江舉人姚宏禹住在王婆客店對面的樓上，看見許氏面若桃花，就跑去問王婆：「那娘子是什麼人？」王婆回答說：「是彭監生的妻子。」姚宏禹又問：「小生想跟她說幾句話，不知道王婆能不能幫我通融一下。」王婆明白姚宏禹的心思，想了想，心生一計，說道：「想跟她說話有何難，現在彭監生沒有錢想把她賣出去。」姚宏禹聽後非常高興，說道：「如果是這樣就有勞你了，我等你的好消息。」說完就辭別了。

---

❶【監生】明清兩代稱在國子監（封建時代國家最高學校）讀書或取得進國子監讀書資格的人。

❷【聽選】指明清時期，候選者等候朝廷授職。

王婆想到彭監生現在沒有錢，又欠著房錢，便上樓來見許氏。王婆坐在許氏旁邊，說道：「彭官人，你可以去午門外寫些榜文，賺點兒銀子。」彭應鳳聽後，立即帶著一枝筆來到午門前討些字寫。有一個校尉，從欽天監❸府中裡走出來，拉住彭應鳳問道：「你會寫字嗎？」彭應鳳稱會，校尉便帶他來到欽天監府見李公公。李公公叫他在東廊抄寫表章。到了晚上，彭監生回到店中對王婆、許氏說道：「多謝王婆指點，我才能到欽天監李公公府裡寫字。」許氏說：「如今好了，你要用心。」王婆聽後喜不自勝，說道：「彭官人，那李公公喜歡勤快的人。你明天到他家裡寫字，一個月不要出來，他一定會敬重你，等日後選官時也會扶持你。你娘子由我來照顧，你不必掛念。」彭應鳳聽從了王婆的話。

王婆來到姚舉人家，說彭監生已經答應把妻子賣給他。姚宏禹聽後很高興，問聘禮多少。王婆說：「七十兩。」姚宏禹拿來七十兩銀子，又加上十兩的謝禮都給了王婆。王婆拿著銀子問道：「姚相公如今受了何處的官職？」姚宏禹說：「陳留知縣。」王婆說道：「彭官人說在你準備好行李坐船出發時，把許氏送到你面前。」姚宏禹說：「我這就收拾東西到張家灣船上等候。」

王婆雇了轎子回來見許氏，說道：「娘子，彭官人在李公公府上住得很好。他雇了轎子要接你過去。」許氏聽後，忙收拾行李上了轎子。轎子來到張家灣，許氏下轎後看到一條官船在等候她，便問王婆：「我夫君接我去欽天監，怎麼會到這裡來了？」王婆說：「實話對娘子說吧，彭官人覺得他太窮了怕耽誤你，把你賣給了姚相公。姚相公現在做了陳留縣的知縣，又沒有結婚，你跟了他就是知縣夫人了，這是多好的事啊！你看，彭官人的休書都在這裡了。」王婆把假造的休書拿給許氏，許氏看了心裡十分悲傷卻低頭不語，只得隨姚知縣坐船離開了。

彭監生在欽天監住了一個月，出來後直接來到王婆家發現許氏不在，遂問王婆許氏哪裡去了。王婆連聲叫屈：「你那天用轎子把她接走了，現在你又回來假裝說沒見到娘子，難道要騙我銀子不成？」說完後又嚷嚷說去府衙告狀。彭監生現在身無分文，只得別過王婆含淚而去。

半年後，彭監生迫於生計做起了裁縫，賺些小錢糊口。一天，彭應鳳到吏部鄧郎中府上做衣服。府上的一個小僕人給了他兩個饅頭當點心。彭應鳳見兒子正在睡覺，就把饅頭放到一邊，想等兒子醒了再吃。小僕人覺得很奇怪，問他：「師傅你怎麼不吃饅頭？」彭應鳳把前情哭著一一告訴了他，並說：「我現在不吃，留給兒子充饑。」小僕人又將此事報給夫人。夫人聽說彭應鳳是山東人，跟丈夫鄧郎中是同鄉，便把他叫來想問個明白。彭應鳳又將妻子被拐之事哭訴了一番。夫人說：「你不必做衣服了，就住在府上。等我相公回來，我把

---

❸【欽天監】古代官署名，承擔觀測天象、頒布曆法的重任。

你的事告訴他，讓他推選你做官。」過了一會兒，鄧郎中回來了。夫人對他說：「相公，今天來了個裁縫，我看他不是等閒之輩，而且是山東的聽選監生。因為妻子被拐又身無分文，所以做起了裁縫。望老爺念他是同鄉，扶持他一下。」

鄧郎中聽後遂把彭應鳳叫來，對他說：「你既然是監生，拿文引[4]給我看看。」彭應鳳從胸前的口袋裡拿出文引，鄧郎中看後，說：「你的選期在明年四月份才會到。明天準備一份文書，詳細寫一下你的情況，我就好推選你。」彭應鳳很是慶幸，回到家後立即寫了一份文書交給吏部。鄧郎中直接任他做陳留縣縣丞。彭應鳳來到王婆家向她辭行，王婆問：「彭相公要去哪裡做官？」彭應鳳說道：「去陳留縣做縣丞。」王婆聽後心中惶惶不安，說道：「你在我家待了快一年了，有些地方怠慢了你。我這裡有一件青布衣給大人你穿，還有一些小玩意送給孩子吧。大人你什麼時候啟程？」彭應鳳說：「明天啟程。」又聊了一會兒，彭應鳳才辭別回去了。

兩天後，等彭應鳳離開後，王婆叫來親弟弟王明一，對他說：「彭監生做了官，前天鄧郎中委託他把五百兩銀子帶回家。你去把他殺了，提他的頭回來給我看。劫得的銀子你得一多半，我得一小半。」王明一聽從了她的話，連夜趕路在臨清縣見到彭應鳳，喊道：「站住！」揮起刀就要去砍。彭應鳳不知所措，問道：「是誰叫你殺我的？」王明一說：「你可曾在京師得罪了什麼人？」彭應鳳戰戰兢兢地說應該沒有，王明一便把王婆要殺他的事告訴了彭應鳳。王明一覺得他可憐沒有殺他，而是割下他兒子的頭髮。彭應鳳又把王婆送的衣服給了王明一。

王明一回來後，把孩子的頭髮和青布衣交給王婆，說道：「彭監生已經被我殺了，有髮辮、衣服為證。」王婆見了心中大喜，說道：「禍根已除。」

來到陳留數月後，彭應鳳的孩子貪玩，來到姚知縣衙內被夫人許氏看見。許氏驚訝地說道：「這是我的兒子，怎麼到這裡來了？」這時，姚宏禹還宴請了兩位官員。許氏在屏風後偷看，發現丈夫彭監生坐在席上。許氏跑出來到了酒席邊。彭監生看到許氏很是驚訝，二人相擁在一起哭著訴說各自的情況，姚知縣啞口無言。夫婦二人回到府上，感歎全家終於團圓了。彭應鳳寫好狀子告到開封府。包公大怒，表奏朝廷，判姚知縣充軍；又把王婆捉來打了一百大板，王婆從實招供後被處斬。

---

❹【文引】古代時，朝廷對某人授官的憑證。

第三十一回　張榜找鞋抓凶手

開封府四十里外，有一個地方叫江口，住著一個叫王三郎的人。他很富有，經常去外地做生意。他的妻子朱氏美貌賢德，夫妻相敬如賓感情很好。

某日，王三郎又要外出做生意，朱氏勸他不要去太遠。從此王三郎不再出遠門，只是在近處做些生意。他家對門住著一個叫李賓的人，曾在府衙當差，後來被革職。李賓生性刁毒、好色貪淫，見朱氏美貌便找機會接近她。一天早晨，李賓見王三郎出門去了，就裝扮整齊來到王家門前，喊道：「王兄在家嗎？」朱氏見是鄰居李賓，回答說：「他有事出去了，晚上才回來。」李賓見朱氏楚楚可人，不自覺地用手扯住朱氏，說道：「請嫂嫂跟我一起坐下，我有一件事要跟你說。王兄回來後，麻煩你幫我轉達。」朱氏見李賓不懷好意，劈頭蓋臉地呵斥說：「你堂堂七尺男兒，白天來調戲別人家的妻子，真是不知廉恥。」說完後走進房去。李賓羞愧地回到家中，心想：「倘若三郎回來，朱氏把此事告訴他，豈不是對我有了仇恨，不如殺了朱氏也好出口氣。」想到這裡，李賓拿著利刀又來到王家。見朱氏正靠著欄

杆若有所思，李賓走上前，怒道：「還認得我嗎？」朱氏轉身見是李賓，又大罵道：「你這奸賊，怎麼還敢來？」李賓抽出利刀向朱氏的咽喉刺去，朱氏中刀倒在地上。李賓脫下朱氏的繡鞋走出門外，把刀子和鞋子埋在近江的一個亭子邊。

朱氏的一個堂弟叫念六，經常出門做生意。這天，他坐船經過江口，便上岸來探望朱氏。傍晚，念六來到王家，叫門無人答應。又來到房中，轉到欄杆邊，四下寂靜無人。念六走出王家回到船上，感覺鞋子濕濕的便脫下來放到火邊焙乾。夜裡，王三郎回到家中，喚朱氏卻沒人答應，於是點起燈來到房中，見妻子倒在地上血流滿地。王三郎趕忙抱起來，發現妻子咽喉下有一刀痕，大哭道：「是誰殺了我的妻子？」次日，鄰居們聽說此事後都來看，果然是被人所殺，但都說沒見過凶手。有一個人說：「門外有一條血跡，可以隨此血跡找到凶手。」王三郎帶著一夥人，順著血跡來到念六的船上，王三郎跑上船去捉住念六，罵道：「我與你無冤無仇，你為何殺我的妻子？」念六大驚，不知道發生了什麼事。王三郎將念六綁到家中，亂打一頓後將他扭送到開封府。

包公升堂審理，王家的鄰居都說念六殺了人，血跡到了念六船上就沒了。包公又問念六情由，念六哭道：「我與三郎是親戚，傍晚的時候到他家裡探望，因為沒有人在家就回來了，沒想到鞋子上沾了血。至於朱氏的死，真的與我無關。」包公有點兒疑惑，心想：「如果念六殺了人，他不應該把朱氏的鞋子拿走。」包公又讓公差仔細把念六的船搜了一遍，既沒有找到繡鞋，也沒有找到凶器。於是包公貼出榜文：朱氏被人謀殺，鞋子不知下落，撿得者重賞官錢。榜文貼出一個月也沒有消息。

一天，李賓來到一個村子裡與他的情婦飲酒。喝了幾杯酒後，李賓對那婦人說：「我看你對我不錯，我給你說件事，你只要按著我說的去做，肯定能得到一大筆錢。」那婦人不以為然地笑笑說：「自從你來到我家，何曾出過半文錢？有這種機會，你自己去辦吧，不要哄我。」李賓說：「我告訴你，是想讓你得到這筆賞錢，下次來你就會更奉承我。」那婦人問是什麼事，李賓說：「前些日子，王三郎的妻子朱氏被人殺了。他把念六告到開封府。念六被關在獄中還沒有處決。包大人張掛榜文，說如果有人撿到朱氏的繡鞋交給官府就會有重賞。我知道繡鞋的下落，你可以讓你丈夫交給衙門領賞錢。」婦人問道：「你是怎麼知道的？」李賓說：「前天，我在江口看見亭子旁邊好像有什麼東西，走近一看，卻是婦人的鞋子，還有一把刀子用泥埋著。我想那鞋子可能是朱氏的。」李賓走後，村婦把這件事告訴了她丈夫。第二天，村婦的丈夫來到江口亭子邊，果然在泥裡挖出一雙繡鞋、一把刀。村婦很高興，又讓她的丈夫把這些東西送到開封府包公那裡。包公問她丈夫：「這些東西你是怎麼找到的？」那人回答說：「是我妻子告訴我的。」包公暗自思忖，這村民的妻子一定跟凶手有關係。包公取來五十貫錢給了村民讓他回去。又叫來兩個公差，吩咐道：「你二人跟著他暗中察訪。如果發現他妻子跟別人在家飲酒，就把那人抓來見我。」公差領命而去。

話說村民得了賞錢高興地回到家，把得到賞錢的事告訴了妻子。那婦人也很高興，說道：「今天能得到這筆錢是受了李外郎❶的恩情，應該分給他些。」村民覺得是，便立即邀請李賓到他家裡。那婦人見了李賓笑容滿面格外地奉承，把他請到房裡坐下喝酒。婦人說：「多虧了外郎的指點才得了這筆賞錢，應該分外郎一部分。」李賓笑道：「還是當作買酒錢放在你家吧，剩下的就當是我的歇息錢了。」那婦人聽後知道李賓的話中話大笑起來。

這時包公派來的兩位公差闖進房中，把李賓和婦人一起捉了起來，扭送到開封府衙。包公問那婦人：「你是怎麼知道鞋子埋藏地點的？」那婦人很害怕，說是李賓告訴她的，還說出了她與李賓通姦的事。包公又問李賓，李賓以為事情敗露嚇得魂不守舍，沒等包公用刑便如實供出謀殺朱氏的情由。最後，李賓被處決，那婦人被發配。

---

❶【外郎】對衙門書吏的稱呼，也指縣府小吏。

第三十二回　新婦的考題

河南許州臨潁（ㄧㄥˇ）縣，有一個叫查彝（ㄧˊ）的人，是個文雅之士。他娶了鄰村的尹貞娘為妻。花燭之夜，查彝正想脫衣睡覺，尹貞娘說：「我聽說郎君自幼攻讀儒書，應該發奮勵志、揚名萬里，不是那些凡夫俗子所能比的。你我今日洞房花燭，難道不說些話就睡覺嗎？我現在說一句對聯，你若能答上來，我就會跟你同床共枕；你若是答不上來，請郎君去學堂讀書，今天恐怕就違你所願了。」查彝只得同意，讓尹貞娘出題。尹貞娘說道：「點燈登閣各攻書。」查彝想了很久，也沒有想出下聯，覺得自己還不如一個女子很是慚愧。查彝依妻子所說，提著燈來到學堂讀書。學堂裡的同窗剛好要回家時看見查彝，問道：「今天是你的洞房花燭夜，現在應該陪伴新人，怎麼跑到這裡來了？」查彝把情況跟學友們說了一遍，眾學友也沒能想出下聯，都辭別回家了。其中一個叫鄭正的人，是個好色之徒。他趁著夜色來到查彝家，直接到房中與尹貞娘同睡。尹貞娘其實很後悔出此對聯，害得丈夫羞愧而去。她見有人入房以為是查彝回家休息，問道：「郎君剛剛不能對上對聯，現在回來是不是

想出了下聯？」鄭正沉默不答，尹貞娘以為丈夫生氣也沒再問，兩人上床共度良宵。不到天明，鄭正偷偷地溜走了。

天亮後，查彝回到家中對尹貞娘說：「昨晚夫人出題，小生我學問荒疏沒能答上來，心裡很是愧疚，所以沒能陪你。」尹貞娘後疑惑地問：「你昨夜已經回來了，怎麼說這些話？」尹氏再三詢問，查彝仍然說確實沒回。尹氏方知昨晚被他人玷污，遂對查彝說道：「郎君如果真的沒有回來，我願郎君前程似錦，今後要刻苦讀書不需掛念我。」說完，到房中自縊而死。查彝發現後極度悲傷，不知道妻子為何自縊。

在第二年的中秋節，包公巡行到臨潁縣，坐在縣衙廳中。廳前有一棵梧桐樹，月光下梧桐樹影斑駁很有意境。包公讓隨從把虎皮交椅移到樹下，靠著梧桐樹賞月。忽然，他想出一句上聯：移椅依桐同玩月。下聯怎麼對？包公想了很久沒有想出，不自覺地躺在椅子上略有睡意。在似睡非睡之間，包公矇矇矓矓地看到一個大約十六歲左右、美貌超群的女子，她跪倒在包公面前，說：「小女子對得出大人的下聯，便是：點燈登閣各攻書。」包公見她對得嚴絲合縫，很工整，問道：「你家住何處？叫什麼名字？」女子回答說：「大人若想問我的來歷，只需問本縣學堂的秀才就能知道。」說完後，這女子化作一陣清風走了。

包公醒來，輾轉尋思這個夢有點怪異。第二天，吩咐學堂裡的秀才到府衙考試。包公讓考生以《論語》中「敬鬼神而遠之」為題寫一篇文章。又將「移椅依桐同玩月」寫在考卷後面，讓考生對出下聯。查彝也在考生之中，見到這句上聯後，想起妻子尹氏說的句子，便寫下「點燈登閣各攻書」這句下聯。諸位考生答完題後，站在府外等候。包公一一審閱答卷，見到查彝所對的下聯很是驚訝，竟然跟昨天夢中女子所說一樣。包公立即喚來查彝，問道：「我見你寫的文章很普通，但對的詩句卻很好。我猜你這句詩是請別人對的。你實話對我說，不許隱瞞。」查彝便把妻子尹氏的事情詳細告訴了包公。包公聽後，說道：「那天你所告訴的人中，一定有個好色之徒。知道你不回去，便趁機玷污了你的妻子。她才會上吊自殺。」查彝想了一會兒，稟報說：「有一個叫鄭正的生員，平時行為不端。」包公聽後，立即派公差把鄭正抓到府衙審問。鄭正因受不了嚴刑如實招供，包公依法將鄭正押到法場處決。

第三十三回　畫軸中的遺囑

順天府香縣有一個官員叫倪守謙，家財萬貫。他的正妻生了長子善繼。倪守謙年老時，納了一個小妾叫梅先春，生了次子善述。

善繼貪得無厭、吝嗇愛財。為了不讓弟弟與他一同分家產，整天琢磨如何謀殺善述。倪守謙知道大兒子的企圖，在他染病在床時叫來善繼，說道：「你是嫡子❶又年長，能打理家事。我已寫下遺囑把家產都留給你。善述年幼，我還不知道他能不能順順利利地長大成人。如果能，那你給他娶個媳婦，並分他一所房子和數十畝田，不要讓他餓著肚子就行。先春如果想守節就留下來；如果想改嫁就讓她改嫁，你也不要難為她。」善繼見父親將全部財產交給自己，心中很是歡喜，也打消了謀害弟弟的想法。

梅先春聽說家產全部交給善繼後，抱著兒子來到倪守謙床邊，哭泣道：「老爺已經年滿

---

❶【嫡子】正妻所生之子。

八十，妾身我只有二十二歲，這孩子剛滿周歲。老爺把財產都給了善繼，那我兒子長大後該怎麼辦呢？」倪守謙說：「你現在很年輕，不知道能不能為我守節。如果你改嫁他人，就會誤了這個孩子。」梅先春發誓說：「如果我不能守節終身，甘願粉身碎骨、不得善終。」倪守謙聽到此話，說道：「既然你這麼說，我就把一幅軸畫交給你，你一定要好好珍藏。日後，如果善繼沒有分家產給善述，你就等待廉明的官員來到將此畫交給他狀告善繼。不必寫狀子，自然會讓你兒子成為富人。」數月後，倪守謙病故。

善述十八歲那年，要求哥哥善繼分家財給他。善繼全然不予理會，說道：「我父親八十歲，哪裡還能生孩子？你不是我父親的骨肉。而且遺囑上寫得很明白，不分家財給你。你憑什麼跟我爭？」梅先春聽後非常憤怒。她想起丈夫臨終時說的話，又聽說府衙的包公廉明無私是個清官，便拿著丈夫給留給她的軸畫，來到府衙中向包公告狀說：「我年輕時嫁給了已故知府倪守謙為妾，生有一個兒子叫善述。我兒子一歲時，丈夫因病去世。臨終時對我說，如果嫡子善繼不均分家財，就拿著此畫到廉明的官員那兒告狀。我聽說您做官公正無私故來告狀，請大人為我兒作主。」

包公將畫展開，只見畫上畫的是倪守謙知府的畫像，端坐在椅子上，一手指地。包公看不明白其中的意思便退了堂，將畫掛在書齋中。包公看著畫思索了一番，說道：「莫非這畫軸中藏有什麼東西？」拆開一看，軸內竟有一張紙，上面寫道：「老夫生嫡子善繼，貪戀財物；

小妾梅氏生有幼子善述，年僅周歲。我擔心善繼不肯均分財產，怕他會謀害善述才立下此遺囑，將家產和兩所新屋留給善繼；把右邊的舊屋留給善述。舊屋的梁棟左邊埋了五千兩銀子，分裝在五個酒甕裡；右邊埋了五千兩銀子、一千兩金子，分裝在六個酒甕裡。所有的銀子都給善述。如果有廉明的官員能猜出此畫其中的含義，就命善述將一千兩黃金作為酬謝。」

包公叫來梅氏，說道：「你要求分家產，我必須親自到你家勘察。」包公來到倪家，下轎子之後假裝見到倪知府並和他施禮相讓。來到倪家堂上後，又假裝與倪知府談話，拱手作揖說道：「你讓夫人狀告官府要求均分家產，可有此事？」說完，停了一會兒，又說：「原來長公子貪財，怕他謀害弟弟，才把家產全交給他。但你次子住在哪兒？」包公又等了一會兒，又自言自語道：「右邊的那所舊屋子給次子，那裡面的財物怎麼辦？」又等了一會兒，說道：「把銀子都給次子。」然後包公推辭說：「這怎麼敢要，我自有處置。」

說完包公站起身來，環顧四周，假裝驚訝地說：「剛剛分明是倪老先生跟我說話，怎麼一轉眼就不見了，難道我是見到鬼了？」善繼、善述和堂中的其他人都非常驚訝，以為包公真的見到了倪知府。包公來到舊屋子裡，對善繼說：「你父親顯靈了，把你家的事都告訴了我。他叫你把這間小屋分給你弟弟，你看如何？」善繼說：「憑老爺公斷。」包公說：「這屋子裡所有的財物都給你弟弟，外面的田園照舊給你。」善繼說：「這屋子裡都是些小物件，我願意交給弟弟，毫無怨言。」包公說：「剛才倪老先生對我說，這屋子裡左邊埋著五千兩白銀，都交給善述。」善繼聽了不相信，說道：「即便是有萬兩銀子也是父親給弟弟的，我絕對不要。」包公說：「你就是要也不能給你。」

說完，包公就命兩名公差同善繼、善述、梅先春一起去挖，果然挖出五甕銀子，每甕一千兩。善繼看此情景，更加相信父親在大廳顯靈了。包公又說道：「右邊也埋著五千兩給善述，還有黃金一千兩。剛才倪老先生說要把黃金給我作為酬謝，我絕對不會要。這些黃金留給梅夫人做養老之用。」善述、梅氏聽後不勝歡喜，向前給包公叩頭稱謝。包公說：「不必謝我，我不知道地下還有沒有黃金和銀子。這是倪老先生的靈魂告訴我的，想必不會有錯。」說完立刻讓人挖右邊的梁棟，果然跟包公說的一樣，有五千兩銀子、一千兩黃金。在場的人無不稱奇。

第三十四回 胡居敬寺中逃生

山西陽曲縣有一個生員叫胡居敬，年方十八，父母雙亡又沒有兄弟。因為家境貧寒，一直沒有娶妻。

胡居敬讀書不通，考試一直名落孫山。一日，他將家中所有東西都賣了，換來六十兩銀子去南京從師讀書。途中，所坐的船被颶風掀翻，船上的人都淹死了。唯獨胡居敬抱著一塊木板，僥倖活了下來，但身上的六十兩銀子卻不知所蹤。後來，一位漁翁把他救起，並給了他一身衣服和一些銀兩。胡居敬很是感動，問了漁翁的姓名和住址，而後一路乞討來到南京。

胡居敬衣衫襤褸，在城內到處乞討艱難度日。後來，他來到報恩寺想出家為僧。但因為他不會掃地也不會燒香，寺中的和尚要趕他走。一位法號率真的老僧看到後問他的情況。胡居敬回答說：「我是山西生員，來南京是為了從師讀書。沒想到途中坐船遭到颶風，身上的銀兩都丟了才流落至此。勞力活我都不會幹。希望師父憐憫我能贈些盤纏讓我回鄉，此恩永不會忘。」僧人率真說：「你家太遠了，我怎麼能給你這麼多盤纏？況且你的本意是要到南京從師，現在又要回去，豈不是白白地跑了一趟嗎？不如你住在寺中讀書，吃喝由我供給，等你把書讀好了再去京城趕考。」胡居敬覺得這是個辦法，但想到自己在寺中住久了會被僧徒們厭惡，便拜僧人率真為義父，拜寺中的諸位僧徒為師兄弟。之後他一心苦讀詩書，晚上也很少休息。過了三年又赴京趕考，終於榮登高第。

胡居敬雖然在寺中待了三年，但一直專心讀書，很少出去閒遊。中舉之後，寺中的很多師兄請他去玩，才在遍遊寺中各處。一天，胡居敬來到僧人悟空房中，好像聽到樓上有下棋的聲音，便逕直上了樓。竟看到兩個婦人在樓上下棋。婦人見到胡居敬後，驚訝地問道：「誰跟你來到這裡的？」胡居敬說：「我自己信步走上來的。你們是什麼人，為什麼會在這個房裡？」婦人說：「我是漁翁安慈的女兒，叫美珠。被長老騙到此處。」胡居敬說：「原來是我恩人的女兒。」美珠問：「官人是誰？我父親於你有什麼恩？」胡居敬回答說：「這個寺中的舉人就是我。以前你父親曾救過我才有了今日，救命之恩至今未報。今天無意中遇見娘子，我一定會救你出去。」美珠說：「報恩以後再說，你快點兒離開這裡。今年有一個郎官誤行到此被長老勒死，你若是被撞見命也難保。」胡居敬說：「悟空是我師兄，都是寺中人，看見也沒事。」又問：「那一位娘子是誰？」美珠說：「她叫潘小玉，是城外楊芳的妻子。她在回娘家的路上被長老逼著吃了有麻藥的果子，迷昏過去後也被抬到了這裡。」這時，僧人悟空登上樓來，見到胡居敬，笑道：「賢弟怎麼來到這裡了？」胡居敬回答說：

「我偶然來到這的，沒想到師兄還有這種樂趣。」

悟空立即下樓並鎖上房門，叫來僧人悟靜。他把胡居敬帶到一間四面都是牆的空房中，並拿來一條繩子、一把剃刀、一包砒霜，讓胡居敬選擇。胡居敬大驚說道：「我也是寺中的人，你們怎麼把我當作外人提防？」悟空說：「我們曾秘密發誓，只有削髮為僧的人才能跟我們是一條心，可以知道此事；有頭髮的人，就算是親父子親兄弟也不認，更何況我們是結義兄弟。」胡居敬指天發誓說：「我如果害你就遭天誅地滅。」悟空說：「縱然不害我，此事傳出去，也會損害寺院名譽。你今天就算說得再好聽也是枉然。你若再說

婦人見到胡居敬後，驚訝地問道：「誰跟你來到這裡的？」胡居敬說：「我自己信步走上來的。你們是什麼人，為什麼會在這個房裡？」

一句求饒的話，我就動手了。」胡居敬哭泣說：「我受率真師父的厚恩，希望死前能再見他一面。」悟空說：「你求師父救你，如同是求閻王饒命。」過了一會兒，悟靜把率真叫來，胡居敬哭著拜道：「我是寺中的人，知道師兄的秘密也應該無妨。現在師兄要逼死我，望師父救我。」率真還沒有說話，悟空便說：「自古入了空門就如同割斷了骨肉，還講什麼恩情。你現在求救，率真怎麼救你？」率真說道：「居敬我兒，這是你的命。不要煩惱，你死後我一定把你埋在一個好地方並做功德超度你，讓你來生再享富貴。我肯定不會救你。」胡居敬見率真如此強硬，便哭著說：「可否讓我晚點兒死？」率真說：「如果是外人，絕對不會答應。明日午時再來要你的性命。」三個僧人出去，鎖上房門。

胡居敬站在空房裡，房內只有一條繩子懸在梁上、一個給他自縊用的凳子，還有一把小刀、一包砒霜。四周沒有其他的東西，唯有牆壁。胡居敬觀察了一段時間，心中有了主意。晚上胡居敬用刀子在牆上挖洞，又從凳子上拆下木條釘到牆洞上，利用這個方法爬到房頂上，又在屋頂上撞出一個洞逃了出去。

胡居敬來到府衙向包公告狀。包公看了狀子，立即讓人來到寺中捉拿三個僧人。被困的兩個婦人得救；三個僧人被判死刑。

第三十五回　游總兵奪功

楊文廣在邊境征戰，朝廷派包公犒賞三軍。包公正在奔赴邊境的路上，一陣旋風吹來伴有哀嚎之聲，讓人聽了毛骨悚然。包公說道：「此地一定有冤情。」讓隨從停止前進，暫時在公館住下。

晚上，為了查清冤情，包公的魂魄來到陰間。忽然遇見一群怨氣極大的鬼卒向他告狀，共有九名。這九個鬼卒稱自己殺退了三千韃子❶兵，而游總兵不但搶了他們的功勞，還將他們殺了滅口。包公聽完，問道：「你們九個小卒，怎麼殺得退三千韃子？」小卒說：「正因為聽起來不可能，游總兵才將我們的功勞錄在他的名下。像包大人這樣的青天，聽了此事一時也不敢相信。」包公笑道：「你們詳細說來聽聽。」有一小卒說道：「當初韃子的攻勢很凶猛，游總兵帶著五百人衝上去，但敗陣而回。晚上，我們九個人思量去劫韃子的寨營。在

❶【韃子】古代指北方的游牧民族，多指蒙古族。

一更時我們悄悄地摸過去四下放火。當晚風力極大，火勢藉助風力將三千韃子兵燒得一個不留。我們回到營中本指望能論功行賞，沒想到游總兵把功勞攬下，又把我們九個殺了。我們這些做小卒子的，有苦就要我們吃，有功卻是別人的；沒功要被砍頭，有功也要被砍頭。」包公聽後很是驚訝，說道：「竟有這樣的事。」於是吩咐鬼卒把游總兵帶來。

不一會兒，游總兵被帶到。包公審問道：「好一個有功的總兵，你為何把九名小卒的功勞攬在身上，還把他們殺了？你只知道殺人滅口，不知道沒了頭的人也會來告狀吧？」包公吩咐鬼卒用極刑拷問，總兵招認說：「是游某一時糊塗，冒領他們的功勞又殺了他們。求包大人放我回到人間，我立即旌表[2]九人。」包公大怒，說道：「你今生休想再回到陽間，要讓你吃盡地獄之苦。」說完令一個小鬼卒將一粒丹丸放進總兵口裡，游總兵立刻遍身著火，鬼卒向他吹了一口孽風就又變回了人樣。游總兵顫抖著說：「早知今日受這種苦，就算把總兵之位讓小卒也心甘情願。」小卒子在一旁說道：「快活快活！想不到今天出了這口氣。」

忽然，門外喊聲大震，啼哭不止。鬼卒報導：「門外來了數千邊境上的百姓，喊的喊、哭的哭，都說自己冤枉。」包公說：「放幾個人進來，其餘的都在門外聽候。」鬼卒把兩個邊民帶到堂上。包公問他們：「有什麼冤枉就直接告訴我。」邊民說：「聽說今天閻君審問游總兵，我們特意來訴冤。我們是住在邊境上的百姓，常常遭到韃子的擄掠。一天，韃子兵進犯被殺敗而去。游總兵乘勝追擊，倒把我們自家百姓殺了幾千，割下首級向朝廷邀功。這樣的冤情我們不告到閻君這裡，還能告到哪裡去？」包公說：「游總兵竟有此惡劣行徑，一定要你永世不得翻身。」鬼卒又拿來一顆丹丸放在游總兵口中。過了一會兒，游總兵血流滿地，骨肉化成泥。鬼卒又吹了一口孽風，游總兵就又變回了人形。邊民說道：「快活快活！但就是割他一萬刀也抵不了幾千人的性命。」包公說：「告訴外面被冤殺的邊民，胡虜也殘殺了很多百姓，不要只是從游總兵身上報冤。你們可以變作幾千厲鬼殺賊，由九名鬼卒做首領殺了韃子兵，我自有報效處。判游總兵永墮十八層地獄，永世不得轉生。」包公好言好語安慰了小卒和百姓，這些鬼魂才歡喜而去。

---

❷【旌表】古代統治者提倡封建德行的一種方式。

第三十六回　巧判白鵝

同安縣有一個人叫龔昆，娶了李氏為妻。龔家很富有，但龔昆卻十分吝嗇。一天，龔昆命家僕長財帶著一批賀禮，給自己的岳父李長者祝壽。臨行前，龔昆囑咐說：「其他的禮物可以讓他收下，這隻鵝你一定要給我拿回來。」長財答應了。

李長者見到長財帶了賀禮來祝壽很是歡喜，問道：「你家主人為什麼不來飲酒？」長財解釋說：「主人家事繁忙不能親自來祝賀。」長者讓廚子收下賀禮。廚子見禮物都不怎麼值錢，就挑了一些稍微貴的收下，那隻鵝就在其中。長財見鵝被廚子收下心裡很不舒服，怕回去後受主人的責罵。喝了幾杯酒，長財就不聲不響地挑著籮筐回家了。在離城一里外，一群白鵝在田中覓食。長財見四下無人就下田裡抓了一隻較大的鵝，在魚塘裡把毛弄濕後放進籮筐裡。這時放鵝的人招祿來到田中，見長財把一隻鵝放進籮筐中，便一邊叫一邊追他，長財不理會只管走路。走了一段時間後，招祿的主人從縣裡回來。招祿看見後，喊道：「官人，前面挑筐的人偷了我們家的鵝，快把他攔住。」招祿主人聽後，一手把長財拉住。長財嚷

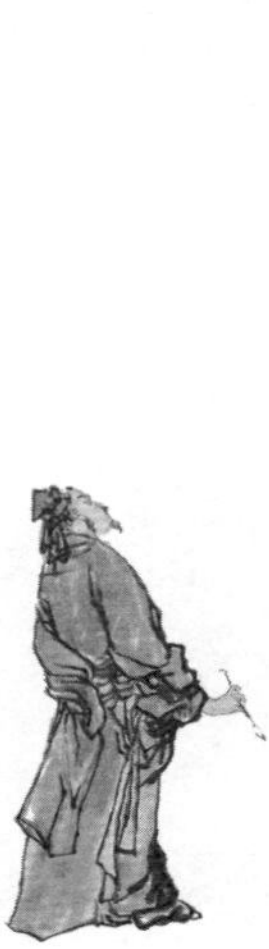

道：「你這些人真的無禮，無緣無故扯住我幹什麼？」那主人說：「你偷了我家的鵝，還問我拉住你幹什麼？」兩個人爭吵了起來。路過的人看到這種情況後，對招祿的主人說：「既然說他偷了你的鵝，我有個方法。把這隻鵝放進你家的鵝群中，如果能合夥，就說明是你的；如果不能合夥被鵝群追逐，那就說明是他的。」長財說：「言之有理，拿回去試試。」長財把那隻白鵝拿出來放進鵝群中。因為籮筐裡的白鵝羽毛都濕了，不是以前的樣子，鵝群都驅逐它、用嘴巴啄它。路人都說：「這隻鵝是長財的，你們主僕二人也太欺負人了。還給人家吧。」招祿的主人受了眾人的白眼覺得下不了臺，便把招祿臭罵了一頓。招祿仍然辯

長財見四下無人，就下田裡抓了一隻較大的鵝，在魚塘裡把毛弄濕後放進籮筐裡。

解說：「我明明看到他把鵝捉上岸放進筐子裡，怎麼這隻鵝不合群了呢？」他心中不服氣，上去跟長財扭打起來。

包公經過此地見二人打鬧，便問發生了什麼事。二人見到包公，停下手來向包公解釋。包公看了看籮筐裡的白鵝，心想：如果是招祿的鵝，為什麼不合群呢？如果是長財的，那招祿怎麼會平白誣賴人？其中必有緣故。包公吩咐二人把鵝留在縣中，明日早上再來取。

次日，二人來到府衙中領鵝。包公說道：「這隻鵝是招祿的。」長財不滿地問道：「老爺，昨日眾人都說是小人的，今日為什麼又成他的了？」包公說：「你家住在城中，如果養鵝，一定會餵粟穀；他家住在城外，鵝都是放在田間，吃的都是野菜。鵝吃了粟穀，糞便一定是黃色的；若吃的是野菜，糞便是青色的。這隻鵝的糞便是青的，你還狡辯什麼？」長財仍不甘心，問道：「既然說是他的，那昨日為什麼這隻鵝不跟他家的鵝合群？」包公說：「你這奴才還強詞奪理！你把鵝毛弄濕，其他的鵝當然不讓它入群，還不追趕它嗎？」包公把鵝還給招祿，重責長財二十板。鄉里人聽說後都讚頌包公英明。

第三十七回　坎坷的陳郎

陳家和邵家是廣州肇慶府的兩大旺族。陳長者有個兒子叫陳龍；邵長者有個兒子叫邵厚。陳郎聰明俊朗，只是家貧如洗；邵郎很富有，卻狡詐奸猾。二人是同窗，都沒有娶親。

城東劉勝祖上做官，女兒惇娘機敏好學，年方十五，詩詞歌賦樣樣精通，很多未婚男子都請媒人向劉家提親。一天，她的父親跟同族的兄弟說：「惇娘已經長大成人，求親者接踵而至。我想選擇一位佳婿，不以貧富而論，不知道行不行？」兄弟說：「古人選擇女婿，看重的是德行而不是富貴。城中陳長者有一個兒子叫陳龍，氣宇軒昂、好讀詩書。雖然他現在貧窮寒酸，但我想此人日後一定會發達。賢弟如果不嫌棄，由我做媒來成全這段姻緣。」劉勝說：「我也聽說過此人，待我回去跟家人商量一下再做決定。」遂辭別回家。

劉勝回到家，對妻子張氏說了此事。張氏說：「這件事由你作主。」劉勝說：「你把這件事告訴女兒，試探一下她的心意。」張氏來到女兒房間，把丈夫的想法告訴了惇娘。惇娘也聽說過陳龍，聽了母親的話之後，口裡雖然不說，但心裡已生愛慕之情。過了一個月左右，邵家請媒人到劉家提親。劉勝心向陳家，推託說女兒還年幼等到明年再商議。劉勝讓族兄前往陳家說親。劉某對陳長者說：「令郎才俊軒昂，我弟弟想把女兒許配給他，不論貧富，只要您答應就擇吉日過門。」陳長者聽後很高興就立刻答應了。劉某回報給弟弟，劉勝大喜，召來裁縫為陳龍做了數件新衣服，等著擇吉日送女兒過門。

邵某聽說劉家之女許配給了陳郎，不滿地說道：「我當日請媒人去提親，他推託說女兒尚且年幼，現在卻許配給了陳家。」心中很不平，便尋思著找個事報復他。第二天，邵某忽然想起一件事：陳家原來是遼東的衛軍，很久沒去服兵役了。如果衙門再讓他家當兵，應該輪到他兒子了，追究這件事可以讓陳龍成不了婚。隨後，邵某寫了狀子，把陳某逃避兵役之事告到衙門。官府審理此案時，發現冊籍上已經除去了陳某的軍名，拒絕了邵某的訴訟。邵某便用錢賄賂官府，將陳家父子捉到大堂。陳家父子辯解不了，最終陳龍被發配遠方充軍。臨走前的晚上，父子相擁而泣。陳龍說：「現在家裡貧窮，父母親又年老體衰。我發配到遠方，父母便無依無靠。怎麼讓我放心？」陳長者說：「我雖然年邁，但也有親戚來照顧我。只是你命不好，沒有跟劉家完婚，不知道你們日後還能不能相見。」陳龍說：「正是因為這樁親事才被別人記恨，現在遭受這種禍事也不敢妄想親事了。」第二天，親戚們都來送行，陳龍把雙親託付給眾親戚，揮淚辭別啟程了。

劉家知道陳龍發配遠方的事後感歎不已，惇娘也心如刀割，恨不得馬上見到陳郎。但事已至此也無可奈何，惇娘在家常常思念陳郎，幽情別恨卻不知向誰訴說。

第二年春天，城裡鬧起了瘟疫，惇娘的父母親不幸雙雙染病去世，劉家從此衰落。後來家產用盡，房屋也賣給了別人，惇娘孤苦無依只好投身在姑母家。姑母可憐她，待她如親生女兒。當時有人來到家裡來給惇娘商議親事，姑母不知道惇娘的心意，對她說：「我知道你曾許配給陳郎。但他從軍遠方，沒有一點兒音訊，不知是生是死。現在何不另嫁他人，以圖終身之計？」惇娘聽後，哭著對姑母說：「侄女聽說陳郎是因為我才遭此禍事，如果讓我轉嫁他人就是背棄了他，這是不義之舉。姑母如果可憐我，就讓我守在家裡等待陳郎回來。如果他遭到不幸，我願跟他結來世姻緣。要我轉嫁他人，我寧死也不從。」姑母見她這樣貞烈就再也沒有提及此事。從此，惇娘在姑母家守著閨房，姑母不叫她便不出堂。

這年十月，海寇作亂，惇娘和姑母為避難跟著鄉人逃到遠方。第二年，海寇平息，逃離的人紛紛回到家鄉。惇娘與姑母見房屋已被海寇燒毀，便在平陽驛站邊租了一間小屋。

未到一個月，官宦之家的公子黃寬騎馬在驛站前經過，看到惇娘在廚房做飯。黃寬見惇娘美貌，向附近的人打聽她是誰家女子。知道的人告訴他那是城裡劉某的女兒，遭受禍亂才寄居在這裡。黃寬第二天派人來跟惇娘提親，惇娘沒有答應。黃寬便用權勢對惇娘施壓，想要強行娶親。惇娘的姑母很是驚恐，對惇娘說：「他父親是做官的，如果你不嫁，我們怎麼在這裡生活下去？」惇娘說：「他如果要強行逼婚，我只有以死相拒。你跟他說，等六十天我父母的孝服完滿後再商議婚事，慢慢地推脫掉。」姑母出來對媒人說道。媒人回到黃家把此事告訴黃寬，黃寬聽後歡喜地說：「那就等六十天再去娶。」

一天，有三個軍人來到驛站投宿。兩個軍人做飯，另一個軍人倚著欄杆休息。惇娘看到後，對姑母說：「驛站裡來了三個軍人，請姑母去問問他們從哪裡來。如果是從陳郎服役的地方來，我也好打聽打聽消息。」姑母立即出去，問軍人：「你們是從哪裡來？」一個軍人回答說：「從遼東來，我們要把文書送到信州。」姑

惇娘也不相信，出來向陳龍問起當初的事情，陳龍詳細地陳述了一遍，惇娘聽完後，走上去與陳龍抱在一起大哭起來。

母又問：「遼東軍營中有個陳龍，你們可認識他？」軍人聽了，立即給惇娘姑母作揖說：「您怎麼知道陳龍？」惇娘姑母說道：「陳龍是我侄女的丈夫，侄女曾許配給他，只是還沒有完婚。」軍人又問：「那現在您的侄女嫁人了嗎？」姑母說：「還在等陳郎歸來，不肯嫁人。」軍人聽後，潸然淚下說道：「我就是陳龍。」姑母聽後，簡直不敢相信自己的耳朵，立刻跑進房中告訴惇娘。惇娘也不相信，出來向陳龍問起當初的事情，陳龍詳細地陳述了一遍，惇娘聽完後，走上去與陳龍抱在一起大哭起來。其他兩個軍人看見後，歡喜地說：「這真是有緣千里來相會啊，現在用我們二人帶來的盤纏，讓陳郎今夜完婚。」於是置備酒席，兩個軍人在屋外飲酒，陳龍、惇娘和姑母在屋內飲酒。酒席完畢後，陳龍與惇娘進入洞房，二人訴說各自的衷情，不勝悽楚。

第二天，兩軍人對陳龍說：「你剛剛結婚不便離開，我二人送完文書再回來找你。那時讓惇娘與我們一起去遼東，你們夫妻倆就能永遠在一起了。」說完他倆就上路了。

二十多天後，黃寬知道了陳龍跟惇娘成婚的事很是氣惱，他讓僕人到惇娘家中將陳龍騙到黃府以逃軍的罪名把他殺了，屍體藏進瓦窯之中。次日，黃寬逼惇娘過門。惇娘聽說陳龍被害的消息後便在房中自縊，幸虧姑母及時發現把她救了下來。姑母說道：「陳郎與你只有幾天的姻緣，現在人都死了，為什麼這樣輕生？你就委屈下嫁給黃公子吧。」惇娘說：「女兒一定要為夫報仇，怎麼還能再嫁給仇人？」姑母勸了惇娘很久，惇娘都不從。這時外面的驛卒來報，說開封府包大人來到本地準備迎接。惇娘聽後，跪在地上感謝天地，然後寫了狀子把黃寬告到包公馬前。

包公把惇娘帶到府衙詳細詢問案情，惇娘將前事都逐一告訴包公，悲哭不止。包公讓公差把黃寬抓到府衙審問，黃寬不肯招認。包公心想：必須找到屍首，他才會承認；如果沒有屍首，怎麼能審明白？正當包公疑惑時，案前颳起一陣狂風。包公見此風起得怪異，說道：「如果是冤枉，就帶公差去查看。」那狂風在包公的面前繞了三圈，然後出了堂。公差張龍、趙虎跟著狂風來到城外二十里的地方，見狂風進入瓦窯。二人來到窯中，發現一具男子的屍體，面色未變，二人把屍體抬到堂上，惇娘見到後痛哭起來。包公再次提出黃寬審問。黃寬見到屍體，知道再也隱瞞不下去只能從實招供。包公將案件寫成文卷，判黃寬償命，並讓黃家拿出殯葬錢給惇娘下葬陳龍；邵秀因賄賂官吏陷害陳家，發配遠方充軍；每月惇娘可以從官家庫銀中領取若干銀兩以養活自己。

第三十八回　惡僧人拐騙良婦

貴州程番府有個一個秀才丁日中，常常在安福寺讀書，與僧人性慧交往很深。

一日，性慧到丁日中家拜訪，剛好丁日中不在家。妻子鄧氏時常聽丈夫說起性慧，說他在寺中讀書時僧人性慧幫了他不少忙。因此鄧氏出來招待性慧，留性慧吃了一頓飯。性慧見鄧氏容貌美麗、談吐清雅，心中不勝愛慕。

後來，丁日中又去寺中讀書，一個月也沒回去。性慧心生一計，他雇了兩個道士裝扮成轎夫模樣，在午後來到丁家。轎夫對鄧氏說：「你相公在寺中讀書勞累過度，忽然中風昏迷過去，幸虧僧人性慧把他救醒。你丈夫現在奄奄一息、生死難卜，他叫我們二人來接娘子過去看看。」鄧氏有點兒疑惑，問道：「為什麼不送他回來？」二轎夫說：「本來要送他回來，只是路途遙遠，怕他在路上被風一吹病情又加重就難救治了。娘子應該親自去看看，有個親人在旁邊也好服侍病人。」鄧氏聽了也沒多想，立刻登上轎子去寺中看丈夫。

傍晚，轎子到了寺中，鄧氏被抬進僧房深處。性慧在房中擺好酒席等著，見到鄧氏後邀請

她一起飲酒。鄧氏問道：「我官人在哪裡，領我去見他。」性慧說：「你官人和一些朋友出城遊玩。剛才有人來報說他中了風，現在已經沒事了。這裡離新寺有五里路，天色已晚還是暫時在這裡歇息吧，明天你再出去；如果非要出去也要等轎夫吃完飯，娘子也吃點兒東西，吃完再走也不遲。」鄧氏無奈，坐下來喝了幾杯酒，又讓性慧去催轎夫。性慧回來說：「外面天已經黑了，轎夫不肯出行都回家去了。娘子再喝幾杯酒，不要急。」鄧氏又喝了幾杯酒，覺得有點兒醉，便提著燈到禪房去睡覺。來到禪房，鄧氏見床上盡是錦衾繡褥、羅帳花枕，心裡很是疑惑就沒有解衣睡覺。到了半夜，性慧來到房中，走到床前將鄧氏抱住。鄧氏喊道：「有賊！」性慧說：「你就是喊到天亮也不會有

性慧說：「你就是喊到天亮也不會有人救你，我為了你費盡心機，今天總算如願以償。這也是我們前世注定的緣分，由不得你。」

人救你，我為了你費盡心機，今天總算如願以償。這也是我們前世注定的緣分，由不得你。」

鄧氏罵道：「你這野僧無恥之極，我寧死也絕不受辱。」性慧說：「娘子如果從了我，明天就能見到你丈夫；如果執迷不悟，現在我就要了你的性命。」鄧氏掙不過他，只得任其妄為。到了第二天中午，性慧醒來對鄧氏說：「事已至此，你就削髮出家藏在寺中，衣食上我絕對不會虧待你。你如果再使昨夜的性子，這裡有麻繩、剃刀、毒藥，想死就死吧。」鄧氏心想：身體已經受辱，死了就再也見不到丈夫了。這冤屈難報，不如暫且忍耐偷生，等見到丈夫、報了此冤再死也不遲。於是鄧氏削髮藏在寺中。

到了月末，丁日中來到寺中拜訪性慧。鄧氏聽到丈夫的聲音後，跑出來對丁日中哭道：「官人不認得我了嗎？我被性慧拐騙到這裡，日夜盼望你來救我。」丁日中見此情景非常惱怒，扭住性慧便打。性慧立刻招來一群僧人將丁日中鎖住，想要拿刀子殺了他。鄧氏擋在丈夫面前，對性慧說道：「先殺了我，再殺我丈夫。」性慧收起刀，把鄧氏拉進房裡吊了起來，再出來殺丁日中。丁日中說：「我妻子被你拐騙，我到了陰間也不會放過你。你要殺我，就讓我跟妻子一起死。」性慧說：「我不殺你，想積些陰德。寺院後面有一個大鐘，我把你蓋在下面讓你自己死。」遂把丁日中蓋到鐘下。鄧氏日夜啼哭向觀音菩薩祈禱，希望有人能救她丈夫。

三天後，包公巡行來到程番府，夜裡夢到安福寺的大鐘下蓋著一條黑龍。包公開始沒有在意，可第二夜、第三夜連續夢到此景，包公覺得不可思議，帶著手下到安福寺查看，果然在寺院後發現一口大鐘。公差們將大鐘抬開，裡面竟有一人餓得奄奄一息。包公讓人端來一碗粥給此人灌下，那人喝了粥，稍微清醒了，說道：「僧人性慧把我妻子拐騙到寺中，削髮扮作僧人，又把我蓋在鐘下。」包公立即讓人把性慧拿下。但公差搜遍了全寺，卻沒有找到婦人。包公就讓公差再仔細搜一遍。公差發現夾牆中鋪了木板，揭開木板有一個樓梯通向地下室，裡面燈火通明，有一個少年和尚坐在下面。公差把他叫上來見包公，這個和尚就是鄧氏。她見到丈夫被放出來，性慧已經被鎖住，便把事情從頭說了一遍。性慧不敢狡辯、磕頭認罪。包公隨後判性慧斬首示眾，其他幫助性慧的僧人都發配充軍。

丁日中夫婦回到家，請人刻了包公的木像朝夕拜奉。後來丁日中科舉高中做了大官。

第三十九回　方春蓮外逃

在浙江有一個商人叫游子華，在廣東做布匹生意。他繼承祖上的家業積累了萬貫家產，還娶了一個當地的女子王氏做小妾。

游子華嗜酒如命、生性暴躁，王氏稍微違背他的意願就會遭到毒打。在某個深夜，王氏實在忍受不了折磨，便趁游子華熟睡時投井自殺。第二天，游子華不知道王氏已經投井，到處貼公告找人，幾個月都沒有消息。游子華討取完貨銀，便收拾行李回到了浙江。

當時有一個叫林福的人，開了一家酒肉店攢了些錢，娶了位妻子叫方春蓮。方春蓮性情淫蕩曾與人通姦，林福的父母知道後告訴了林福。林福心懷怒氣，每天打罵妻子。方春蓮委屈地對父母說：「當初你們生下我來，見我這麼醜陋，為什麼不把我淹死？現在嫁給這種狠心的丈夫，嫌我長得醜，每天都對我發脾氣，輕則辱罵，重則動手打人。我想我活不了多久了。」父母勸她說：「既然嫁了就低頭忍受過日子，不要跟他吵鬧。」父母雖然好言相勸，但方春蓮依舊認為林福是薄情之人。

一天，方春蓮早上起來開門燒水。光棍許達挑水經過，看見方春蓮一人，挑逗她說：「你今日起得這麼早，趁你丈夫還沒起床可以到我家喝一碗湯。」方春蓮說：「你家裡有人在嗎？」許達說：「只有我一個人。」方春蓮聽到他家中無人，又想到丈夫每天吵吵鬧鬧就跟隨許達去了。許達不勝歡喜，從廚房拿來一些水果點心給方春蓮吃，又把兩根銀簪送給了她。許達關上柴門與方春蓮行苟且之事，事後各家各戶都已起床，方春蓮回不了家，許達便把方春蓮藏在家中，鎖上門後到街上做生意去了。

林福起床後找不到妻子，想到自己平日打罵方春蓮，以為方春蓮逃走了，便請人寫了尋人告示到處張貼，並告訴了他的岳父方禮。方禮聽後大怒，說道：「我女兒一向被你嫌棄，跟我說你常常打罵她，受盡折磨。現在你騙我說她逃走了，想必是你把她打死了，拿這種謊話來哄我。我一定把你告到官府替女兒申冤，方能消此恨。」於是寫了狀子把林福告到縣衙。知縣批准了狀子，讓公差把林福捉到縣衙。

許達聽說方禮、林福兩家在府衙打官司，對方春蓮說：「留了你幾天，沒想到你父母把你丈夫告到了官府。如果官府查出你在我這裡，如何是好？不如我們遠走他鄉做真夫妻。」方春蓮覺得可以，說道：「事不宜遲，我們趕快出發。」遂收拾行李連夜逃走。二人來到雲南省城，身上的盤纏用完了。許達歎息說：「這裡舉目無親、沒吃沒喝，該如何是好？」方春蓮說道：「你不必為衣食發愁，我若捨身就夠你吃穿。」許達不得已答應了她。方春蓮從此淪為娼妓，改名素娥。

方春蓮逃走的那一天，有一個老者向官府報告說井中有一具死屍。縣官立即命人把屍體打撈上來，並讓仵作檢驗。方禮謊稱死者是自己的女兒，抱著屍體哭道：「這是我女兒的屍體，果真被惡婿林福打死丟在井中。」方禮稟報縣官，哀求嚴刑拷打林福。縣官提來林福審問，說：「你將妻子打死藏進井中，可有此事？」林福辯解說：「這屍體雖是女子，但衣服、相貌都跟我妻子不同。我妻子年長，這婦女年少；我妻子身子長，這婦人身子短；我妻子頭髮多而且長，這婦女頭髮少而且短。方禮想用此屍體害我，萬望大人明察。」方禮向前哀告說：「林福說這些是想抵賴，掩飾他殺我女兒的罪行。請大人驗傷就能知道打死的情由。」縣官命仵作驗屍，發現屍體身上有傷痕，果真如方禮所說，便對林福施以嚴刑，林福受刑不過屈打成招。

到了年底，包公巡行天下來到此地。看到林福的案宗，包公知道他被人誣陷，歎息說：「我奉旨核查冤案，現在看到林福這件案子覺得很可疑，一定要為他申冤。」包公又對眾官員說：「方春蓮是個淫婦，一定不肯死。雖然遭到打罵也只是潛逃，一定是被人拐去。」包公令手下到處查找尋人告示。其中有一張是廣東客商游子華的尋妾帖子，而游子華已經離開了廣東，無法找到他。

一日，包公派官員湯琯到雲南傳達公文。湯琯投下公文後，住在公館裡等候回文。他聽說此地新來了一個娼妓叫素娥，風情出色、姿麗過人，於是來到素娥家中嫖耍。湯琯問道：「你是哪裡來的，為何在這裡為娼？」素娥說：「我本是良家女子，因為被丈夫打罵，不想受苦便逃出來。為了養活自己才做了娼妓。」湯琯說：「聽你的聲音好似是我的同鄉，看你的相貌又好似林福的妻子。」素娥一聽滿臉通紅，只得將前事告訴了湯琯，並請求湯琯說：「是右鄰許達帶我來這裡的。希望你回府後不要透露此事，小女子願加倍伺候你，過夜錢你也不用給了。」湯琯假裝答應，說：「你放心，只管在這裡接待客人，我明天還來找你。我回家也不會把你的行蹤透露給任何人。」湯琯回到公館後，歎息說：「世間竟有此種冤枉事！林福是我的近鄰，現在還在牢中受苦。」恨不得立即回到家中，向包公報說此事。

翌日，湯琯領了回文，趕回家中把方春蓮被許達拐到雲南做娼妓的事情告訴了林福。林福又報告給包公。包公立即讓公差和林福跟隨湯琯到雲南省城捉拿方春蓮、許達。二人被捉回家，押到包公面前。包公升堂審問明白後，把方春蓮當庭嫁賣，財禮都歸林福；判許達徒罪；判方禮誣告罪；林福無罪釋放；賞賜湯琯三兩銀子。

第四十回　吳員城偷鞋

江州城東永寧寺有一個和尚，俗名叫吳員城，是個好色之徒。城中的張德化娶了韓應宿的女兒蘭英為妻。因為婚後多年沒有生孩子，張德化很是著急，每到節日都專門請吳員城到家中誦經。吳員城見蘭英貌美，便動了色心意圖佔有。某日他趁張德化外出時，假裝到張家化齋，賄賂婢女小梅，讓她偷一雙韓氏的繡鞋。小梅拿了和尚的錢，偷了蘭英鞋子交給和尚。吳員城得到繡鞋後喜不自勝。他回到寺中，每天捧著鞋子沉吟。某一天，張德化來寺中請僧人去做法事。張德化故意把一隻繡鞋丟在寺門口。張德化看到後拾起鞋子，心中很是疑惑，回到家後大怒，向妻子追問繡鞋之事。隨後，張德化休了蘭英，把她趕回了娘家。

吳員城知道後，偷偷回到西鄉太平原，改名為馮仁，蓄髮二年。等到韓應宿準備讓女兒改嫁時，馮仁給了鄰居汪欽些銀子，讓他去韓家替他求親。韓應宿與汪欽的關係很好便答應了這樁婚事，馮仁納采親迎，擇吉日與蘭英結婚。

到了中秋佳節，月色騰輝、樂聲鼎沸，馮仁夫婦在亭子裡喝酒。馮仁多喝了幾杯醉意朦朧，拉著妻子的手，笑道：「要不是當年的小梅，怎麼會有今天的安樂。」韓氏聽後很疑惑，詢問緣故，馮仁將前事詳細告訴了她。韓氏聽了敢怒不敢言，心裡非常恨馮仁。喝完酒後，馮仁入房休息，韓氏在夜裡三更時分就上吊自殺了。

第二天，蘭英的父親韓應宿聽說女兒上吊自殺的消息後，寫了狀子到縣衙告狀。當時包公出巡來到江州，韓應宿便把狀子呈給包公。

包公看後，將馮仁捉來審問，馮仁編造謊話抵賴。夜裡包公坐在後堂，忽然一陣黑風吹進來，包公道：「有什麼冤情？」忽然一女子跪在堂下。包公問她說：「你是哪裡人？有什麼冤屈？可以直接告訴我。」那女子將前事說了一遍，然後不見了。

第二天，包公坐在大堂上，讓公差把馮仁從獄中提出來審問，包公向馮仁追究繡鞋之事。馮仁聽後心中一驚，以為包公知道了自己詐騙韓氏的事情只得如實招供。包公將馮家的財產收官，判馮仁死罪。自此韓氏的冤情得到昭雪。

第四十一回　惡僕謀害主人

開封府有一個富人，叫吳十二。他喜歡結交名士。他的妻子謝氏，有些姿色且風情萬種。吳十二有個知己韓滿，他長得氣宇軒昂與吳家往來密切。謝氏常常用言語挑逗他，但韓滿與吳十二交情深厚，一直把謝氏當兄嫂敬重，始終跟她保持一定的距離。

隆冬的某一天，外面雪花飄揚，韓滿來到吳家邀請吳十二去賞雪。吳十二外出不在家。他的妻子謝氏高興地邀請他到房中坐下，在廚房做了些酒菜招待韓滿，韓滿與謝氏邊吃邊聊。酒至半酣，謝氏柔情似水地說道：「叔叔，今日天氣很冷，嬸嬸也在家裡等著叔叔回去一起飲酒嗎？」韓滿說：「我家貧窮，酒倒是有，但沒有這酒甘甜。」謝氏又勸了韓滿幾杯，略有醉意。她斟滿一杯酒走到韓滿身邊，說道：「叔叔，請喝一口我杯中的酒，嘗嘗滋味如何！」韓滿大驚，說道：「賢嫂休得如此。如果被吾兄知道，我和他就做不成朋友了。從現在開始請你自重，不要像剛才那樣。」說完起身走了。剛到門口，韓滿碰到吳十二冒著雪回來，吳十二想留下韓滿。韓滿說：「今天有事，不能跟兄長促膝而談。」說完就回家

了。吳十二來到房中見到謝氏，問道：「韓滿來到我家，你怎麼沒有留下他來？」謝氏氣憤地說：「這就是你結識的好朋友！故意趁你不在到我們家來，我好心好意準備酒菜招待他，他卻出言不遜還調戲我。我罵了他幾句，他才自覺沒趣地走了。你還怪我沒有留住他？」吳十二半信半疑，沒有說話。

過了幾天，天空一片晴朗。韓滿來到城裡遊玩，在街頭遇到吳十二。二人走進店裡飲酒。韓滿說：「嫂夫人是個不良之婦，從現在開始我不再去你家，免得被別人說三道四。」吳十二很奇怪，問道：「賢弟為什麼這樣說？就算你嫂嫂說了些不好聽的話，你也要看在我們兄弟的情分上原諒她啊！」韓滿說：「兄長家的門戶一定要看緊，我只囑咐你這一句話，沒有其他的。」二人喝完酒後，各自散了。

第二年的春天，韓滿的舅舅吳蘭邀請他去蘇州幫忙打理生意。韓滿臨走時想跟吳十二辭行，但沒有遇到他，所以才不辭而別。當吳十二知道時，韓滿已經離開四天了。

吳十二家中有個僕人叫汪吉，長相俊美、伶牙俐齒，謝氏很喜歡他曾與他私通。一天，吳十二要汪吉跟自己去河口討帳，汪吉因為想要和謝氏在一起便推脫不去。吳十二很氣憤，痛斥了他一番。汪吉無可奈何，只得收拾行李準備出發。臨走時，汪吉來到謝氏房裡跟她商量這件事。謝氏說：「只要你在路上殺了他，回來後我自有主張。」汪吉聽後很歡喜地同意了。幾日後，他和主人來到九江鎮，乘李二艄的船渡過黑龍潭。傍晚時分，李二艄把船停泊在龍王廟前休息。半夜汪吉扶吳十二出來小便。吳十二因為晚飯時喝了很多酒不太清醒，汪吉趁機把吳十二推進水中，然後大喊：「主人落水了！」李二艄聽到後趕緊爬起來救人。但江水深不見底，又是深夜，伸手不見五指，最終沒能將人救上來。到了天明，汪吉對李二艄說：「沒有辦法，我只能回去報告夫人。」李二艄心中很疑惑，覺得吳十二的死不是這麼簡單。汪吉回到家，把吳十二的死訊告訴了謝氏。謝氏歡喜萬分，虛設靈席，與汪吉日夜飲酒作樂。鄰居中有知道的人，雖然看不慣謝氏的所作所為，但都不願意管閒事。

韓滿很喜歡暮春景色，常常出城遊玩。一天，他來到臨江亭，看到吳十二

臨走時，汪吉來到謝氏房裡跟她商量這件事。謝氏說：「只要你在路上殺了他，回來後我自有主張。」

從遠處走來，韓滿趕緊迎上去，握住吳十二的手說：「吳兄怎麼來到這裡了？」吳十二形容枯槁，皺起眉頭對韓滿說道：「自從賢弟走後，我一直思念你。現在我有一個件事要拜託你，你不要推辭。」韓滿說：「我們去前面的亭子裡坐下說。」二人來到亭子裡坐下，韓滿說：「前些日子，舅舅來信要我去他那兒。我想跟你辭別，只可惜沒遇到你。今天你我二人在此相聚，吳兄為何還悶悶不樂？」吳十二哭著說：「當時我沒有聽賢弟的話才造成你我長久分離，真是一言難盡。」韓滿不知道吳十二已經死了，疑惑地問道：「兄長是個堂堂的大丈夫，怎麼會說這種話？」吳十二把被殺的詳情告訴了韓滿，請他替自己申冤。韓滿聽後，哭著抱住吳十二說：「吳兄你是在我的夢中嗎？如果真是這樣，我一定不會辜負你。你快告訴我還有誰知道你被推下水？」吳十二說：「鎮江口李二艄知道。我與兄弟陰陽相隔，以後很難見面了。」這時韓滿突然昏倒在地，很久才醒來，醒來發現吳十二早就不見蹤影了。

韓滿找到舅舅說道：「家裡來信催我回去，我特意向您辭別。我辦完事後再回來。」說完就急忙忙地上路回家了。回家後，鄉里人都說吳十二已經死了。韓滿買了些紙錢，在吳十二靈前哭了一番。謝氏因為憎恨韓滿，不肯出來與他相見。

韓滿回到住處，想要去告狀但沒有頭緒。韓滿又來到蘇州，把好友吳十二的冤情告訴了舅舅吳蘭，請舅舅為自己出出主意。吳蘭說：「這是別人家的事，你又沒有證據就不要管了。」韓滿說：「我與吳十二是生死之交，因為兄嫂不安分，我們倆才疏遠。前幾日，他託夢給我要我為他申冤，我怎麼能辜負他呢？」吳蘭說：「既然如此，我聽說包大人剛剛從邊關回京。你趕快寫狀子，到包大人那裡告狀，或許可以為吳十二申冤。」韓滿聽了舅舅的話，連夜趕到東京，一大早來到開封府衙告狀。

包公看完狀子，立即吩咐公差把汪吉、謝氏抓到大堂上審問。汪吉、謝氏一直為自己爭辯不肯招認。審問了好幾天，案子也沒有了結。一天，包公秘密地對韓滿說：「你朋友曾託夢給你，他有沒有說船家是誰？」韓滿說：「船家是鎮江口的李二艄。」

第二天，包公讓公差黃興到鎮江口把李二艄叫到衙門，問他當時的情況。李二艄說：「那天夜裡，我聽到吳家僕人汪吉的叫喊聲，就趕緊起來救人。但吳十二已經落水，天又黑，沒辦法救。」包公把汪吉從獄中提到大堂上。汪吉見李二艄在旁邊，心裡很害怕，沒等用刑就從實招了出來。包公將汪吉、謝氏押赴法場處斬，並給了李二艄一些賞錢。

第四十二回　水溝裡的銀子

開封府陽武縣有一個叫葉廣的人。他的妻子全氏，生得面若西施，心靈手巧。夫婦二人住在村子偏僻的地方，只有一間正屋，沒有鄰居。家中以織席為生，夫妻二人雖然很勤勞也只是勉強度日。

某日，葉廣帶著家中僅有的幾兩銀子到西京做小生意。他留給妻子一兩五錢銀子，作為日常生活和織席子的本錢。

村裡一個叫吳應的人，年近十八，容貌俊秀，還沒有娶妻。偶然經過葉家，看到全氏貌美就生了愛慕之心。他從鄉鄰口裡知道全氏的情況後便心生一計，吳應偽造了一封葉廣的書信，來到全氏面前施禮說：「小生姓吳名應，去年在西京與你的丈夫相識，交往很深。昨天我回家，他讓我把這封信帶給你，並囑咐我照顧你。」全氏見吳應長得俊朗、言語誠懇，又聽說是丈夫委託他照顧自己，心中很是高興。二人眉來眼去情不能忍，後來抱在一起同床共枕。從此，吳應經常出入葉家，與全氏如同夫妻。

光陰似箭，歲月如梭。葉廣在西京做了九年的生意，賺了十六兩白銀。某日因思念家中的妻子，便收拾行李回家。在夜裡三更時分葉廣到了家，心想：家裡就一間房子簡陋不堪，恐怕會招小人算計。葉廣不敢把銀子拿回家，而是藏在旁邊的水溝裡，葉廣藏好銀子去叫門。這時謝氏與吳應正在房中睡覺。聽到葉廣叫門，吳應很害怕躲在門後，等謝氏開了門後又潛藏在屋外。全氏把丈夫迎進房中，又做了些酒菜。全氏問丈夫：「你在外面經商九年沒回來，不知道你賺了多少銀子？」葉廣說：「一共攢了

張、李二人按包公的吩咐貼了告示，把全氏押到府前官賣。過了半天，吳應來到衙門前，與謝氏竊竊私語了幾句。

十六兩銀子。家裡太簡陋，我怕小人算計沒有帶進來，而是藏在旁邊的水溝裡。」全氏聽後說：「這麼多銀子！藏在家裡很安全，不要藏在外面，萬一被人知道還不偷走嗎？」葉廣聽了妻子的話，連忙到水溝裡取銀子。誰知吳應在外面聽到二人的談話，早就把銀子偷了去。葉廣沒找到銀子，與全氏大鬧了一頓。第二天葉廣來到包公這裡告狀。

包公看了狀子，猜測全氏可能有姦夫。於是把謝氏叫到堂上審問，謝氏不肯承認。包公寫了一份告示，叫來公差張千、李萬，吩咐說：「你們把這份告示掛在衙門前，押此婦人到外面官賣，得來的銀子給她丈夫。如果有人跟這婦女說話，立刻抓來見我。」張、李二人按包公的吩咐貼了告示，把全氏押到府前官賣。過了半天，吳應來到衙門前與全氏竊竊私語了幾句，張、李二人看到後，立刻把吳應抓住來見包公。包公問吳應：「你是什麼人？」吳應說：「小人是這婦人的遠房親戚，來看看她。」包公問：「你有沒有娶妻？」吳應說：「小人家貧，沒有成婚。」包公說：「既然你沒有成婚，我將此婦女官嫁給你只要二十兩銀子。」吳應說：「小人家中貧窮，難以籌到這麼多銀子。」包公說：「二十兩拿不出來，那就拿十五兩。」吳應又說貧窮拿不出。包公說：「十二兩總有吧。」這次吳應沒有推辭，立即回家取出十二兩銀子到鋪子上熔化重鑄，然後交給包公。包公讓葉廣辨認，葉廣看了又看，說道：「不是我的銀子。」包公讓葉廣回家，又叫來吳應，說道：「剛才全氏的丈夫來過，說他的妻子漂亮一定要十五兩才能賣。你快回家向別人借借，補上剩餘的三兩。」吳應很無奈，只得回家。包公吩咐兩位公差說：「你們跟在吳應後面，看他是不是拿銀子去鋪子上熔化。如果是，就告訴他銀子不需要重鑄直接送到衙門裡。」公差領命，跟在吳應後面。吳應回家後，拿出三兩銀子打算到鋪子上銷熔，但被公差阻止。吳應來到府衙，把三兩銀子交給包公。包公叫來葉廣辨認，葉廣看後哭著說：「這正是小人的銀兩。」包公又怕葉廣亂認冤屈吳應，說道：「這銀子是我從庫中拿出來的，你認錯了吧？」葉廣說道：「這銀子小人看過很多遍了。老爺如果不信，可以讓我說出其中的分量。」包公同意讓葉廣試試，果然分厘不差。包公把吳應捉來審問，吳應招供伏法，銀子也被追了回來。吳應因通姦盜竊杖責一百，並判三年徒刑。

第四十三回　黃貴謀朋友妻

張萬和黃貴是平江縣的兩個屠戶，二人經常往來交情很深。張萬家中不怎麼富裕，但他的妻子李氏容貌俊美；黃貴很有錢，卻一直沒有娶妻。

張萬生日那天，黃貴帶著果子和酒來祝賀。張萬很高興便留他吃飯，並讓妻子李氏為他斟酒。黃貴見李氏貌美，不覺動了心。怎奈何只能稱呼李氏為兄嫂，不敢透露半點兒愛慕之情。黃貴回到家後，躺在床上思念李氏輾轉反側、夜不能寐，直到五更才心生一計。次日，黃貴準備了五六貫錢，一大早來到張萬家叫門。張萬聽到黃貴的聲音趕忙起來開門，問道：「賢弟這麼早來找我，有什麼事？」黃貴笑著說：「一位親戚家有幾頭豬讓我去買，我特意邀請你跟我一起去，賺了錢我們平分。」張萬很高興，忙叫妻子起來到廚房做些早飯。李氏又溫了一瓶酒，對黃貴說：「難得叔叔這麼早來到我家，應該多喝些酒。」黃貴說：「這麼早驚動嫂子還請見諒。」黃貴與張萬喝了幾杯酒，隨後出發了。

中午，他們到了龍江，黃貴說：「已經走了三十多里路了，口渴難耐。兄長先到渡口坐

著，我去前村買一瓶酒來喝。」張萬答應了。過了一會兒，黃貴拿著酒回來了，與張萬坐在地上一起喝。在黃貴的頻頻勸酒下，張萬一連喝了好幾杯。因為行路辛苦又沒有下酒菜，張萬很快醉倒了。黃貴見四下無人，從腰間拔出尖刀將張萬殺死，把屍體拋入江中。

黃貴回來找到李氏，說道：「我跟兄長去親戚家買豬，可惜沒有遇到那位親戚便回來了。」李氏問：「叔叔既然回來了，那我丈夫怎麼沒回來？」黃貴說：「張兄說要去西莊辦事，我就跟兄長在龍江口分開了。我想他很快就會回來。」

到了晚上，李氏見丈夫還沒回來，有點兒心慌。又過了三四天，依然杳無音信，李氏更慌了。這時，黃貴慌慌張張地跑來說：「嫂子，出事了！」李氏忙問：「出了什麼事？」黃貴說：「剛才我到莊外走了一遭，遇到一群客商說龍江渡淹死了一個人。我到了龍江渡，看見一具屍體浮在江口，仔細一看竟然是張兄，腋下被人刺了一刀。我和其他人把屍體移上岸，買了口棺材收殮了。」李氏聽後痛苦欲絕。黃貴假意撫慰了李氏幾句，辭別回家了。

過了幾天，黃貴把一貫錢送給李氏，說道：「怕嫂嫂日常費用不夠，這些錢你儘管用。」李氏收了錢，很感激黃貴殯殮了丈夫。

過了半年，黃貴花錢買通一位媒婆，讓她到張家向李氏提親。媒婆對李氏說：「人生一世，草茂一春。娘子還這麼年輕，張官人也死很久了，終日獨守空房多淒涼。為何不尋個佳偶再續良緣？如今黃官人家中富有，人也長得出眾，不如嫁給他成一對好夫妻，豈不是更好嗎？」李氏說：「黃官人一直幫助我，我不知道怎麼報答。嫁給他好是好，但他與我亡夫交往很深，怕被別人說閒話。」媒婆含笑說道：「他姓黃，娘子的亡夫姓張，明媒正娶，別人有什麼可議論的？」李氏聽完媒婆的話就答應了。媒婆回來稟報黃貴，黃貴聽後非常高興，立刻下了聘禮把李氏娶進家。夫妻倆生活得很是和睦，後來李氏為黃貴生了兩個兒子。

到了清明時節，家家上墳燒紙。黃貴與李氏上墳回來後在房中飲酒，黃貴喝得有點兒醉，問妻子李氏：「你還記得張兄嗎？」李氏潸然淚下，問黃貴為何突然提起張萬。黃貴笑著說：「本來不想跟你說。現在我們已經結婚十年，有了兩個孩子，我想你不會恨我了。當年我在江邊殺死張兄也是在清明這天，沒想到你現在成了我的妻子。」李氏聽後，心裡非常氣憤，下定決心為亡夫報仇。但李氏強忍著怒氣，說道：「世事都是注定的，不是偶然。」

李氏等到黃貴外出，收拾衣物逃回娘家。她把黃貴殺前夫的事告訴了兄長李元。李元立即寫了一份狀子，領著李氏到開封府告狀。包公看完狀子，讓公差把黃貴捉到堂上審問。黃貴開始不肯承認。包公讓人打開張萬的棺材檢驗，並嚴刑拷打黃貴，黃貴沒再隱瞞一一招認。黃貴害人性命、謀人妻子，被處以極刑；黃貴家財盡歸李氏。包公還表彰李氏為義婦。

第四十四回　牛舌案

有一個叫劉全的農民，住在開封府城東的小羊村。一天，他看到自己的耕牛滿口帶血、氣喘吁吁，發現牛舌被人割了，於是劉全寫狀子向包公告狀。狀子是這樣寫的：告為殺命事：農靠耕，耕靠牛，牛無舌，耕不得，遭割去，如殺命。乞追上告。

包公看了狀子，覺得這一定是仇人所為，就問劉全：「你跟哪位鄰居有仇？」劉全不知道怎麼回答，只是說：「望大人給我作主。」包公拿來五百貫錢給劉全，讓他回家宰牛把肉賣給鄰居。賣肉得的錢，再加上這五百貫錢就能買一頭耕牛。劉全不敢接受，說道：「大人，牛舌雖然被人割了但牛還沒死，擅自宰殺耕牛是犯法的。」包公說：「牛舌都沒了，牛還怎麼活？你快回去按我說的做，案子不難破。」劉全只能拿著錢回去宰牛。包公隨後讓人貼出告示：禁止私自宰殺耕牛，舉報者可得錢三百貫。

劉全回到家，請來一位屠戶把耕牛宰了，牛肉賣給四鄰。東鄰有一個叫卜安的人與劉全有仇，他看到劉全宰牛賣肉就扯住劉全，說：「今天府衙前貼出榜文，捉住私自宰殺耕牛者

賞錢三百貫。」說罷，就把劉全拉扯到府衙見包公。

話說包公夜裡三更做了一個夢，夢到巡官帶著一位女子。那女子坐在馬鞍上，手持一把刀，有一千個口，並說自己是丑年出生的。包公醒來，想了很久也沒想明白這個夢的意思。

第二天，卜安拉扯著劉全來到府衙，告劉全私自屠殺耕牛。包公想起昨夜所夢，與此事恰好相符。巡官想必是「卜」字；女子乘鞍乃是「安」字；持刀就是「割」字；千個口，就是「舌」；丑即是「牛」。合起來就是「卜安割牛舌」。割牛舌的人一定是卜安，今天他又拉著劉全來府衙，那他們之間一定有仇恨。包公把卜安抓起來審問，卜安不肯承認。獄吏拿出刑具擺在他面前，包公呵叱道：「從實招來，免得受皮肉之苦。」卜安心慌，從實招供。原來卜安曾向劉全借柴薪，劉全不肯，才跟劉全結下仇恨。前天晚上，卜安見劉全的牛在坡上吃草，就把牛舌割了以解心頭之恨。

包公審明案情，依律斷決，判處卜安帶長枷示眾一個月，眾人都很佩服包公料事如神。

第四十五回　愚僕不慎丟良馬

開封府有一大戶，姓富名仁。他家裡養著一匹上等良馬。一天，富仁騎馬來到莊子上收租。到了莊子上，富仁讓家僕興福騎著馬回去。半路上，興福下馬休息。有一個叫黃洪的漢子，騎著一匹瘦馬從南鄉來。他看到興福後也下馬休息，走到興福面前，說：「大哥從哪裡來？」興福回答：「我送東家❶到莊子上收租。」二人坐在草叢中聊了起來。黃洪覬覦興福的馬便心生一計，說道：「大哥你這匹馬真是膘肥體壯啊。」興福說：「客官會識馬？」黃洪說：「曾經販過馬。」興福說：「這匹馬是東家花了不少錢買下的。」黃洪說：「能不能讓我騎一騎？」興福不知道此人有歹意就答應了。黃洪跨上馬背，騎出半里遠也沒有回轠，興福覺得不對勁兒連忙去追。黃洪見他趕來，加鞭策馬從捷徑而走。一匹好馬就這樣被刁棍騙去了。興福後悔不已，牽著那匹老瘦馬回到莊上向主

❶【東家】舊時家僕對主人的稱呼。

人報告領罪。富仁大怒，痛斥了興福一番，讓他牽著老瘦馬到府衙告狀。

興福到府衙來見包公，包公問他：「你是何人？要告什麼狀？」興福說：「小人叫興福，南鄉人，是富仁家的奴僕。我有狀子呈上。」包公看了狀子，問興福那刁徒的姓名。興福說：「我是在路上遇到他的，不知道叫什麼。」包公責怪他說：「你真是不懂事，無名無姓怎麼查案？」興福哀求說：「久仰大人斷案如神，我才向您申告。」包公說：「我設下一計，成不成就看你造化如何了。你現在回家去，三天後再來。」興福叩頭而去。包公讓公差趙虎把老馬牽進馬房，三天不給它草料。老馬餓得嘶鳴不止。

過了三天，興福來見包公，包公讓他牽著那匹老馬出城，張龍跟在後面依計行事。他們來到被拐騙的地方，便放開韁繩讓馬自己走。遇到草地，興福和張龍擋著不讓它吃草。那匹馬不用趕就直接跑到城外四十里的黃泥村，跑到一戶人家的院裡嘶叫。黃洪見自己的馬回來了心中暗喜，牽著馬到山中放養。張龍、興福趕到村子上向村民打聽，知道馬被黃洪牽到山中去了。興福來到山中找到黃洪便把東家的馬牽過來。黃洪正想過去奪，卻被張龍一把扭住。黃洪被帶到府衙，包公發怒道：「你這廝光天化日下拐騙別人的馬，難道不曉得我包某嗎？誆騙別人的馬匹，該當何罪？」黃洪自知理屈不敢抵賴。包公判黃洪杖責七十，帶上長枷示眾，並收了他家的馬歸官府。

第四十六回　李秀姐多疑害死人

霞照縣農民黃士良的妻子李秀姐生性多疑，經常猜忌別人；弟弟黃士美的妻子張月英性格溫和、知恥明禮。四人生活在同一屋簷下，妯娌❶倆輪班打掃房間，每天交換簸箕掃帚。

重陽節這天，黃士美外出到莊子上辦事，而李氏去了小姨家飲酒，家中只有哥哥黃士良和弟媳張氏。這天該輪到張氏掃地。張氏掃完地後，打算把簸箕掃帚送到大嫂房中，免得明天臨時交付太匆忙。張氏來到大嫂房中，見房中沒人就把簸箕掃把放下回去了。

到了晚上，李氏回到家中見簸箕掃把在自己房中，心裡猜忌：今天是弟妹打掃房間，這些東西應該在她房間裡，現在怎麼放在我房中了？一定是我丈夫把她拉進房中想非禮她，才會把掃把帶進來。

黃士良回來後，妻子李氏問他：「你今天幹了什麼事，快跟我說。」黃士良說：「我沒

❶【妯娌】指兩兄弟的妻子之間的關係。

幹什麼事。」李氏說：「你今天非禮了弟媳，還想瞞我！」黃士良覺得李氏簡直無理取鬧，罵道：「胡說，你今天喝醉了？發酒瘋了吧！」李氏說道：「你才發酒瘋了呢！你是太浪蕩吧，明天我就去告發你這老不正經的，免得連累我。」黃士良聽了，罵道：「你這潑婦，竟說出這種無邊際的話來！你如果能找出證據也就罷了，如果憑空捏造一定饒不了你。」李氏氣急敗壞地說：「你幹出這種無恥的事還要打罵我，我現在就告訴你證據。今天該弟妹掃地，簸箕掃把應該在她房中，怎麼無緣無故跑進我們房裡來了？一定是你把她拉進來的。」黃士良說：「是她把東西送到房裡的，那時我也不在，也不知道她什麼時候送進來的。這件事能證明什麼？你不要說這種不知羞恥的話了，免得別人取笑。」李氏見丈夫氣勢上有點兒軟了就更加懷疑，大聲罵起丈夫來。黃士良也發怒了，扯住妻子便一頓亂打。李氏又連帶著弟妹張氏一起罵。

隔壁張氏聽到打罵聲後，靜下來聽聽是什麼原因。卻聽到張氏罵丈夫與自己通姦，張氏開門出來想過去辯解。但想到自己過去肯定會使情況更糟糕，又退回到房裡，心想：「剛才我開門，大哥大嫂一定聽到了。我又沒有辯解退回來，大嫂一定認為我與大哥真的有姦情才不敢辯解。她是個多疑、嫉妒心極重的人，我要是再出去辯解反倒會讓她更憤怒。都是我的錯，不該把掃把簸箕送到她房裡。這種冤枉難以洗清，不如以死明志，免得汙了我的名節。」隨後，張氏自縊而死。

次日早飯時，黃士良夫婦發現張氏死在房中。李氏說：「你說沒有非禮弟媳，為何她羞愧而死？」黃士良難以爭辯，只能跑到莊上把張氏的死訊告訴弟弟。弟弟黃士美很疑惑，問哥哥妻子為什麼上吊自殺，黃士良也不知道張氏為何死，只是說她無緣無故自殺了。黃士美不相信，跑到府衙把妻子的死報告給了陳知縣。

陳知縣把黃士良捉來，問道：「張氏為什麼上吊？」回答說：「弟妹偶染心痛病，忍受不了痛苦就自縊死了。」黃士美說：「我妻子從來沒有染這種病。即便是得了這種病，也應該叫醫生來治，怎麼會輕生？」李氏說：「弟妹性急，丈夫不在家，又不想叫人醫治，所以就自殺了。」黃士美說：「我妻子性情不急，嫂子說的這種話不足為信。」陳知縣對黃士良、李氏動用嚴刑。李氏受不了，向陳知縣報告說自己因為掃地之事懷疑丈夫非禮了弟妹，與丈夫爭吵起來，弟妹自殺身亡的原因實在不知道。黃士美聽後說道：「原來如此。」陳知縣呵叱道：「如果沒有姦情，張氏也不會自縊而死，黃士良姦淫弟媳罪該當斬。」黃士良被判了死罪。

此時，包公巡行到該縣，重審黃士良的案子。黃士良上訴說：「判我死罪真的是冤枉我了。人生在世，王侯將相都有死的那一天，死有什麼好害怕的？只是我不甘心身負惡名而死。」包公問：「你已經被審了好幾次了，還有什麼冤情？」黃士良說：「小人跟弟妹沒有姦情，我可以剖心示天。現在我被判了死罪，被人所不齒；弟妹的名節受到質疑；弟弟又懷疑我和他大嫂。一案三冤，怎麼會說沒有冤情？」

包公反覆看了幾遍案卷，問李氏：「簸箕放在你房中，那簸箕裡沒有垃圾廢物？」李氏說：「已經倒乾淨了，沒有垃圾。」包公說：「地已經掃完，垃圾也倒了，這說明是張氏自己把掃帚簸箕送到你房中的，免得第二天匆忙臨時交付。如果張氏未倒完垃圾被拉進房中，那掃帚就不會帶進來。黃士良肯定沒有強姦張氏。至於張氏自縊，我猜測是因為她把簸箕掃把送到你房中導致你的猜疑。張氏是個怕事知廉恥的人，見此事辯解沒有用，汙名又難洗，便以死明志。李氏陷丈夫於不義，讓張氏有了難明之辱，又導致弟弟的猜忌，應該受到重罰；而黃士良應該無罪釋放。」黃士美叩頭說：「我哥哥平日裡樸實厚道，而嫂子喜歡猜疑，我的妻子則重廉恥。開始我還以為妻子因與嫂子爭氣而憤恨自縊。後來聽說哥哥非禮我妻，這才讓我疑惑不決。幸虧包大人明察秋毫，解除我心中疑惑。」李氏說：「如果當時丈夫也像包大人這樣分析，我就不會懷疑他了，更不會與他爭吵打罵，求包大人赦免我的死罪。」黃士美說：「死者不能復生，亡妻的死因現在已經明瞭，我心中也沒有了恨意，讓嫂子償命還有什麼意義？」包公說：「論法當死，我怎能違背法律救她。」包公最終判了李氏死罪。

第四十七回　啞巴弟弟告兄長

一天，包公坐在廳上，有名公差前來報告說：「門外有一個姓石的啞巴，手裡拿著一根木棒要獻給大人。」包公讓公差把啞巴帶進來親自問他，啞巴說不了話無法對答。公差稟報包公說：「這個人每遇到新官上任就來獻木棒任憑責打，大人也不要問他了。」包公聽後，心想：這啞巴一定有冤枉的事，不然怎麼會忍受責打，執著地向府衙呈獻木棒。包公思索了一番，心生一計。包公吩咐左右將豬血塗在啞巴身上，又給他上了長枷遊街，並派幾個公差在街上打探，如果聽到有人叫屈就把人帶到公堂上。

有一個老者見到啞巴帶著長枷遊街，歎道：「這個人冤枉啊，現在受這種苦。」在一旁的公差聽到後，便把老者帶到廳前見包公。包公問他情由，老者說：「這個人是村南的石啞子，從小就不能說話。他的哥哥叫石全有萬貫家財，但不分給弟弟一分錢，還把他趕出家門。石啞子每年都到府衙告官，但始終沒能申冤，今天又被杖責，所以我才感歎。」包公聽後，立即派人把石全抓到大堂上，問道：「那啞巴跟你是同胞兄弟嗎？」石全回答說：「他

是家中養豬的人，很小的時候住在我家，不是我的親人。」包公聽後，將啞巴開枷釋放，石全也歡喜地回家了。包公等石全回去，又叫來啞巴，對他說：「以後只要你碰到石全，儘管上去打他。」啞巴點頭而去。

一天，啞巴在東街外遇到石全，依照包公指示再加上對石全怨恨，上去推倒石全，扯住他的頭髮亂打一番。石全十分狼狽，寫了一份狀子呈給包公，狀告啞巴不遵禮法，毆打親兄弟。包公問石全：「啞巴如果真的是你親弟弟，那他的罪過可就不小了，絕對不能輕易饒了他；如果啞巴跟你沒有親緣關係，只能當作鬥毆結案。」石全說：「他是我的同胞兄弟。」包公說：「這啞巴既然是你的兄弟，為什麼不分家產給他？是不是因為他是啞巴好欺負，想一個人獨佔？」石全無言以對。包公隨後命石全分一半的財產給啞巴，眾人聽到這件事後無不拍手稱快。

第四十八回　家僕為主人申冤

處州府雲和縣有一位進士叫羅有文，在南豐縣做了好幾年的知縣。龍泉縣的舉人鞠躬是羅有文的親戚。一次，鞠躬帶著三個僕人來到雲和縣拜見羅有文，羅有文很高興，給了鞠躬一百兩銀子。鞠躬拿出五十兩買了南豐縣的銅鎦金玩器、籠金梳子等等，裝在皮箱裡用銅鎖鎖住。

辭別羅有文後，鞠躬帶著皮箱來到瑞洪這個地方。他聽說包公巡行南京，因與包公是舊相識就想去拜見。於是派家僕章三、富十先走旱路到南京探問包公巡歷到了哪個府衙，探問完後到蕪湖相會。

第二天換船，鞠躬雇了艾虎的船。水手葛彩搬鞠躬的行李時發現皮箱很重，猜想裡面是金銀財物。葛彩對主人艾虎說：「有幾隻皮箱很重，想必裡面裝的是金銀。」二人便起了歹心，商量說：「中途不要再搭載別人了以便行事。」於是二人對鞠躬假惺惺地說：「我們見官人是讀書人，一定喜歡安靜不想與其他人同船。為了不打擾您，我們決定在中途不搭戴別

人，只求您多賞我們些船錢。」鞠躬說：「如此甚好，到了蕪湖我會多給你們些錢。」二人聽到鞠躬這樣說，更加確定皮箱裡都是金銀。

到了晚上，船開過九江，在一個偏僻的地方停船休息。半夜時分，艾虎持刀殺了鞠躬，葛彩殺了鞠躬的僕人貴十八。主僕二人都死於非命，屍首被丟到江中。兩個惡賊打開箱子，發現裡面都是些銅器玩器，有香爐、花瓶、水壺、筆山、籠金梳子等等，而銀子只有三十兩。葛彩說：「我以為裡面都是銀子，一場富貴就在眼下，沒想到原來是這些東西。」艾虎說：「有這樣的好貨，還愁賣不出去嗎？不如我們開船到蕪湖，沿途把這些東西賣掉。」

章三、富十打探到包公的消息，依照主人的吩咐來到蕪湖等待。等了半個月也沒見主人來。二人雇了一艘船向九江開去，沿路打聽主人的下落卻沒有結果。他們到了瑞洪，來到原來入住的店裡詢問，店主說：「你們主人早就換船出發了，現在還沒到嗎？」二人愕然。他們又轉回南京，依然沒有主人的消息。此時二人盤纏都用完了，只能典當衣服當作路費到蘇州尋訪。

章三、富十聽說包公到了松江便到松江尋訪，依然沒有主人的消息。二人想見包公，希望包公能為他們想想辦法，只是衙門戒備森嚴，閒雜無事的人不許進去。章三、富十便假稱告狀才進了衙門，將主人失蹤的事告訴包公。包公聽了，問道：「你家主人是怎麼和你們分開的？」章三說：「小人與主人到南豐縣拜訪羅大人，在那裡買了些鎦金銅器、籠金梳子等貨物。我們離開南豐縣抵達瑞洪時，主人聽說大人您巡行至南京就想來拜訪您。他派我倆先沿旱路到蘇州打探您的消息。本來我們約定在蕪湖相見，誰知等了半個月也沒有見到主人的身影。希望大人能幫我們找到主人。」包公問道：「中途別過後，你家主人有沒有可能回家？」富十說：「主人的來意很堅決，絕對不會回家去。」包公又問道：「你家主人在南豐得到多少銀子？」二人回答說：「僅有一百兩。」包公又問：「買了多少貨？」富十回答說：「買了一些銅器、梳子等，用了五十兩銀子。」包公說：「你家主人喜歡遊玩，既然沒有回

二人一把將店主抓住。店主不知道緣故，說道：「你們為何平白無故抓人？」說完便與章三、富十廝打起來。

家，不是被賊人劫了，就是途中遇到風暴。我給你們寫一道批文，再給你們二兩銀子，你們沿路查訪。如果你家主人被劫，那盜賊一定會沿路賣貨。你二人只要見到來歷不明的人賣銅器、梳子的就綁來見我。」章三、富十領命而去。

二人一路打探來到南京，路費差不多快用完了。他們來到一個鋪子裡看見一副香爐，二人仔細辨認，確定此香爐是主人在南豐縣買的，便指著香爐問店主：「這件東西能賣嗎？」店主回答說：「本來就是賣的。」二人又問：「還有其他玩器嗎？」店主說：「有。」章三說：「有的話就讓我們看看。」店主抬出皮箱讓二人任意挑選。章三、富十看後，問道：「這些貨是從哪裡販來的？」店主說：「蕪湖來的。」二人一把將店主抓住。店主不知道緣故，說道：「你們為何平白無故抓人？」說完便與章三、富十廝打起來。這時兵馬司❶朱天倫恰好經過，看到後喝叱說：「誰在這裡鬧事？」章三把店主拉扯出來。富十拿出包公給的批文呈給朱天倫並細說來歷，朱天倫聽完富十的解釋後，問店主：「你是何人？」店主說：「小人叫金良。這些貨物都是我妻子的兄弟在蕪湖販來的。」朱天倫說：「這些東西不是蕪湖出產的，你說從那裡販來，其中必有緣故。」店主說：「要想知道這些貨的來歷，問一問我妻子的兄弟吳程就明白了。」朱天倫把所有人都帶到衙門。第二天又把吳程抓來審問說：「你在哪裡販來這些銅器？」吳程回答說：「這些貨都出自江西南豐。是一位客商把這些貨物販到蕪湖，我用四十兩銀子買下的。」朱天倫繼續問道：「你知道那個客商是哪裡人嗎？」吳程說：「萍水相逢，哪裡會知道。」朱天倫聽後不敢擅自作主，就把四人交給了包公。

四人來到包公這裡，章三、富十寫了狀子狀告金良、吳程謀財害命。包公正忙著考察，抽不出時間審理此案便委託給董推官❷。董推官升堂審問吳程，吳程為自己辯解說這些銅器的確是自己出錢從一位客商那裡買來的，可以讓牙人段克己作證。董推官把段克己叫來審問道：「吳程說是你把賣銅器的客商介紹給他的，你可知道客商的姓名？」段克己說：「來來往往的客人太多了，我記不得此人的名字。」董推官說：「這件案子是包大人親自委託給我的，況且此案可能出了人命。知情不報者，當以與盜賊同謀判決。吳程你趕快招認免得受刑。」吳程指著牙人段克己說：「古語說：『有眼牙人無眼客。』我買這些貨是經過他的介紹。因利而販貨，這是人之常情。倘若不圖利，誰還會冒著危險奔走江湖？」董推官說：「你既然知道這些貨物賤賣，就應該想到是盜竊來的。段克己你作為牙人接觸四方的商客，難道不知道這種事？你們二人相互推脫責任，其中一定有些事情還沒交代，你們從實招來。如果盜賊另有其人，就趕快報上他們的姓名；如果你們就是盜賊，就快點兒承認免得受刑。」吳程、段克己都不肯承認。董推官下令各打三十板，但他們依

---

❶【兵馬司】古代官職，主要負責城內的治安。

❷【推官】古代官署名，主要負責審判案件。

然不肯招。忽然有一片葛葉被風吹來，落在掛著彩帶的門上，又落到董推官身邊。董推官心想：府衙內沒有種葛❸，怎麼會有葛葉飄來？

次日，董推官又提出疑犯審問，用刑後疑犯依然不招。董推官只能將案情詳細稟奏包公。包公回書命他繼續調查。

董推官打算坐船前往蕪湖查訪。當時府衙的官船都被上司調用，公差們只能臨時徵用一艘商船，這次恰巧徵用了艾虎的船。董推官登船問船家：「你叫什麼名字？」回答說：「小人叫艾虎。」董推官又指著水手說：「那人叫什麼？」艾虎回答說：「葛彩。」董推官這時想到前幾日堂上有片葛葉從彩帶上落下，恍然悟出害人者就是葛彩，遂命手下將船家和水手一起綁了抓到府衙拷問。艾虎與葛彩嚇得魂飛魄散。董推官問道：「你們謀害舉人，牙人段克己已經把你們的名字報給我了，現在已經抓到你們就應該從實招來。」艾虎說：「小人撐船和那個段克己沒有關係，他自己謀害了人就把我們推出來做擋箭牌。」董推官見二人依舊抵賴不招很是憤怒，命人各打四十板。又提出吳程、段克己等人與之對證。吳程見到艾虎、葛彩，說道：「你們這兩個賊人，謀得他人財物賣錢，害得我等無辜受苦。幸虧蒼天有眼。」葛彩說：「你為什麼要昧著良心說瞎話？我從沒見過你，為什麼說我們謀人財物？」吳程說：「銅器、籠金梳子等等，這些貨物是我用四十兩銀子從你們那裡買來的，可以讓段克己作證。」艾虎、葛彩二人依然不肯招認，又被公差打了一百板。艾虎扛不住了，招供說：「這件事都是由葛彩引起。那時鞠舉人雇了我們的船，葛彩搬三隻皮箱上船時，發現皮箱非常重，以為裡面都是金銀，起了謀財之心。等過了湖口，我們用刀子把人殺了，然後丟進江心。打開皮箱後，發現裡面都是些銅器，後悔不已。我們把貨物運到蕪湖賣給了吳程，得到四十兩銀子。當時只想把這些東西脫手才會賤賣，段克己發現這些貨來歷不明勒索了我們十五兩銀子。」段克己低頭不語。富十、章三聽後，叩頭說道：「青天大老爺啊！恩主之冤今天總算是昭雪了啊。」董推官審問案子後，詳細稟奏給了包公。包公又審了一遍，四人都如實招認。

最後，葛彩、艾虎被判秋後處斬；吳程、段克己被發配遠方。

❸【葛】一種豆科多年生草本植物，別名甘葛、野葛等。

第四十九回　四個和尚

包公做知縣時，一天晚上夢到城隍送來四個和尚，三個都是笑臉，一個卻皺著眉頭。包公醒來後，覺得此夢很奇怪但不解其意。

第二天是中秋節，包公到城隍廟上香。看見廟中左廊下有四個和尚。想到昨夜所夢，於是問這四個和尚：「你們這些和尚為什麼不迎接我？」其中一個和尚說：「本廟久住的僧人才會迎接大人。我們四個都是從遠方來到此處的，閒雲野鶴，不必迎接貴人。」包公見三個和尚身軀粗大，另外一個和尚細皮嫩肉不像是男子，心中有點兒疑惑，又繼續問道：「你們幾個都叫什麼名字？」一個和尚回答說：「小僧法號真守。這三個都是我的徒弟，法號分別是如貞、如誨、如可。」包公問道：「你們都會念經嗎？」真守說：「諸經卷略懂一二。」包公哄騙他們說：「今天是中秋佳節，往年這個時候我都會請僧人到家裡誦經。今天有幸遇到你們，就請四位到我家中誦一天經。」

包公將四位僧人帶到家中，吩咐家僕在後堂點上香火蠟燭，並在走廊邊擺出四盆水，

給僧人洗澡。有三個僧人洗了，唯獨小僧人如可不洗，推辭說：「我受師父戒，從不洗澡。」包公拿出一套新衣服讓他換上，說道：「佛法以清淨為本，哪裡有戒洗澡之理？即便受此戒，今天你也該改掉。」說完命家僕剝去他的衣衫，這才發現原來這和尚竟是個女人。

包公立刻鎖了另外的三個僧人，問如可：「我一開始就懷疑你是個婦人，才用洗澡來試探你。你這婦人為何跟這三個僧人混在一起，快點兒從頭說出緣由。」婦人跪在地上，

包公立刻鎖了另外的三個僧人，問如可：「我一開始就懷疑你是個婦人，才用洗澡來試探你。你這婦人為何跟這三個僧人混在一起，快點兒從頭說出緣由。」婦人跪在地上，哭訴道……

哭訴道：「我本是宜春縣孤村褚壽的妻子，家中有七十多歲的婆婆。去年七月十四日晚上，這三個和尚到我家來借宿。我的丈夫推辭說家中貧窮沒有多餘的床被，不能留三位住下。這三個和尚說天晚了沒有去處，出家人不需要床被，只借屋下坐一夜，明早立即上路，說完就在地上打坐誦經。我丈夫見他們不肯離開，又可憐這些出家人，就做了些齋飯招待他們，並騰出一些床被讓他們歇息。沒想到這三人心狠手辣，用刀殺了我的丈夫。我的婆婆想跑，也被他們抓住殺了，而我被他們強迫削了髮。第二天，三個賊人放火把我家房屋燒了，又拿出僧衣、僧鞋逼我穿上，要我跟他們一起走。我口裡被藥麻住，路上不能喊叫，稍有不慎就會被他們打罵。我想到丈夫、婆婆都被他們殺了，就想尋機替他們報仇，只是我一個婦人家膽小不敢動手。昨天晚上是丈夫、婆婆的忌日。這三個人買酒來喝，我則暗自悲傷，默默在城隍廟祈禱，希望有人能幫助我報仇。今天老爺叫他們來到府衙，我以為真的是請他們誦經，所以不敢說出實情。若知老爺已經懷疑我是婦人，我早就說出來了。幸虧城隍顯靈讓我遇到青天，得以替我死去的丈夫、婆婆報怨雪恨，現在就算讓我去死也心甘情願。」

包公說：「你跟隨這三個和尚有一年了，如果不說出昨夜在城隍廟禱告之事，我一定會判你的罪；你曾祈禱求報婆婆、丈夫的冤屈，我相信這是真的。因為昨天晚上我正夢到城隍廟裡的神靈帶著四個和尚來見我。這真的是城隍廟裡的神君顯靈啊！」包公隨後判三個和尚死罪，並送婦人回娘家，讓她改嫁他人。

第五十回　伍和爭親陷害人

永平縣的周儀娶妻梁氏，生了一個女兒，叫玉妹。玉妹如今十六歲，美貌過人、四德❶兼修，鄉里人都很稱讚。玉妹長到六七歲時，父母作主把她許配給了本鄉的楊元。

當地的豪紳伍和到別人家討債，路過周儀家門。他看到玉妹依著欄杆刺繡，一下子就被玉妹的美貌打動，便問身邊的僕人：「這是誰家女子，如此可人？」僕人說：「是周家的玉妹。」伍和又問：「許配人家沒有？」僕人說：「不知道。」伍和從此對玉妹朝思暮想，並央求魏良做媒向周家提親。魏良見到周儀說道：「伍和有家資萬貫、田地數頃，世代富貴、門第高貴。今天讓我做媒想做你家女婿，還請你答應啊。」周儀回答說：「伍家的確權勢大而

❶【四德】即儒家「四德」，指的是德、言、容、功，這些都是針對女子的。德即品德，做女子要立身眞本；言指言語，說話要得體、措辭要恰當；容指相貌，出入要端莊、不輕浮；功指治家之道，包括相夫教子、勤儉節約、尊老愛幼等等。

且富有，全縣的人都羡慕；伍官人少年英傑，大家都很稱讚。這些我都知道，只是跟小女無緣，小女很早就許配給楊元了。」魏良回來對伍和說：「事情不順利啊。周儀的女兒多年前就許配給了楊元，不肯另嫁他人。」伍和聽後很憤怒，說道：「論家財、論人品、論權勢，我都遠遠勝過楊元。為什麼拒絕我？我一定要設計害死他才能如我所願。」魏良說：「古人說的好，『爭親不如再娶』，官人何必一棵樹上吊死呢？」伍和始終不聽，一直尋找機會狀告楊元。周儀聽說此事後，遂託媒人告訴楊元家盡快擇吉日成親，免得節外生枝。

伍和指使人秘密地砍了幾棵自家杉木，放在楊元家的魚池裡，隨後他寫了狀子將楊元告到衙門裡，知縣秦侯接下案子，將原告和被告的鄉鄰叫來作證。鄰居們都說：「這杉木是伍家墳山上的，現在卻浸在楊元門前的池塘裡。證據這麼明顯，還有什麼可說的？」楊元說：「伍和跟我爭親沒有如願，就想用杉木陷害我。他這樣做只是為了圖心裡的一時痛快。」伍和說：「盜砍墳木，驚動先靈，死者都不得安生。」秦侯說道：「伍和你為什麼還要強詞奪理？你其實是因為跟人家爭親不過為發洩心中的怨氣才栽贓陷害。」遂打了伍和二十板。伍和的陰謀沒有得逞，怒氣沖沖，痛恨楊元，心想：我不置此賊於死地絕不甘休。

一天，伍和見一乞丐在街上乞討，給了他一些酒肉，問道：「你在各個地方乞討，哪家比較容易討到錢米？」乞丐說：「各處的大戶人家都還可以，楊元家正在擺酒席做戲最好乞討。我們常常去他家，跟他熟了也會多給我們些。」伍和又問：「戲唱完了嗎？酒席擺完了嗎？」乞丐說：「還沒有。明天我還會去他家。」伍和說：「我聽說他家東廊有一口井，與別人共用嗎？」乞丐說：「只有他一家人打水。」伍和說：「我再賞給你些酒肉，託你一件事，你能不能為我出力？如果做成了，我賞你一錢銀子。」乞丐說：「財主肯用我，又要謝我，要我下井取黃土我也願意，怎麼敢推辭呢？」伍和說：「我不要你下井，你在井上面就能辦成。」說完，拿出些酒肉給乞丐。

到了第二天清晨，伍和拿出一包金銀首飾，對乞丐說道：「你帶著這些東西到楊家，偷偷地丟在他家井裡，千萬別讓其他人看見，這件事只能你知我知。」乞丐拿著包裹出了伍家。路上，乞丐在一個偏僻處打開伍和的包裹，發現裡面有一對金釵、二根金簪、一對銀釵、二根銀簪，心中大喜起了貪念。在一個賣胭脂簪釵的人那裡，乞丐用二斗米、三分碎銀買了和包裹裡同等數量的銅釵、銅簪和錫釵、錫簪，還用原來的包裹包好。乞丐來到楊元家裡看戲，偷偷地將包裹丟進井裡，然後向伍和彙報。伍和給了乞丐些賞銀，然後寫了一份狀子，狀告楊元盜竊之罪。

這時包公恰好巡行來到此處，看完狀子後立即命該縣的公差緝拿楊元。堂上，伍和稱自己家的金銀首飾被楊元藏在井中。公差下井搜檢，果然找到一包首飾。楊元死不承認，包公說：「井是你家的，贓物又在你家井裡，你還有什麼可說的？」楊元受了刑，依然不肯承認。包公遂叫來伍和，問道：「你這首飾是什麼人打的？」伍和說：「金首飾是黃美打的，銀首飾是王善打的。」包公叫來黃美、王善到堂上作證。黃善、王善看了首飾後，黃善說道：「小人給他打的是金的，不是銅的。」王善說：「小人給他打的是銀的，不是錫的。」包公聽後，心裡立刻明白其中有詐，將楊元暫時押進獄中，讓伍和回去。包公吩咐公差密密地跟隨伍和，看他出去後與哪些人談論此事，然後一起抓回衙門。公差悄悄地跟著伍和來到街市上，看見他問一個乞丐：「前天我託你幹了那件事，已經送給你一錢銀子，為何還要把包裹裡的金銀首飾換成銅錫的？」乞丐裝糊塗說：「我怎麼敢做這種事？」伍和說：「包公讓黃美、王善兩匠人看了。」乞丐這才無話可說。這時，在一旁的公差一把拿下乞丐和伍和，帶回府衙交給包公。包公讓人用刑具將乞丐夾起，問道：「你為何把伍和的金銀首飾換了？」乞丐膽小，馬上招供說道：「伍和讓我把這些首飾丟在楊元家的井裡，小人貪財就把它換了。那些金銀首飾還在我身上，請大人饒了我這條小命。」包公對伍和的所作所為很氣憤，立刻吩咐嚴刑拷打。伍和即便有百口也爭辯不了，只好認罪伏法。

第五十一回　樵夫大意賣柴刀

有個樵夫叫鄒敬。一日在山中砍完柴挑到城裡去賣，他把柴賣給了生員盧日乾得銀二分，但他的刀插在柴裡忘記拔出來。第二天午後，鄒敬要去砍柴時，才想起刀隨著柴一起賣給了盧日乾，於是他匆匆忙忙地到盧家去取。盧日乾心眼小，不肯給。鄒敬性急，破口大罵起來。盧日乾是包公的得意門生，仗著這層關係他寫了一封書信，讓家人送到包公那裡。包公詳細問了一下情由，知道此事甚小，看在師徒的情分上就沒有深究此事，而是責罰了鄒敬五大板。

鄒敬心中很不服氣，又到盧家門前大罵不止。盧日乾穿得整整齊齊地去見包公，說道：「鄒敬刁蠻頑固，被老師責罰後又來撒潑，在街上大罵。請老師嚴懲他。」包公心想：一個村民怎麼敢罵秀才，一定是因為他的刀的確插在柴裡，而他又受到責罰，心中不滿才大叫大罵。包公悄悄地對公差李節吩咐了一番。李節將鄒敬鎖起來領到盧家，對盧日乾的妻子說：「盧娘子，這個村民罵你，被你相公送進府衙。先是被責打了五板，後來又責打了十板。

你相公叫我來告訴你把刀還給他吧。」盧娘子說：「我丈夫怎麼沒跟你一起過來？」李節說：「你相公跟包大人見面後在後堂喝茶，哪裡能說回來就回來。」盧娘子信以為真，拿出柴刀交給李節。李節把刀呈給包公，鄒敬看到後，說道：「這正是我的刀。」盧日乾大驚失色。包公故意呵叱說：「鄒敬，不要怪本官打你，你既然要取刀就應該用好言相求。他還沒有去看，怎麼知道刀是不是在柴裡？你去了就出言不遜口出髒話。我治你侮辱斯文之罪該如何處罰？我只打了你五板。秀才的信中已經說

包公悄悄地對公差李節吩咐了一番。李節將鄒敬鎖起來領到盧家，對盧日乾的妻子說……

了會把刀給你，你還要去罵。現在刀已經歸你了，但應該打你二十板。」鄒敬叩頭求包公赦免。包公說：「你在盧秀才面前叩頭請罪，我才會赦免你。」鄒敬立即在盧日乾面前一連磕了好幾個頭，然後轉身回家去了。

鄒敬走後，包公對盧日乾說：「他以賣柴為生很是辛苦，你怎麼能忍心把他的刀藏起來？我若是偏袒你，不考察明白打了此人，那我就虧待了這個小民。我在眾人面前說你自己肯把刀還給他，讓鄒敬叩謝是為了保全你的顏面。」包公的一番話說得盧日乾滿面慚愧、無言可答而退。

包公讓人到盧家巧妙地取出柴刀，足見其智；在人前護著盧日乾掩蓋他的過錯，足見包公為人厚重；事後又對盧日乾一番叮嚀責其改過，足見包公的教化之心。這真是一舉三得。

第五十二回　包公為三娘子申冤

廣東潮州府揭陽縣有一個叫趙信的人，當地人也叫他三官人，與同村的周義是好朋友。有一天，兩個人商議去城裡買布，並提前預訂了艄公[1]張潮的船，打算第二天一早乘船進城。次日四更，趙信來到張潮的船上等候周義。艄公張潮見四周沒有人，便把船撐到河水深處，將趙信推入河裡淹死，之後又把船撐回岸邊假裝睡覺。黎明時分，周義來到河邊叫醒張潮，一起等待趙信。然而，等了半天趙信還是沒有來，於是周義讓張潮去催一催趙信。

趙信的妻子是孫氏，人稱三娘子。張潮來到趙信家，連續叫了幾聲三娘子，孫氏才出來開門。張潮說：「三官人和周義昨天相約要乘我的船進城，如今周義等了半天沒見到趙信的身影，他讓我問一問三官人為什麼沒有去赴約呢？」三娘子很驚訝，說：「今天三官人很早就出門了，為什麼現在還沒有到船上呢？」張潮返回岸邊把趙信的事情告訴了周義。周義立即趕到趙信家裡，和三娘子四處尋找趙信，可是找了三天依舊沒有發現他的蹤跡。周義尋思：大家都知道我和趙信要進城買布，如今他下落不明，人們準會懷疑我。我還是先去官府

報案為妙，況且艄公張潮、鄰居趙質、趙協以及孫氏都可以為我作證。

知縣朱一明受理了這個案子。他先審問趙信的妻子孫氏，三娘子回答說：「我丈夫吃完早飯，帶上銀子出了門，之後的事情我就不知曉了。」朱一明又審問艄公，張潮說：「周義和趙信提前預訂好我的船，打算乘船進城。第二天，天還沒有亮，周義早早來到岸邊等候趙信，過了很長時間趙信沒有出現，在場的水手可以為我作證。之後，周義讓我去催趙信，我到了趙信家喊了幾聲『三娘子』，等了半天她才給我開門。」朱知縣又審問趙質、趙協，他們說：「我們只知道趙信做買賣之前，和孫氏在家裡吵了一架。趙信出門之後的事情，我們就不清楚了。」朱一明對周義說：「趙信是帶著銀子出門的，你見財起意所以殺死了他。」周義反駁說：「我一個人怎麼可能殺死他，又怎能埋葬他的屍體呢？況且我家比他家富裕，我們也是好朋友，怎麼會謀害他呢？」孫氏說：「周義和我丈夫關係一直很好，他絕對不是殺害我丈夫的凶手。想必是我丈夫早早到了船上，被艄公殺死了。」張潮辯解說：「河邊有那麼多船，我要是在岸邊殺人，其他人不都看到了嗎？周義在黎明時分來到船上叫醒了我，他可以為我作證。孫氏說丈夫很早出了門，鄰居都不知道；等我去叫，她還沒有起來，門也沒開，分明就是她殺死了趙信。」朱知縣聽信了張潮的話，嚴刑拷問孫氏。孫氏身體柔弱，

❶【艄公】泛指撐船的人。一般都爲男性。

經受不住大刑，只得承認說：「我的丈夫已經死了，我情願去陪他。當初我沒有攔住他，所以就殺了他。」知縣又問屍體的下落，順勢說：「是我殺死了他，如果你們要討他的屍體就把我的身體還他，為什麼還要追究呢？」此案經過州府複查之後維持原判。

第二年秋季，官府準備要處決謀殺親夫的孫氏，卻被明察秋毫的大理寺左任事楊清制止了。楊清看了卷宗發現有疑點，於是做出了批示：「張潮敲門就叫三娘子，可見他知道趙信並不在家。」隨即讓巡行官再次複查這個案子。

朱一明對周義說：「趙信是帶著銀子出門的，你見財起意，所以殺死了他。」周義反駁說：「我一個人怎麼可能殺死他，又怎能埋葬他的屍體呢？」

當時包公巡視天下來到了潮州府，派人將張潮抓到府衙，問道：「當初周義讓你催趙信，為什麼你喊『三娘子』而不喊『三官人』呢？原因是你知道趙信已經死了，家裡只有三娘子一個人，所以你喊了三娘子。」張潮感到錯愕，一時答不上來。包公說：「明明你就是殺人凶手，反而誣陷孫氏。」張潮不肯承認，被杖打三十；再次不承認，又被杖打一百；最終被包公關了起來。包公傳喚當時在場的水手，不問緣由便打了水手四十大板。包公說：「你在前年殺死了趙信。張潮已經把你們供了出來，今天你就給趙信償命吧。」水手被嚇了一跳，招供說：「回稟大人，張潮才是凶手。當時正值四更時分，張潮見路上沒有行人，便悄悄地把船撐到河流深處將趙信推入水中。等趙信淹死之後，他又把船撐回岸邊假裝睡覺。這一切都是張潮一個人幹的，我是冤枉的啊！」包拯讓張潮與水手對質，結果張潮再也不敢狡辯，只好承認了自己的罪行。隨後，包拯將張潮就地正法，釋放了孫氏，罷免了朱一明的官職。

第五十三回　包公審石碑

浙江杭州府仁和縣，有一人名叫柴勝，家裡比較富裕，雙親都健在，娶梁氏為妻。梁氏孝順親人、知書達理。柴勝的弟弟叫柴祖，已經十六歲也成了親。

有一天，柴勝的父親把他叫到跟前，教導他說：「咱們家雖然積累了一些資財，可是你要明白得到這些資財很不容易，而揮霍起來卻不難。一想起這件事情我就心痛，夜裡常常睡不好覺。現在的公卿和士大夫的子孫穿好的、吃好的，成群結隊地遊玩、大擺筵席取樂、肆意浪費，從來不把財物放在心上。他們不知道自己拿來炫耀的家財，正是他們的祖輩們平常辛辛苦苦積累下來的。你不要僅僅指望著我積累的這些家財過日子，我想讓你的弟弟柴祖守家，讓你到外地做生意以補貼家用，你覺得怎麼樣啊？」柴勝說：「父親大人說得十分在理，我一定照辦。您要讓我到哪兒去做生意呢？」父親說：「我聽說京城開封布匹生意特別好。你就在杭州買幾擔布，之後帶到開封去賣，用不了一年半載就可以回來了。」柴勝遵從父親的話，買了三擔布，辭別家人前往開封。他夜裡休息，白天趕路，沒幾天就來到了開封

府，住在東門城外吳子琛的店裡。過了兩三天，柴勝沒有賣出一匹布，因而心裡十分不暢快，便令家童買了一些酒，兩人喝得大醉。沒想到，吳子琛的一個近鄰，名叫夏日酷，半夜時分趁著柴勝酒醉將布匹全部盜走了。

第二天柴勝起床之後發現布匹被盜，心裡十分慌張不知所措，找到店主吳子琛，說：「我是孤身在外的客人，你是這裡的主人，正所謂『在家靠父母，出門靠主人』。可是昨天晚上為什麼趁著我酒醉偷我的布呢？如果你現在還給我，這件事情就算過去了，否則的話咱們公堂上見。」吳子琛辯解說：「我是這裡的店主，客人都是我的衣食父母，我怎麼會偷取客人的東西呢？」柴勝根本就聽不進去，堅決咬定布匹失竊跟吳子琛有關，便把他告到了開封府。包公說：「捉拿盜賊必須先看到贓物，如果沒有真憑實據，這個案子怎麼斷定呢？」於是駁回了柴勝的訴訟。柴勝再三狀告吳子琛，包公才正式受理此案。包公把吳子琛傳喚到公堂問他是否偷了布，吳子琛把之前與柴勝的對話原原本本地說了一遍。包公一時不能做出裁決，就把柴勝和吳子琛暫時關押在大牢裡。次日，包公前往城隍廟上香，祈求神靈幫忙斷案。

再說盜賊夏日酷把偷來的布匹藏在村裡一處偏僻的地方，把布匹上的記號抹除，換上自己的印記，使人難以辨別。之後，他分批賣給了城中的徽州客商汪成，賺了八十兩銀子，自以為做得神不知鬼不覺。

包公在城隍廟接連燒了三天香，想到了一條妙計。他命令張龍、趙虎把衙門前的石碑抬到院子中，要向石碑討還丟失的布匹。一會兒工夫，衙門裡來了許多人圍觀，包公大聲說道：「這個石碑真是可惡啊。」接著讓自己的手下打它二十鞭子，前後一共打了石碑三次。圍觀的人越來越多，包公突然命令手下把衙門的大門關上，並把在最前面圍觀的四人抓了起來，其他人都沒明白是什麼意思。包公說：「我在這裡斷案子不允許閒雜人等圍觀，為什麼你們這些人不遵守禮法，竟然擅自出入公堂呢？雖然你們已經犯了罪，但我會網開一面。你們四人統計一下圍觀者的姓名，如果有人是賣米的，就罰他米；賣肉的罰肉，賣布的罰布，其他人賣什麼就罰他什麼。你們四人要在限定的時間內把這件事情辦好，我要當場驗證。」那四個人立即領命忙活去了。過了一段時間，四個人到府衙覆命。包公一看，其中有一擔布，便對四人說：「這些布

包公大聲說道：「這個石碑真是可惡啊。」接著讓自己的手下打它二十鞭子，前後一共打了石碑三次。

暫時留在這裡，第二天返還給賣主。其他的米、肉等物品，你們四人帶回去退還給原主，不得有誤。」四人退出府衙，按照包公的話去做了。

包公立即傳喚柴勝與吳子琛前來認布。包公擔心柴勝會胡亂認布，便先拿出自己夫人織的布匹，試探問道：「你看這些布是你的嗎？」柴勝看了看，說：「回稟大人，這些布不是我的。」包公見他沒有撒謊，又從一擔布中抽出兩匹，問道：「你認識這些布嗎？」柴勝看了，說道：「這些布正是小人的，不知道大人是從哪裡得到的？」包公說：「你認得布上的記號嗎？」柴勝說：「這些布的首尾記號雖然都被人換過，但中間的尺寸卻沒有變化。大人要是不相信的話，可以丈量一下尺寸，如果跟我說的尺寸不一樣，大人儘管治我的罪。」包公丈量之後，證實柴勝說得確實屬實。隨即，包公傳喚那四個人到府衙，問：「這些布是誰的？」四人說：「是徽州客商汪成的。」包公立即命人拘留汪成問這些布匹的來歷，汪成說這是夏日酷賣給他的，包公又讓衙役逮捕了夏日酷。經過一番審問，終於弄明白了事情的來龍去脈。夏日酷招供說：「我偷了三擔布，賣給汪成一擔，其餘的兩擔藏在村裡。」衙役根據夏日酷的供詞，找到了其餘的兩擔布。柴勝、吳子琛兩人消除了誤會，感謝包公的明斷，隨即就離開了。包公又見有人供出夏日酷平日裡的種種不法行為，就把他發往邊疆充軍去了。於是開封這個地方，一時之間盜賊少了許多。

第五十四回　無才考官屈殺英才

西京城裡有一個秀才，名叫孫徹，天生聰明絕頂，讀書非常刻苦，精通經史子集。無論是寫文章，還是作詩都能一揮而就。人們都認為他是難得的大才子，這樣的英才一定能在科場中出類拔萃高中狀元。誰知近年來，考官選拔人才完全不以文章好壞為標準。有的人一個字都不認識，反而會被考官錄取；有的人雖然精通文章，卻不會被錄用。只要能符合考官的心意，壞的也就成了好的；不合考官的心意，即使再怎麼好也都是壞的。這些考官曾是窮秀才之時還能看得清楚文字，然而中了進士之後，眼睛和心都被金銀財物蒙蔽了。主持考試之時顛倒黑白，根本就不把別人的死活放在心上。孫徹生不逢時，縱然有滿腹才學卻連年不中。

有一次科考，主掌貢試的官員叫丁談，與奸臣丁謂同流合污。這一次考試跟其他考試不同，只要你門第高、錢財多，即使不會寫文章、沒有文采也會被錄用。雖然考試實行糊名制❶，但是有些人早已經打通關節收買了丁談。於是，丁談隨手拆了一些試卷，將考試錄取者的姓名寫在榜上就當是考試完畢。這次可憐的孫徹又沒有考中。孫徹有一個同窗叫王

年，此人目不識丁反而榜上有名，令孫徹感到十分氣憤，竟然鬱鬱而終。來到地府，孫徹向閻羅王遞上了狀紙，狀告考官屈殺英才，懇請閻羅王還他一個公道。

當天，閻羅王看了狀紙，問孫徹：「你有什麼大的才能呢，為什麼說考官屈才呢？」孫徹說：「我不敢自詡有大才，可是那些中舉的也不見得有什麼大才啊。假如考官不徇私能夠公平對待，我孫徹一定會在王年之上。如今我還保留著我的卷子，希望您能看一看。」閻羅王說：「你的文章太深奧了，想必考官沒有看明白。我是閻羅王，不曾參加過科考，不敢像陽間一字不通的官員胡亂看你的文章。除非是包大人來看你的文章，他原是天上的文曲星，一定能看出你的文章好壞。」

閻羅王請包公斷案，包公看完狀紙，感歎說：「每一次科考都會有許多人受盡委屈。」孫徹將自己的試卷呈上，包公細細看完，說：「真是奇才啊。考官是誰，為什麼不錄用你？」孫徹說：「是丁談。」包公說：「他是一個不識字的傢伙，怎麼當上考官了？」孫徹說：「王年這樣的人都考中進士，怎麼能讓人心服呢？」包公立即吩咐鬼卒，說：「趕快將兩人帶來，我要審問他們。」鬼卒說：「他們兩人都是陽間的官員，怎麼能輕易帶他們來陰

❶【糊名制】古代科舉考試中防止考官作弊的一種措施。把考生試卷上的姓名都糊起來，使考官不能徇私，保證科考錄取公平。

間呢？」包公說：「他們的官運就壞在了這件事情之上，馬上把他們帶來。」沒一會兒，兩人被帶到陰間。包公說：「丁談，你是一個考官，為什麼屈殺孫徹這樣的英才呢？」丁談說：「孫徹的文章寫得不好，所以下官沒有錄取他。」包公說：「這是他的卷子，你再好好看看。」說完，將卷子扔給丁談。丁談看了一會兒，面紅耳赤地說：「下官當日眼花，沒有仔細看。」包公說：「你不看文章，怎麼錄用考生呢？你不錄用有才的孫徹，反而錄取不識字的王年，可見你徇私舞弊。你本來還有十二年的陽壽，但因你屈殺英才導致孫徹死去，所以我剝奪你的陽壽。你以老眼昏花為藉口說看錯文章，我就罰你下輩子當一個雙眼失明的算命先生。你收取賄賂，我就罰你來世做一個乞丐。究竟你轉世之後成為哪一種人，你自己應該心知肚明。王年不會寫文章反而中第，我就罰你來世做牛吃草過日子。孫徹今生滿腹才學不被重用，來世定能連中三元。」人人都同意包公的判罰，唯有王年說：「我雖然不會寫文章，但是還能寫幾句。那些一句也不會寫的人也被錄取了，他們是不是也應該做牛吃草呢？」包公說：「我就是讓你給他們做一個榜樣。」隨後，包公寫成案卷，連同孫徹的試卷和相關人等一齊交給十殿司查驗。

第五十五回　蜘蛛吃案卷

山東兗州府巨野縣有一戶姓鄭的富裕人家，家主名叫鄭鳴華。他的獨子叫鄭一桂，長得一表人才。只因鄭鳴華對兒媳婦的選擇標準太過嚴格，所以鄭一桂一直到十八歲還沒有成親。

鄭家對門是杜預修家，杜家有一個女兒名叫季蘭，賢良淑德、姿貌動人。杜預修的後妻是茅氏，她想把季蘭嫁給自己的侄子茅必興，但是杜預修堅決不同意，所以季蘭到了十八歲還有沒嫁人。鄭一桂私下愛慕杜季蘭，兩人情投意合常秘密幽會。時間過去了將近半年，兩家的父母都察覺出他們的事情。茅氏為此重重責罰了季蘭，還時刻防備季蘭跟鄭一桂私下往來。但是季蘭非常愛慕鄭一桂，仍然不顧反對背著茅氏與鄭一桂私會。

有一天，季蘭趁著茅氏去了娘家，約鄭一桂晚上見面。當夜，鄭一桂按時赴約，季蘭對他說：「你我私會有半年時間了，如今我已經懷了三個月身孕，你可以託媒人來我家提親，想必我的父親定會答應。要是我的後母在家，她一定會反對我們的婚事，但是不要緊，她去了外祖父家。趁此機會，我們明天就把婚事定下來。此事要是成了，我們就能永遠在一

起；如果不成，我願意為你去死。即使他人來娶我，我也不會同意，因為我心裡只有你一個人。」鄭一桂欣然答應。

次日五更天，杜季蘭與鄭一桂在豬門辭別，正巧被早起殺豬的屠戶蕭升撞見。他心想：「肯定是鄭一桂與杜季蘭兩個人私通，從豬門出入。」蕭升來到豬門邊看見杜季蘭上前求歡。季蘭說：「你是什麼人，怎麼這麼無禮？」蕭升說：「我知道你和鄭一桂私通，為什麼我們兩個不能呢？」季蘭生怕事情敗露，便哄騙蕭升說：「他要和我成親，所以我們私底下商議這件事情。如果他不娶我，日後我會跟你成親。」隨即走進房中鎖上了門。蕭升回到家，心裡非常不爽，他想：「你愛慕鄭一桂，怎麼會從了我呢？不如我殺了鄭一桂，斷了你的念想，就可以很快得到你了。」

第二天，鄭一桂告訴父親：「我要娶杜季蘭為妻。」鄭鳴華說：「即使是富豪家的女子，我也不會讓你輕易娶。如今你要娶一個品行不正的女人當媳婦，不僅會侮辱我們家的門風，還會被他人笑話。」鄭一桂見父親不答應這門親事，感到非常愁悶。半夜時分，他又去找季蘭，等來到豬門旁邊，被突然出現的蕭升一刀殺死。次日，鄭鳴華得知兒子被殺十分悲痛，懷疑杜預修是凶手，把他告到了縣衙。

巨野縣的朱知縣審理了這個案子。在公堂之上，鄭鳴華說：「我的兒子鄭一桂與杜預修的女兒季蘭很要好，季蘭讓我兒子娶她，但是我沒同意，當天夜裡他就被杜預修殺死了。」

杜預修辯解說：「我並不知道季蘭跟鄭一桂的事情。即使他沒有答應我女兒，我也不會記恨，更不會殺死他。鄭鳴華冤枉了我，希望大老爺明察啊。」朱知縣問杜季蘭：「你們有沒有姦情？是誰殺死了他，你應該最清楚。趕緊給我從實招來。」季蘭說：「鄭一桂先是多次與我調情，之後我們就開始私通。他承諾說要娶我，我也願意嫁給他，可是我實在不知道是誰殺死了他。」朱知縣說：「你和鄭一桂通姦半載被你的父親知道了，所以他殺死了鄭一桂。」於是就給杜預修上了大刑。杜預修再三不肯承認罪行。朱知縣又給季蘭上大刑，季蘭心想：「鄭一桂對我是

半夜時分，他又去找季蘭，等來到豬門旁邊，被突然出現的蕭升一刀殺死。

真心的。雖然他死了，但我還懷著他的骨肉，如果是個男孩，還能給他延續香火。倘若我受刑動了胎氣，必定會斷了鄭一桂的香火，那麼我活著還有什麼意義呢？」便招供說：「鄭一桂是我殺的。」朱知縣問：「鄭一桂是你的情人，你為什麼忍心將他殺害？」季蘭說：「因為他沒有娶我，所有我就殺了他。」朱知縣說：「你們兩個還沒有成親就私通，如今你又殺死了鄭一桂。可見你不但不守婦道，而且心腸狠毒，理應讓你償命。」鄭鳴華、杜預修都信以為真。半年之後，季蘭順利產下一個男嬰。鄭鳴華因為失去了兒子非常悲痛；如今有了孫子，便決定親自撫養，對他十分疼愛。

又過了半載，包公巡行到了兗州府，於夜間閱覽杜季蘭一案的卷宗，忽然看見一隻大蜘蛛吃了卷宗上的幾個字。包公心裡頓時產生了疑問，決定次日重新審理這樁案件。杜季蘭說：「我和鄭一桂相互愛慕，可謂情投意合，我怎麼會殺死他呢？只因當時小女子已經有三個月身孕，擔心受刑會傷了胎氣，所以我就暫時招認了。我的父親也不是殺人凶手，想必凶手另有其人。小女子只是替罪羊。」包公說：「你跟其他人有姦情嗎？」季蘭說：「除了鄭一桂，沒有其他人。」包公想到昨晚蜘蛛吃字的情形，認為凶手姓朱，同時也想到知縣雖然也姓朱，但他不是凶手。又問鄭鳴華：「你家附近有幾戶人家，他們都叫什麼名字，趕緊給我報上來。」鄭鳴華報上數十個人的名字，沒有一個姓朱的。包公聽到蕭升的名字，又問：「蕭升是幹什麼的？」鄭鳴華說：「他是殺豬的。」包公想：「豬與朱同音，他一定與本案有關。」隨即命令鄭鳴華帶領衙役捉拿蕭升。衙役到了蕭升家，說：「包大人找你問話，是關於鄭一桂被人殺害的事情。」蕭升忽然感到迷亂，說：「報應啊，當初我錯殺了你，如今應該給你償命。」衙役大聲說：「包大人只是讓你去一趟府衙。」蕭升猛然醒悟過來，說：「我剛剛看見鄭一桂來向我索命，沒想到是衙役。一定是他的冤魂來了，我跟你們去府衙認罪。」到了大堂上，蕭升主動招認說：「那一天我早起殺豬，看見杜季蘭送走了鄭一桂。我上前誘姦杜季蘭，她說她要嫁給鄭一桂，不肯服從我。為了得到杜季蘭，第二天夜裡我就殺死了鄭一桂。既然包大人查明了實情，我情願償命。」包公立即判處蕭升死刑。

當下，杜季蘭說：「小女子感謝包大人的神斷保全了性命，來世再報答您的大恩大德。我已經是鄭一桂的人了，但是至今沒有過門。如今兒子已在鄭家，我想正式嫁到鄭家，侍奉鄭一桂的父母，並且發誓永不改嫁，以此來贖前世的罪過。」鄭鳴華說：「我的兒子曾經想要娶她，但起初我認為她不檢點，所以沒有答應。今天我才明白她不是那樣的人，既然她有守節之心，就讓她留在鄭家吧。」包公允許杜季蘭到鄭家侍奉公婆，照看孩子鄭思椿。十九年後，鄭思椿考中進士，被朝廷任命為兩淮運使，其母杜氏季蘭被朝廷封為太夫人。

第五十六回　才子佳人心如金石

宋仁宗康定年間，南部縣城有一個叫李彥秀的讀書人，乳名[1]叫玉郎。他剛剛二十歲，長得十分俊秀文雅，學識和才藝都高人一等。他在縣城內有一座高樓，名叫會景樓。登上這座高樓既能望見遠處的江水和山峰，又能看到城裡的店鋪和街巷，可謂一切盡收眼底。每到入秋時節，李彥秀就會到會景樓上讀書學習。

有一天，一場秋雨過後，天剛剛放晴，不遠處傳來悠揚的絲竹之聲。李彥秀頓時來了興致，便邀請了一些朋友到樓上喝酒。其中一個人忽然笑著說：「我們只能聽見聲音，卻看不見是誰在演奏啊！」李彥秀說：「如果看到演奏之人，而不欣賞聲音就會失去雅致了。」朋友都表示贊同。另外一個說：「不如我們來以此景作詩，誰作不出來，就罰他喝酒。」眾人都同意，讓李彥秀先作。

李彥秀作完一首，剛要遞給朋友們傳閱。忽然有人走進來，告訴他們說：「正堂先生來了。」李彥秀急忙把詩稿藏在袖子中，整理好衣服迎接先生入席。過了一會兒，李彥秀還擔心先生會看到詩稿，便以換衣服為藉口離開酒席，把詩稿揉成一團隨手扔了出去。之後他回到酒席，繼續和大家暢飲，直到傍晚才離開。

那團詩稿無意中落到了歌妓張媽媽的住所。張媽媽有一個女兒已有十七歲，名叫麗容，又名翠眉娘。她天生麗質、聰明乖巧，精通音樂、女工❷以及書畫詩文，在郡裡的同齡人之中出類拔萃，可謂國色天香。她不染風塵，有人甚至肯花一百兩金子只求一睹芳容。張家的後院有一座小樓，叫對景樓，正好與會景樓相對。李彥秀扔詩稿的時候，張麗容恰巧在對景樓上休息，發現有人丟下紙團，便叫丫鬟撿了起來。張麗容攤開一看，竟是首詩，詩寫得極有文采又有風情，麗容心裡非常高興，心想：「這首詩一定是李玉郎寫的。他至今還沒有娶親，我也沒有嫁人。上天要是能成全我們，我願意和他白頭偕老。」

第二天，張麗容和詩一首寫在白綾之上，並把白綾扔到紙團所在地。李彥秀經過那裡撿起白綾，邊讀邊笑，說：「我聽說張翠眉堅守操行、才貌出眾，也早想見她一面，但是一直沒有機會。今天看了她寫的詩，才明白她的心思啊。」李彥秀看完詩，登上太湖石朝對景樓望去，發現張麗容一個人坐在樓上，問道：「難道你就是張翠眉？」張麗容笑著回答說：「是。我昨

❶【乳名】即小名，乳名。是父母給孩子起的昵稱，非正式名字。其意思簡單，叫著親切。
❷【女工】古代女子從事針線活，如紡織、縫紉、刺繡。

天看了你的詩，你就是李玉郎吧。我聽說你才高八斗，媒人多次給你說媒都被你拒絕了，這是什麼緣故呢？」李彥秀說：「如果早有像你這樣才貌雙全的人，我就不必為婚事憂煩了。」於是，兩個人各自表明了愛意，又對天起誓互不辜負才肯告別。

李彥秀回到家，把這件事告訴了父母。李父說：「她出自娼妓之家，即便堅持操守也不能進讀書人家的門，也不可以祭祀祖先、延續後代。我們不同意這樁婚事。」李彥秀又多次請求親人說服自己的父母，但都沒有成功。時間過了將近一年，李彥秀不但荒廢了學業，而且精神萎靡，整天魂不守舍；他的心上人張麗容也變得十分憔悴，發誓非李玉郎不嫁。李彥秀的父親實在不忍心兒子頹廢，便讓媒人帶著聘禮到張家求親。張家答應了李家的求親，商議訂下了婚期。

就在他們婚期將至之時又起了變故。當地的省參政名叫周憲，任職期滿要進京面聖。當時有一條不成文的規定：凡是任職期滿的官員，必須向丞相王右獻上萬兩白金[3]，如果少於一萬兩，那麼這個官員就會被丞相排擠。周憲當了九年官，所有的家當加起來還不到一千兩。無奈之下，問手下的官員：「我到底該怎麼辦呢？」有一個小吏說：「王丞相積累了許多銀子，已經不稀罕銀子了。如今他更偏好美麗的女子。大人不如買一兩個才貌雙全的官妓獻給王丞相，必定能夠讓王丞相高興。」周參政聽了，隨即命令手下到各府選官妓，最終選中張麗容。李家知道這件事情後，花費巨資讓官吏通融，哪知傾家蕩產也沒能讓張麗容留下。

沒多久，張麗容和母親被迫乘船進京。在船上，張麗容不吃不喝，張媽媽哭泣著說：「你死了固然能夠保持節義，但我也會沒命的。」張麗容不忍母親傷心，只好吃一點兒東西。就在她們乘船行進之時，李彥秀在後面步行緊緊跟隨，路人知道了都為之悲慟。兩個月後，張麗容乘船到了臨清，而李彥秀風餐露宿步行了三千多里，已經不成人樣。張麗容望見李彥秀，內心非常悲痛，立即暈了過去。醒來之後，她苦求船夫給李彥秀傳達幾句話：「我之所以還活著是因為我還有母親。如果母親死了，我也不會再活在世上了。你還是趕緊回家，不要找罪受了。你要是為了我而死，只會增加我的痛苦。」李彥秀聽完船夫的話悲痛欲絕，倒在地上就再也沒有起來。船夫可憐李彥秀，便把他埋在了岸邊。當天夜裡，張麗容在船裡自縊身亡。

周參政得知張麗容死了，勃然大怒，說：「我讓你享受榮華富貴，你卻對一個窮書生念念不忘，還為他而死，真是豈有此理！」於是他命令船夫將張麗容的屍體在岸上火化。焚燒完畢之後，船夫看到張麗容的心一點兒變化也沒有，覺得非常奇怪，於是走上前踩了一腳，這心就忽然變成一個手指大小的小人形狀。船夫用水洗淨，發現小人是金燦燦的，而且比石頭還堅硬，穿戴和相貌都十分像李彥秀，只是不會說話而已。船夫趕緊把這小人呈給周大

---

❸【白金】銀子。

人。周參政見了，也感到很驚訝：「這是精誠的情感氣化而成的。」其他官吏說：「張麗容的心是這樣，那麼李彥秀的心肯定也是這樣。請大人焚燒李彥秀的屍體，看看他的心。」周參政下令焚燒屍體，也得到一個小金人，容貌裝束跟張麗容一模一樣。周參政說：「我讓你們二人死於非命，但我得到了兩件稀世珍寶，任何珍珠寶玉都不能同它們媲美。王丞相要是得到了它們，必定會非常高興。」於是命人把寶貝裝進錦囊，再放進香木盒子之中，此外還給寶貝取了名字「心比金堅」。隨後，周參政賞給張媽媽一錠白銀讓她安葬二人；給前來的女子發放路費讓她們回家。周參政馬不停蹄地趕到京城，拜見丞相，奉上寶物，並把事情緣由說了一遍。王丞相很高興，趕緊打開一看，誰知只看到一灘汙血，而且臭不可聞。王丞相勃然大怒，就把周參政的罪行詳細地告訴了包拯，並請包拯將周參政關進大牢。

包拯審訊完周參政後，上書皇帝說：「李彥秀與張麗容情真志堅、矢志不渝，所以他們死後心裡才會結成對方的人形。周參政搶奪張麗容，害死他們二人，應該判處他死罪。可是他一個人的性命不足以償還兩個人的性命，所以還要判處他兒子充軍。王丞相手握大權，私收賄賂，間接導致兩人身亡，應該罷黜他的相位削職為民。」仁宗皇帝准奏。後來，李彥秀與張麗容的魂魄轉世到了宋神宗年間，終於結為真正的夫妻。

第五十七回　陳世美拋妻棄子

陳世美原本是均州的一個秀才，娶秦氏為妻，育有一兒一女。兒子名叫瑛哥，女兒名叫東妹。大考那一年，陳世美告別妻子進京考試，高中了狀元，成了一名翰林編修。誰知陳世美一直貪戀官爵和俸祿，時間一長就忘記了家中還有妻兒。秦氏自從和陳世美一別，已經兩年沒有他的音訊，心裡實在放不下，便帶著瑛哥和東妹前往京都尋找夫君的下落。

秦氏來到京都親戚張元老家裡落腳，向張元老打聽到：「您知道有個叫陳世美的秀才嗎？」元老回答說：「當然知道，陳世美前兩年中了狀元，現在是翰林編修。他為官非常清正，衙門比五湖的水還要清澈。他善於明斷，就像是秋夜裡的月亮那麼明亮，無論是鬼還是神都畏懼陳老爺。」秦氏聽後說：「不瞞您說，陳世美正是我的丈夫。他到京城參加考試一直沒有回過家，所以我帶著孩子前來尋找他。不知道您有什麼辦法可以讓我見到他呢？」元老想了想說：「你雖然是陳世美的妻子，但是也不能隨便到衙門去找他。今天是十九號，正是陳老爺的生日，他必定會請翰林院的同僚吃飯。翰林院裡有一個侍講，非常喜歡聽彈唱。

你可以扮成一個賣唱的女子在衙門口等待時機混進衙門。進去之後，你把自己的事情唱出來，陳老爺聽了必定會認出你，並把你接進府中。」秦氏聽從元老的建議，手裡拿著琵琶到衙門口等候去了。

果然，衙門裡走出來一個校尉，叫彈唱的人進入衙門。秦氏隨著校尉到了衙門後堂，看到丈夫陳世美正在和同僚飲酒。陳世美定睛一看，彈唱的女子竟然是秦氏，頓時覺得臉上無光、萬分羞愧，但仍極力忍耐不動聲色。等到酒席散去，同僚都離開了，陳世美讓手下把秦氏押到大廳。陳世美看到跪在地上的秦氏，怒斥道：「你怎麼跑到這兒來了？」秦氏回答說：「自從你離家之後，我一直沒有你的消息，便帶著兩個孩子來找你。我們暫住在張元老家，他給我出了這個主意，所以才能見到你。難道你現在顯達富貴了，就不認我這個糟糠之妻了嗎？」陳世美聽了惱羞成怒，命令手下打了秦氏一頓，還將她趕出了府門，又命令校尉捉拿張元老，將張元老捆綁起來打了四十大板。張元老被打怕了，回到家裡連忙將秦氏母子趕出家門。陳世美還寫下一張告示，讓校尉貼在城門口：任何人都不准私自窩藏遠方來的女子。要是有人不聽命令，一旦被查出定會受到嚴厲處罰。

秦氏見陳世美拋棄自己和孩子又看見告示，心裡十分悲痛。無奈之下，秦氏帶著兩個孩子直奔均州老家。陳世美認為秦氏有損自己的臉面，於是將驃騎將軍趙伯純找來，悄悄囑託他：「你速速追上秦氏將她殺死，順便把瑛哥和東妹接到府中來。」趙伯純騎著快馬追趕秦氏，到了白虎山正遇到秦氏母子。他二話不說拔出佩劍直接將秦氏刺死。瑛哥和東妹看到母親死了十分悲傷，大聲哭了起來。趙伯純要他們跟自己回府，可是兄妹倆死也不答應，就獨自回去向陳世美覆命了。陳世美聽說秦氏已死才放下心來。

秦氏死後，中元三官❶菩薩認為秦氏貞烈，便下凡到白虎山召喚土地判官，讓他小心看守秦氏的屍體。土地判官在秦氏的屍體上放了一顆定顏珠，將屍體搬到了一個土穴之中，等待他日還魂。與此同時，三官菩薩變作法師的模樣在龍頭嶺等候瑛哥和東妹前來拜師學藝。

瑛哥和東妹將母親下葬後，往龍頭嶺趕去。他們在龍頭嶺遇到了一個名叫黃道空的高人，拜在他的門下學習十八般武藝。幾年之後，兄妹二人都學得一身好本領。當時，烏風源的海賊❷很是猖狂，朝廷貼出皇榜招納高手：如果有人能除去海賊，那麼就能成為三品官，並且他的後代會永遠繼承爵位。瑛哥和東妹聽說了這件事情，決定為民除害。得到師父的准許後，兄妹兩人下山揭皇榜消滅了海賊。朝廷封賞了秦家四口，封瑛哥為中軍都督，封東妹為右軍先鋒夫人，封陳世美為鎮國公，封秦氏為鎮國老夫人。

封賞完畢之後，兄妹兩人收拾東西，前往白虎山拜祭母親。正當他們祭祀秦氏之時，秦

---

❶【三官】指天官、地官和水官。分別主掌祭天、祭地和祭水的禮儀。
❷【海賊】即海盜。在海上或沿海地區從事搶劫活動的人。

氏突然從土穴中走了出來。兄妹兩人十分驚訝，忙上前詢問究竟。秦氏說：「多虧了三官菩薩幫我還魂，我才能獲得重生啊。」

母子三人團圓，自然是萬分喜悅。秦氏對孩子們說：「如今你們都當了官，我很高興。可是你們的父親不但拋棄我們還派人追殺我，簡直禽獸不如，我定要討回一個公道，否則我死也不會瞑目。」於是，母子三人把鎮國公陳世美告到包拯那裡。當時包拯官至太師，處理政務大公無私、執法嚴明、不避親疏。見秦氏母子三人深受陳世美之害，心中非常憤怒，就把他的罪行寫成了一份表上奏給朝廷，請求朝廷治陳世美的罪。

朝廷批准包拯的上奏，立即下了聖旨：陳世美瞞上欺下，犯了欺君之罪；又不念夫妻之情、不顧父子之恩，理應判處充軍。包拯領命之後派遣張千、李萬捉拿陳世美和趙伯純，最終將陳世美發配到遼東充軍；趙伯純也承認了自己的罪行被發配到雲南充軍。二人離開以後，世間人再也不敢忘恩負義。

第五十八回　包公令城隍拿妖

有一天，開封府尹包拯為了接待安撫公，召集大小官員準備宴席。小吏檢查宴席所需器物之時，發現那些金銀器皿全部都破損了，就向包拯彙報了這個情況。包拯立即派人去請銀匠王溫，讓他到衙門打造新的器皿。王溫走後家裡就只剩妻子一個人有些不放心，於是囑託王泰伯幫忙照看一下家裡。第二天，王溫告別妻子阿劉，獨自一人去了衙門。

丈夫離開之後的一天夜裡，阿劉聽到有人敲門，便問：「是誰？」門外回答說：「你趕緊開門，如若不然就取你性命。」說著阿劉感到一陣冷風吹過，只見一個妖精闖進了屋子。這妖精有七尺高，身體壯碩、一身青皮、滿頭紅髮、張著血盆大口，手裡還拿著一把劍。二話不說，上前便抱住阿劉說：「你要是從了我，就能得到很多好處。你若不從，我就取你性命。」阿劉非常害怕，只好順從。

第二天，妖精警告阿劉說：「我們的事情不要讓別人知道，如果你將事情洩露出去，我今晚就會取你性命。」說完之後，妖精離開了。就這樣，阿劉每天都受到妖精的威脅，不敢向別人透露實情。一到傍晚時分，妖精就會到阿劉房中和她共眠。離開之時，妖精會留下一些食物，或是錢財布匹。阿劉只是保守秘密，不跟他人提起。

妖精和阿劉往來將近有半個月時間。有一次，阿劉的鄰居王泰伯聽到阿劉家有動靜，還以為是王溫回來了，便問阿劉。阿劉瞞不過，只好將自己被妖精姦淫一事，如實告訴了王泰伯。王泰伯感到十分驚訝，說：「既然有妖精，你為什麼不早點兒說呢？」阿劉說：「妖精每次都威脅我，如果我告訴別人就會殺了我，所以我一直不敢洩露出去。」王泰伯安慰了她一番，之後就去了衙門，把妖精的事情告訴了王溫。王溫聽完之後，趕緊回到家裡怒罵阿劉不守婦道。阿劉哭著說：「是妖精脅迫我，並不是我不守婦道。」王溫不相信阿劉的話。當天夜裡，他手持寶劍藏在暗處想證實一下。夜深時分，王溫果然看到有一個牛頭鬼臉、手持寶劍的妖精推門而入，要求阿劉和他同床共眠。王溫十分害怕不敢出面，第二天，妖精離去之後才敢出來。他同妻子商量說：「一會我去苗從善家占一卦，問問他這是哪裡來的妖精。」

王溫來到苗家占了一卦，苗從善看了卦象，對他說：「妖精是一個鬼魂變成的，你的妻子遇到了他，百天之後就會死去。」王溫說：「苗先生一定要救救我的妻子，他日我必定會報答你。」苗從善教導他說：「你趕緊和你的妻子到城外砍一根桃木❶，一旦見到妖精就用桃木打他，這樣他就永遠不會來騷擾你們了。」王溫付了卦錢，趕緊按照苗從善的話去做了。傍晚時分，妖精又帶著寶劍前來。王溫手持桃木，喝道：「你是哪裡來的小鬼？」接著便用桃木打妖精。那個妖精笑了笑說：「苗從善這個人真是可恨。我和他沒有怨仇，他卻教你用這個法子對付我。」王溫見桃木對妖精作用不大，驚慌失措地逃走了。過了一會兒，妖精氣沖沖地到了苗從善家裡，將他家六口人全都殺了。逃跑的王溫想再去向苗從善討教除妖的方法，等

夜深時分，王溫果然看到有一個牛頭鬼臉、手持寶劍的妖精推門而入……

❶【桃木】在中國古代民間文化中，桃木佔有非常重要的地位，也被稱爲「降龍木」，最常用於驅鬼避邪。

他來到苗家發現苗家六口都死了，慌亂之中王溫不小心沾上了血跡。

王溫在路上遇到了兩個巡邏的士兵，一個叫王吉，一個叫李遂。兩人見王溫身上沾有鮮血，就盤問他發生了什麼事。王溫把事情的來龍去脈說了一遍。這兩人根本就不相信王溫的話，把他帶到了衙門。包拯立即開堂審案，問王溫：「你為什麼殺死苗家六口人？」王溫供出妖精一事，聲稱自己絕對沒有殺害苗家人。包拯思索了片刻，命令手下將王溫關進大牢繼續盤問王溫，但是王溫依舊咬定自己沒有殺人。包拯為了證實妖精的事情，便派衙役張辛手持兵器到王溫家暗查。當天夜裡，藏在暗處的張辛看到一個牛頭馬面的人，帶著寶劍來到了阿劉的房間。張辛見狀，拔出利刃向妖精砍去。妖精暴怒，抽出寶劍和張辛打了起來，結果張辛戰敗。第二天，張辛回到衙門對包拯說：「王溫家的確有妖精。」包拯聽後，立即派遣司理到王溫家查驗。司理到了王溫家傳喚阿劉，想要從她口中了解一些情況。可是衙役們搜查了半天，始終看不到阿劉。司理說：「妖精肯定將阿劉擄走了。」包拯為了捉拿妖精，命人帶著三副枷具去了城隍廟，給城隍爺和他的兩位夫人都上了枷具。上面寫道：「你身為冥界的地方官，卻縱容妖精隨意害人，我命你三天時間抓到凶手。三天後你還不能給我一個交代，我就上奏朝廷燒了你的城隍廟。」

包拯說完之後就回衙門了。夜裡，城隍爺責令鬼使帶領十幾個小鬼，三天之內抓捕妖精，鬼使領命之後便去忙活了。他們手持狼牙棒、帶著鐵蒺藜，搜遍全城以及山林、寺院、古墓，仍沒發現妖精的蹤跡。

有一個小鬼託生到了城東，忽然聽到樹林中傳來女人的哭聲，告訴了鬼使。他們沿著哭聲走去，發現了一個古墓裡面有一個女人。鬼使問：「你是何人？」女人回答說：「我是城裡銀匠王溫的妻子，被妖精擄到了這裡。」鬼使聽完之後，便帶著女人乘風離開了。半路上，一個牛頭馬臉、手持利劍的妖精攔住了他們的去路，說道：「誰這麼大膽，敢搶我的女人？」鬼使回答說：「我奉城隍爺之命前來抓捕你。」接著，雙方打了起來，其中一個小鬼被妖精殺死。其他的小鬼趕緊帶著女人逃到了城隍廟，將經過告知城隍爺。

城隍爺又派遣了一支陰兵捉拿妖精。陰兵圍住妖精，一番爭鬥之後將妖精拿下，連同阿劉押往城隍司。司王說：「這件事情還是交給包大人處理吧。」當時，包拯正在斷案，忽然一陣黑風襲來煙霧四起，過了一會兒，阿劉和妖精出現在大堂上。包拯定睛一看，原來是參沙神在作怪。包拯問阿劉妖精為什麼會殺害苗家的人。阿劉詳細地訴說了一遍原因，還說：「這個妖精把我擄到一處古墓，幸虧城隍爺派出陰兵打敗妖精，我才能重見天日。」大堂上的司法官吏詳細記載了案情，並且寫成了文案。隨後，包拯下令將妖精處斬，只見空中火焰一分為二良久才消散，臺下的妖怪已經不見了蹤影。之後，包拯前去城隍廟拜謝。而王溫同他的妻子阿劉復合，重新過起了平靜的日子。

第五十九回　包公巧計擒猴精

東昌府城南住著一戶姓周的人家。主人叫周慶玉，其父曾經做過樞密副使、立過大功。當時朝廷規定，有功之臣的後代不必通過考試就能當官，因此周慶玉被朝廷任命為寧陵知縣，帶領全家人前去赴任。

當時正值春季，風和日麗、鳥語花香，周慶玉一行人走了十幾天，來到平原驛站暫時休息。當地的鄉老都來拜見周慶玉。周慶玉同夫人柳氏吃過午飯後，問鄉老：「這裡離寧陵還有多少距離啊？」鄉老說：「過了三山驛站就是申陽嶺，之後乘船走水路，順風的話五天就能到達。」周慶玉說：「時間還不算晚。我可以在三山驛站住下，第二天趁早過申陽嶺。」鄉老建議說：「三山驛站地處荒野，申陽嶺是個多怪之地，大人帶著家眷前行實在是不方便，不如今晚就住在這裡，明日中午過申陽嶺，這樣比較安全啊。」周慶玉說：「你說的很對，但是我必須盡早趕到安慶，不能延誤了上任日期啊！」於是，立即命人前往三山驛站。到了三山驛站，周慶玉發現一切都如同鄉老所說的那樣，這裡荒廢了很長時間，沒有床被只好打地鋪過夜。周慶玉的夫人柳氏出自名門之家，如今睡在這種地方心裡自然是悶悶不樂，一直輾轉難眠。周慶玉起先也沒睡著，就在將要睡去的時候，窗外忽然颳起了一陣冷風，讓人不寒而慄❶。

第二天天亮，周慶玉發現身邊的夫人失蹤了，急忙召集眾人尋找。大家都驚慌失措不知道是怎麼回事，因為大門完好無損，周圍也沒有什麼異常。一個鄉民告訴他們說：「這個驛站已經荒廢很多年了，前面不遠處的申陽嶺經常發生怪異的事情。一旦有美麗的女子從這裡路過都會被怪物擄走，想必你的夫人也被怪物擄走了。」周慶玉十分悲傷，說道：「夫人跟隨我到這個地方，如今卻下落不明，我寧願不當官也要找到她。」手下胡俊勸說：「大人不要太傷心了。這裡距離上任之地不遠，大人可以先去上任，之後慢慢尋找夫人。如果您不去上任，朝廷就會怪罪您，這豈不是兩邊都耽誤了嗎？」周慶玉認為他說得很有道理，便聽從他的建議立即到寧陵縣上任去了。

上任之後，周慶玉連續好幾天都沒有處理公務。一個小吏對周慶玉：「寧陵縣屬於開封府管轄，大人理應去拜見開封府尹包大人。」周慶玉讓人準備馬車去開封府參見包大人。包拯聽說過周慶玉父親的名號，對他很是尊敬，可是周慶玉由於思念夫人，言語舉止都有失禮

---

❶【不寒而慄】因爲害怕而發抖的樣子。

之處。包拯問他為什麼心不在焉，周慶玉不再隱瞞就把事情詳細說了一遍。包拯很吃驚，說道：「世間怎麼會有這麼怪異的事情？你不必著急，安心處理縣裡的政務，我幫你尋找夫人的下落。」周慶玉非常感激包拯，拜謝之後返回縣衙。

包拯想出了一條計策，第二天上書皇帝說：「臣聽說登州地界不太平，請皇帝准許我前去安撫百姓。」仁宗皇帝同意了包拯的請求。包拯由朝堂回到府中，打扮成書生模樣帶領兩個公差前往登州地界。在登州，包拯接連走訪了幾個地方，但都沒有發現妖怪的蹤跡。有一天，包拯來到一片茂密的樹林中，隱隱約約聽到了鐘聲，沿著鐘聲走去發現了一座偏僻的寺廟。包拯走進寺裡，遇到一個老和尚和他交談了起來。老和尚問：「您從哪裡來啊？」包拯回答說：「小生來自東京，要到登州府探望親戚，途中經過這裡特來拜訪。」老和尚說：「這裡是荒郊野嶺，寺廟又破爛不堪，沒什麼好瞧的。」包拯正想請教老和尚，忽然一個小和尚通報說：「申公請師父去一趟。」老和尚長歎一聲，說：「這個畜生又來了。」便辭別包拯去了後堂。包拯覺得事有蹊蹺，命令兩個隨從在外面等候，轉身往後堂走去，想要打聽一下申公的情況。巧的是，包拯遇到了剛才那個小和尚，問：「剛才你師父提到了申公，他究竟是什麼人呢？」小和尚說：「申公是一個千年猴精，居住在申陽嶺白石洞，生性好色，一旦遇到漂亮的女人，便興起怪風將女人搶到洞裡取樂。女人要是違背它的意願就會被撕碎。誰也拿它沒辦法！不過申公很敬重我師父，常來找師父攀談。」包拯問：「如今申公在什麼地方？」小和尚說：「剛才我師父好言勸說申公，誰知申公發怒把師父也擄走了。」包拯又問：「它把你師父帶走，你師父會有危險嗎？」小和尚說：「申公過幾天就會改變主意把師父放回來。」聽完之後，包拯來到走廊發現牆壁上寫有一首詩。包拯便將此詩抄錄下來，動身前往寧陵縣，周慶玉將包拯請到衙門並熱情款待。宴席期間，包拯將那首詩遞給周慶玉看，周慶玉讀完全詩眼淚盈眶，說道：「這是我夫人寫的詩，大人是從哪裡得到的？」包拯詳細講述了事情經過。周慶玉懇請包拯想一個拯救夫人的好辦法，包拯說：「你不要著急，我一定會幫你救出你的夫人。」當天，包拯離開寧陵縣回到開封府，隨即貼出了一張告示：誰能指出申陽嶺白石洞在什麼地方，就能得到四十兩賞銀。

寧陵縣管轄的小石村，有一個叫韓節的獵戶，身手敏捷能攀登懸崖峭壁。有一天，他打獵時追趕一隻黃鹿來到一處石壁，望見上面有光便沿著石壁爬了上去。之後，韓節看到了一群美麗的婦人。那些婦人見狀大吃一驚，問他：「你是怎麼找到這裡的？」韓節說：「我正在打獵，無意間來到了這個地方。」眾婦人說：「你命不該絕啊！幸好妖精不在，要不然你就會被它殺死。你趕緊離開這裡，將我們的情況告訴我們的家人，定能獲得豐厚報酬。」韓節問：「這是個什麼樣的妖精？」婦人說：「它的身體跟鐵一樣硬，兵刃根本就不能對它造成傷害。只有毒酒才能讓它麻醉，再用麻繩把它綁起來才可以制服它。」韓節說：「你們不要走漏了風聲。我立即到開封府請包大人來救你們。」臨走之前，韓節還與眾婦人商定了來解救的日期。

韓節下來之後，來到開封府前揭了告示，之後進府衙面見包拯，報告了有關猴精的事情。包拯非常高興，心想：「周慶玉的夫人一定也在其中。」隨即獎賞了韓節。之後，包拯派人準備毒酒裝進酒缸裡；讓衙役帶著弓箭麻繩，跟韓節來到了石壁下方。韓節在腰間繫上繩子，獨自爬了上去，又把毒酒吊上來。眾婦人一看韓節來了，心裡既興奮又擔憂。韓節把酒交給了那些婦人。眾婦人說：「你們先在下面等候。猴精一旦喝醉，我們就把空酒缸扔下去，你們收到信號立即行動。」韓節點頭答應，回到石壁下方。

突然一道金光閃過，猴精回來了。它先是與眾婦人親熱一番，之後躺在床上休息。眾婦人紛紛向猴精敬酒，很快就把猴精灌醉了。又過了一會兒藥力發作，猴精昏睡了過去。眾婦人趕緊把空酒缸扔向石壁下方，收到信號的韓節爬上石壁，把衙役全部拉了上來。眾衙役來到洞中看見喝醉的大白猴，用麻繩把它緊緊地捆了起來，之後把它吊下去，抬到了開封府。

包拯得知猴精被擒，立即升堂審理，說道：「應該趁早除去這個畜生，不能等它酒醒。」於是，拔出降魔寶劍親自斬殺了猴精。之後包拯問堂上的婦人說：「誰是周慶玉的夫人？」其中一人回答說：「小女子便是。」包拯讓人把她帶到後堂與周慶玉重逢，夫妻二人抱頭痛哭。

第六十回　包公扮客商識破騙術

許州有兩個光棍，一個叫王虛一，一個叫劉化二。他們不僅專門以詐騙為生，還擅長偷盜之術。兩人得知南鄉富豪蔣欽囤有大量穀子，便密謀偷蔣欽的穀子。想出計策之後，兩人帶著十兩銀子去了蔣欽家。見到蔣欽，兩人說：「我們今天來買一些穀子。」蔣欽說：「你們帶銀子了嗎？」王虛一將銀子遞給蔣欽請他收下，蔣欽得到銀子，立即命人開倉取出二十擔穀子交給王、劉兩人。王、劉得到穀子後用障眼法弄了一些假的穀子充數。兩人假裝走了半里路，隨後將穀子推回蔣欽家裡，說是這筆生意不划算，要蔣欽退還銀子再到別處去買。蔣欽看著穀子入倉，將銀子返還給王、劉。

後來王、劉二人又偷偷跑回來偷光了蔣欽的穀子。農戶張小一在路上看見了正在運穀子的王、劉兩人，便來到蔣欽家，說：「恭喜你啊，你賣出了那麼多穀子，肯定賺了不少銀子吧？」蔣欽說：「我沒有賣穀子啊！」張小一說：「我剛才明明看見有許多車在運穀子啊，我聽說這一帶有盜賊出沒，您可要小心啊。」蔣欽聽後頓時起了疑心，趕緊讓人打開穀倉，

只見穀倉已經完全空了。蔣欽立即到開封府報了案。

第二天，包公打開義倉❶取出二百擔穀子，裡面放了一些深藍色染料作為標記。包公打扮成客商模樣，乘船前往許州出售穀子。王虛一、劉化二聽說這件事情，上船拜訪包公，問：「客官是從哪裡來的？」包公說：「我叫尤喜，從湖廣來。請問兩位尊姓大名，找我有什麼事情呢？」其中一個回答說：「我叫王虛一，他叫劉化二，今天來買你的穀子。」包公問：「帶銀子了嗎？」王虛一拿出銀子，同包公商議價錢。包公收了銀兩，隨即命人抬出二十多車穀子堆放在岸上。那兩人得到穀子，隨即又故技重施返回岸邊，埋怨包公說：「你的穀子太貴，我們吃了虧，所以我們把穀子退還給你，你把銀子退給我們。」包公看著穀子重新入船艙，將銀子還給他們。誰知那兩人走後，包公再次打開船艙，發現穀子全部都不見了。

包公回到府衙，想出一個好計策，貼出告示說：「由於興建賢祠缺少錢糧，所以官府希望百姓們踴躍捐助。捐一百擔糧食的人，官府會舉薦他為官；捐三百擔的人，官府會免除他的勞役。」包公又命人將各個鄉村的富戶都統計姓名報到府衙。當時王虛一、劉化二已經騙取了上千擔穀子，有人非常眼紅便把他們倆上報給官府。他們二人也正想免差，被別人上報感到非常榮幸。包公發現王虛一、劉化二的名字，差遣薛霸傳喚他們到府衙辦理相關手續。兩人辦完手續，派人把穀子運到了府衙。包公檢查穀子發現袋子裡有深藍色染料，證實就是自己丟失的那一批，於是質問他們兩人：「王虛一、劉化二，你們都是光棍，怎麼會有這麼多穀子？」他們回答說：「我們是通過收租得到的穀子。」包公見他們撒謊，呵斥道：「你們這兩個賊好大的膽，你們不但偷了蔣欽的穀子，而且還偷了我的穀子，到現在還嘴硬。我已經在穀子中做了記號，你們還敢狡辯嗎？」隨即命令衙役將王虛一、劉化二每人打一百大板。兩人經受不住大刑，最終如實招供了。包公將他們判了刑，將這些穀子入義倉❶，並幫蔣欽追回丟失的穀子。百姓聽說此事，無不拍手稱快。

❶【義倉】舊時地方上儲備糧食的倉庫。每當災荒之年，官府就會開倉救濟百姓。

包公問：「帶銀子了嗎？」王虛一拿出銀子，同包公商議價錢。包公收了銀兩，隨即命人抬出二十多車穀子，堆放在岸上。

第六十一回　婢女冤魂託夢

有一個叫張英的人，到外地上任做官，把夫人莫氏留在家裡。莫氏常常與貼身侍婢愛蓮一起到附近的華嚴寺遊玩。

有一次，從廣東來了一個賣珍珠的客商，名叫邱繼修，暫時住在華嚴寺，無意間看到莫氏的美貌，便對她生了愛慕之情。第二天，邱繼修男扮女裝，帶著珍珠來到張府。莫氏買了幾粒珍珠，讓人打發邱繼修離去，當時已將近傍晚時分，邱繼修對莫氏說：「我住的地方離此地遙遠，再說我孤身一人，身上又帶著許多珍珠，害怕途中會遇到強盜。所以懇請夫人讓我借宿一夜，明天一早我再離開。」莫氏答應了他的請求，便讓他和侍婢愛蓮同屋。一更之後，邱繼修偷偷摸進莫氏的房間向莫氏求歡，莫氏因丈夫長期在外心中空虛便順從了，從此兩人常常幽會，這件事情只有婢女愛蓮知道。

半年之後，張英回到了家裡，發現自己床上的席子好像有兩個人睡覺的痕跡。張英再三追問莫氏，莫氏三緘其口，始終不肯承認自己紅杏出牆❶。無奈之下，張英追問婢女愛蓮：

「我不在的時候家裡可曾來過其他男人？」愛蓮早就被莫氏叮囑過要保守秘密，回答說：「沒有。」張英拿出刀威脅說：「你把實情告訴我，還可以保全性命。否則的話，我就殺了你，然後扔進魚池。」愛蓮害怕極了，便向張英坦白了一切。張英聽了非常惱怒，想要殺了莫氏，又擔心愛蓮會洩露家醜，還是把她推進了魚池。確認愛蓮死後，張英才離開。

當天夜裡，張英在二更天起來對莫氏說：「我睡不著，想要喝酒。」莫氏說：「我叫侍婢去溫酒。」張英說：「不必了，夫人你親自去酒甕裡取一些酒吧，我喝冷酒就可以。」莫氏下了床來到酒甕邊，踩著一個小板凳取酒。誰知張英悄悄地跟在她身後，偷偷抓住她的雙腳，把她推進了酒甕之中。張英回到房中之後，便故意喊了幾聲夫人。得不到莫氏的回應，張英便召喚婢女說：「夫人說她要喝酒，去酒甕裡取酒了，可是過了這麼長時間她還沒有回來，你們去看看。」婢女們打著燈籠去瞧，不一會兒就聽她們大呼起來：「夫人掉進酒甕中淹死了。」張英聽到後假裝非常吃驚，還痛哭了一番。

第二天，張英將莫氏的兄弟請來觀看入殮，莫氏的棺材裡裝滿了金銀首飾和錦緞華服。張英將莫氏的棺材放在華嚴寺，當天夜裡命兩個親信打開棺材，將金銀首飾和衣服全部偷走。天亮的時候，寺裡的和尚上報說：「莫氏的棺材被賊人撬開，衣服和財物都不見了。」張

---

❶【紅杏出牆】比喻已婚女人有外遇。

英聽聞，隨同莫氏的兄弟前去查看，果然正如和尚所說。張英便說華嚴寺私藏了賊人，使得莫氏的棺材裡的財物被盜。和尚們都十分恐懼，跪在地上邊磕頭邊說：「我們都是出家人，不敢做違法的事情啊。請大人明察啊！」張英說：「華嚴寺裡除了和尚，還有其他人嗎？」和尚說：「有一個廣東珍珠客商暫時居住在這裡。」張英說：「那必定是這個人幹的。」於是下令將邱繼修捆綁送到縣衙。知縣對邱繼修嚴刑逼供，邱繼修說：「我沒有盜取莫氏棺材裡的財物，但是她的死跟我脫不了關係，我情願以命抵命。」於是在供詞上畫了押。

當時包公正在巡查地方，來到張英所在的縣城。張英立即去找包公，把事情經過跟他說了一遍，並請求包公處決邱繼修。夜間，包公正在看邱繼修的卷宗，看了幾遍有了睏意便睡著了。在夢中包公見到一個小丫鬟對他說：「小婢是無辜的，白天被人推進魚池而死。夫人和別人有姦情，夜裡被人推進酒甕而亡。」包公從夢中醒來，自言自語說：「這個夢真是奇怪啊！小婢、夫人跟棺材裡的財物被盜沒什麼關係啊，還是等明天再說吧。」第二天，包公審訊邱繼修：「你的同夥是誰，趕緊報上名來。」邱繼修說：「我沒有偷棺材裡的東西，但這是前生注定的冤債，我甘願一死。」包公想到昨晚的夢境，便問邱繼修：「莫氏是怎麼死的？」邱繼修答道：「我聽說她是掉進酒甕裡淹死了。」包公詫異他的話跟夢中的言語完全相同，又問道：「張英察覺出莫氏出軌，把她推進酒甕而死，如今他又急著要處死你，難道說那個姦夫就是你嗎？」邱繼修說：「我和莫氏的事情，只有婢女愛蓮知道。聽說愛蓮在魚池淹死，我以為再也沒有人知道，所以就為夫人隱瞞這個秘密，誰知夫人卻因此而死。肯定是張英從愛蓮口中得知我和莫氏的姦情，為了遮醜便把愛蓮推進池塘，接著又害死莫氏。」包公聽了心中也有了主意。

張英前來向包公辭別，要去外地上任，包公把夢中的話寫了下來遞給張英看。張英看了，大驚失色。包公說：「你治家不嚴，導致夫人和別人私通，理應免去你的官職。你殺害婢女愛蓮，應當罷了你的官。你冤枉別人偷莫氏棺材的財物，也應解除你的官職。如今你還要去哪裡上任呢？」張英跪下，請求包公說：「此事他人並不知曉，還望大人饒過小人。」包公說：「你幹的這些事情，他人不知道，但是天知地知你知鬼知。如今鬼魂託夢，也讓我知道了。你夫人不守婦道該死，邱繼修誘姦命婦❷也該死，唯有婢女愛蓮不該死。若不是愛蓮的陰靈來狀告你，今後你照樣做官，家醜不會外揚，邱繼修也會被處死，這不都順從你的心意了嗎？」一番話說得張英萬分慚愧。等到秋季，包公依法處斬邱繼修，隨即向朝廷參奏張英治家不嚴、殺害婢女，理應革去官職永不錄用。朝廷准奏。

---

❷【命婦】泛指有封號的婦女，享有一些禮節上的待遇。漢代以後王公大臣的妻子稱夫人，各朝各代對官員的母親或是妻子加封，稱誥命夫人。其封號品級與官員的爵位級別是一樣的。

第六十二回　張兆娘冤死訴神靈

永安鎮地處西京城五里之外，鎮上有一個叫張瑞的人，家境殷實。他的妻子是城中大戶楊安的女兒，不僅十分賢慧也善於治家。夫婦兩人養有一女，名叫兆娘，聰明伶俐，深受父母寵愛。夫婦兩人常說：「將來一定給女兒找一個好人家。」

張瑞家有兩個僕人，一個姓袁，一個姓雍。姓袁的奸詐狡猾，姓雍的忠厚老實。有一天，袁姓僕人因為惹張瑞生氣被趕出張家。他懷疑是雍向主人進了讒言，心中怨恨雍，並且想要找機會報復。

之後不久，張瑞染了傷寒，病情十分嚴重，他知道自己時日無多，便把夫人楊氏叫到跟前，叮囑她說：「你一定要給我們的女兒找個好人家。雍這個人勤奮謹慎，家裡的事情可以託付給他。」說完之後，就撒手西去了。

楊氏懷著悲痛的心情，安葬了張瑞，忙完之後便讓媒婆幫忙給女兒兆娘訂親。兆娘聽說此事，哭著對母親說：「父親剛離開人世，我又沒有兄弟，我要是嫁了，那誰來照顧你呢？

我願意在家侍奉您，等過兩年再談婚論嫁也不遲啊。」楊氏聽了女兒的話十分感動，也就暫時不張羅女兒的婚事了。

張瑞死後，楊氏將府上裡外的大小事情全部交給雍負責。雍做事認真、盡職盡責，把家裡上上下下都打理得井井有條，楊氏深感欣慰。

有一天，正值交納糧稅之際，雍向楊氏要交稅的銀兩。楊氏將銀兩交給雍便帶著女兒到親戚家赴宴去了。在街上遊蕩的袁得知楊氏不在家，就在晚上偷偷潛入張家。他來到雍的房間，發現雍正在床上數著銀兩，便憤怒地罵道：「你向主人進獻讒言把我排擠出去。如今你獨自私吞財產，實在是可恨。」於是袁拔出一把利刃朝雍刺去。雍毫無防備中刀身亡，袁隨即帶著那箱銀子匆忙逃走了。

楊氏母女從親戚家回來，在院內喊人卻沒人回應，走進屋內一看，才發現雍已經死了。楊氏大吃一驚，哭著對女兒說：「張家怎麼遇到了這麼多不幸的事情呢？老爺剛死沒多久，如今雍又被人殺死，天理何在啊？」兆娘也跟著哭了起來。

此事傳開後，鎮上有一個姓汪的莊佃，曾經和張瑞結下樑子，他在得知了張家發生命案後便向洪知縣告發了楊氏，誣陷楊氏母女和別人通姦被雍捉姦在床，所以指使姦夫殺人滅口。洪知縣收了汪某的好處，責令楊氏母女招供。楊氏母女不肯屈服，結果被洪知縣上了大刑，打得她們遍體鱗傷。兩人不但深受大刑，而且家產也快耗盡了。兆娘再也忍受不了痛苦，對母親說：「女兒恐怕活不長了，我唯一擔心的是死後再也沒有人來照顧母親。此冤難明，應該告知神明。希望母親不要屈打成招，以免喪失了名節。」說完大哭不止。第二天，兆娘死在了獄中，楊氏也想自殺卻被監獄中人救了下來。

第二年，洪知縣離任，包拯到西京任職。楊氏聽說之後，將自己的冤情告知了包公。包公把張家的鄰居都拘到公堂上問他們案情，他們都說：「我們也不知道到底是誰殺死了雍僕。楊氏母女平時都很守婦道，沒有不檢點的行為。」包公聽完，更加確信這是一個冤案。第二天，包拯齋戒之後，向城隍爺禱告說：「我受理了楊氏冤案，至今無法決斷。如果她真有冤情，就請你託夢給我，

於是袁拔出一把利刃，朝雍刺去。雍毫無防備中刀身亡。

讓我盡早結案。」禱告完畢，包拯回到府衙，點上蠟燭，獨自坐在床上。將近二更時分，一陣風吹過，包拯站起來往窗外看去，發現了一個黑影彷彿是一隻黑猿，包公便問道：「你是誰？」黑影沒有回應。包公打開窗子一看，果然看到一隻黑猿逃竄而去，包公心中若有所悟。

次日清晨，包公升堂，問楊氏道：「你們家可有姓袁的人？」楊氏回答說：「我丈夫在世的時候，家裡有一個姓袁的僕人，後來因為他秉性不良被趕了出去。如今我家沒有姓袁的人。」包拯聽完，立即派衙役捉拿袁，並且審問了他，然而袁不肯承認自己殺了人。包公讓衙役搜查袁的家，搜到了一個小箱子，裡面還有一些銀子。衙役把小箱子呈獻給包大人，沒等包大人發話，楊氏說：「我認得這個箱子。當初雍問我要錢交稅，我就把銀子裝進這個箱子一併給了他。」包公點了點頭，對袁說：「你就是殺人凶手，如今物證就在堂上，還不認罪嗎？」袁自知再也無法隱瞞，只好如實供認罪行。包拯整理成文案，隨即判處袁死刑。汪某因為犯了誣陷罪，也被發配到遼東充軍去了，而楊氏等人自然是無罪釋放。人們都說：「楊氏的女兒兆娘死了之後，將冤屈告訴了神明，所以楊氏才能沉冤昭雪。」

第六十三回　判罰張妃以正國法

有一天，仁宗皇帝上朝，百官參拜完畢後，有人上奏說：「午門之外有許多老人請求面見陛下，想要上訴當地民情。」仁宗召見了其中的一位代表，問他：「你們有何事要上訴？」那個老人說：「我們都是陳州西華縣人。今年陳州有三個縣遭遇旱災，糧食顆粒無收，很多人都餓死了。希望陛下可憐我們能夠開倉賑災。」

仁宗皇帝聽後說：「這件事情我早已知道了，並且已派趙皇親帶著十萬錢糧前往陳州三縣賑災去了，你為什麼還說讓我開倉賑濟呢？」老人說：「請准許小民直言，趙皇親和監倉官侯文異、管庫官楊得昭、封庫官馬孔目三人徇私舞弊。他們把糧倉的米公開叫賣，每斗三十貫錢，其中兩成還是稻糠根本就無法食用。有錢的人家姑且能過得去，但是貧窮人家只能餓死了。」

仁宗聽了非常不高興，先讓那些老人都回去，又與大臣們商議說：「你們誰能前往陳州賑濟災民，替朕分憂啊？」

仁宗話音剛落，丞相王誠就站了出來，上奏說：「能夠拯救陳州三縣災民的最佳人選非包拯莫屬。」仁宗說：「我聽說過包拯的名聲，如今他在哪兒當官呢？」王誠說：「包拯最近當過定州太守，但是因為太耿直與其他官員合不來，所以辭了官在東京普照寺隱居修行。我不知道他如今是否還在寺裡。」仁宗說：「那麼重新起用他，可以嗎？」王誠又說：「這個人性子剛烈，請陛下允許我出面說服他，也許他會答應。」仁宗皇帝准奏。

王誠退出朝堂，帶著一些人前往普照寺。寺裡的長老趕緊出來迎接王誠等人。王誠問：「包先生在這裡嗎？」長老說：「我並不認識包先生啊。只是幾個月之前，寺裡來了一個賴皮行者，每天吃三頓飯，吃完就睡，不理會其他的事情。不知他是不是您要找的包先生？」王誠把那個行者叫來，一看正是包拯，心裡非常高興，便對包拯說：「朝廷想封你做官，讓你到陳州賑濟百姓，你跟我回朝吧。」包拯說：「我的官職很小，怎麼能賑濟陳州呢？」王誠說：「到了朝廷，皇帝會封你做大官。你看到我的襆頭[1]動了，你就叩謝皇恩。」

包拯隨他入朝拜見仁宗皇帝。朝拜完畢，仁宗對包拯說：「我封你為三道節度使，前去賑濟災民。」包拯見王丞相的襆頭沒有動就沒有謝恩。王誠上奏說：「包拯的官太小，怎麼能管得住皇親呢？希望陛下重新給他封官，才能保證萬無一失啊！」於是，仁宗加封包拯為

[1]【襆頭】古代一種軟巾，可用來裹頭。

十五府提督，自行行使斬罰大權。皇帝還是擔心有人不服，又任命了十位保官協助包拯。這時，包拯看到王丞相的襆頭動了才叩頭謝恩。

包拯退朝往回走，路過午門時見到一個娘娘，趕緊躲進了官房。他問周圍的人：「這是哪個宮的娘娘？」一個叫張龍的人說：「她是偏宮的張貴妃，要到南嶽❷上香，她所乘的鑾駕正是正宮曹皇后的。」包拯說：「偏宮的妃子怎麼能乘坐正宮的鑾駕呢，這還有國法嗎？」於是包公命令手下將黃羅傘蓋❸拿走。張貴妃的隨駕宮女都非常驚訝，向張貴妃報告了這件事情。第二天，張貴妃面見

包拯說：「偏宮的妃子怎麼能乘坐正宮的鑾駕呢，這還有國法嗎？」於是包公命令手下將黃羅傘蓋拿走。

仁宗皇帝，說包拯搶走了黃羅傘蓋。

仁宗皇帝龍顏大怒，立即宣包拯覲見，問：「你為什麼怠慢朕的后妃，搶奪她的黃羅傘蓋呢？」包拯說：「臣罪該萬死，請問陛下張娘娘是哪個宮的妃子呢？」仁宗說：「她是朕的一個偏宮妃子。」包拯說：「她既然是偏宮妃子，為什麼用皇后娘娘的鑾駕呢？」仁宗說：「是朕允許她用正宮的禮儀前去南嶽上香。」包拯說：「陛下的偏宮可以借用正宮的禮儀，難道您的位置也可以借給六大王坐嗎？如今百姓遭受旱災都在忍饑挨餓，就是因為國法不正的原因。我既然不能讓朝廷清正，還怎麼去陳州賑濟百姓呢？張娘娘用正宮之禮不合禮制，應當罰她黃金百兩。如此一來，國法明度，朝廷才能清正啊！」仁宗聽完之後，無言以對。王丞相趁機上奏說：「包拯說得很對，希望陛下採納包拯的建議，以儆效尤。」仁宗皇帝准奏，隨即下旨罰了張娘娘百兩黃金充入國庫。包拯叩謝皇恩，第二天便前往陳州賑濟災民，陳州的饑荒很快就得到了解決。

---

❷【南嶽】即衡山，五嶽之一，位於湖南省衡陽市南嶽區，風景優美。同時它還是著名的佛教聖地，有「江南第一廟」、「南國故宮」之稱。

❸【黃羅傘蓋】古代皇帝或達官貴人出行，乘坐的轎子頂上都有傘蓋，以此象徵權勢和身分。黃色一般是皇家御用。

第六十四回　「三官」解救程文煥

奉化縣有一個監生，名叫程文煥，娶李氏為妻，兩人十分恩愛。程文煥年過半百還沒有一兒半女，心裡十分著急。有一天，他聽說慶雲寺中的神靈有求必應，於是就和李氏商議去慶雲寺求子。夫妻二人沐浴戒齋，準備好香禮，於第二天一大早趕往慶雲寺。

夫妻二人禱告完畢，吃了齋飯，順便遊覽了一下寺中的景勝。程文煥覺得疲憊，便坐在佛堂裡休息，不一會兒就睡著了，李氏則坐在一旁守候。在李氏一側，有一個和尚，名叫如空。這個和尚見李氏長得漂亮，趁著程文煥睡熟之際便上前調戲她。李氏是一個貞烈女子，怒斥如空說：「你這個和尚怎麼這麼膽大，竟然對我不敬？」李氏的話語驚醒了程文煥，如空討了個沒趣灰溜溜地離開了。程文煥問李氏：「夫人，剛才發生了什麼事情啊？」李氏說：「有一個禿驢[1]趁你在睡覺近前調戲我，被我罵了一頓。」程文煥非常生氣，大聲說道：「寺廟之中竟有如此不知羞恥之人，實在可惡。」

寺裡的和尚得知此事，擔心程文煥會狀告到官府，於是私下商量說：「他們很早就來到了寺裡，沒有其他人看見，不如我們把男的除掉以絕後患。那個女人辱罵我們，就把她囚禁在寺中，時間長了她就會從了我們。」和尚們商議完畢之後手持刀械圍攻程文煥夫婦。程文煥寡不敵眾很快就被制服了，和尚們把李氏單獨囚禁在一處僧房之中。

程文煥被和尚們擒住，自忖難逃一死，就對和尚們說：「你們已經搶走了我的妻子，想必也不會放過我，我只希望你們能讓我自行了斷。」於是和尚將他帶到一處偏僻的房間，四面都是高牆。和尚給了程文煥一包砒霜、一條繩子和一把刀，說道：「你自己選擇吧。」隨即把門鎖上。程文煥感歎：「我只是可以晚死幾天，但終究還是逃不出他們的魔掌。」屋裡沒有桌椅板凳，程文煥只好倚靠柱子而坐，口中默念經文。

當時包公奉命到浙江巡查，路過寧波前往台州，夜裡在白嶠嶧休息。由於旅途勞累，包公很快便進入夢鄉，夢見兩個使者前來找他，說：「我們奉三官的法旨，請你去慶雲寺走一趟。」包公問：「這裡距離慶雲寺多遠？」使者說：「五十多里路。」包公跟隨兩位使者來到一處山門前，抬頭看見大門上有一個金字匾，上面寫著：敕建❷慶雲寺。包公遊遍全寺，

---

❶【禿驢】古代雲遊四方的和尚都愛牽著驢子化緣。有一些和尚由於不守清規，坑蒙拐騙百姓，所以百姓一看到這種牽著驢子化緣的壞和尚，老遠就會大喊：「趕緊跑啊，禿頭牽驢子來啦。」時間一長，禿驢就指代和尚，帶有貶義色彩。

在一間屋子裡見到一隻猛虎蹲坐在柱子旁邊。過了一會兒他從夢中醒來，暗忖：「這個夢真是奇怪啊，想必慶雲寺有什麼冤情。」

第二天，包公問驛站的官員：「你可知道有個慶雲寺？」官員回答說：「知道，就在此地五十里之外。寺廟很大，和尚們也都很富有。」包公說：「今天我就去遊覽慶雲寺。」隨即命令手下備馬逕直來到山門。寺中的和尚出來迎接包公，並且陪同包公逛寺院。包公來到寺中，發現這裡的景致跟夢中一模一樣，深入寺裡看見一處上鎖的屋子，好像就是夢中老虎所在之處。包公命令和尚打開門上的鎖想要進去看看，和尚說：「從祖師爺開始算起，這間屋子從來沒有人敢打開過。」包公問：「為什麼不敢打開呢？」和尚說：「裡面囚禁著妖邪。」包公說：「豈有此理！縱然裡面有妖邪，我也要進去看看。如果出了什麼差錯，我一個人負責。」和尚還是不敢開門。包公命令手下強行砍掉大鎖推門而入，果然看見一個人靠在柱子上已經昏迷不醒，包公急忙命人將他救醒，隨即又下令包圍寺院。就在包公進入屋子之前，五六十個知情的和尚正要逃走。門外的衙役見和尚們走得匆忙，懷疑出了什麼事情，便逮捕了一二十人。程文煥醒來之後，向包公詳細訴說了事情經過，並感謝包公的大恩大德。包公說：「你的夫人現在在哪裡呢？」程文煥說：「夫人被和尚們抓走了，我不知道她在什麼地方。」包拯拷問和尚，他們回答說：「她是一個貞烈的女子，最初不肯從了我們，之後我們把她安頓好，用酒飯款待她，希望她能改變心意，誰知她不肯進食自殺了。我們將她埋在了後園的大樹下。」程文煥得知妻子已死，痛哭了起來。包公勸他說：「你的夫人貞烈可嘉，我會上報朝廷表彰她的氣節。」隨後，包公命令衙役打了老和尚和小和尚們每人八十大棍，並責令他們還俗；判處主犯和幫凶死刑。

之後程文煥將李氏厚葬，並在墓前立了碑，上面寫著：貞烈節婦李氏之墓。後來程文煥官至侍郎，不再娶正妻，只娶了一個小妾，有了兩個兒子。

就在包公進入屋子之前，五六十個知情的和尚正要逃走。門外的衙役見和尚們走得匆忙，懷疑出了什麼事情，便逮捕了一二十人。

❷【敕建】即敕造。由皇帝下令並且出資建造。多是園林、房屋等。

第六十五回　劉安住認親

宋仁宗慶曆年間，東京汴梁城之外的老兒村有個人名叫劉添祥，很早就死了妻子，一個人過活。他的兄弟叫劉添瑞，娶田氏為妻，生下了一個兒子，叫劉安住。劉氏兄弟二人都以務農為生。

在劉安住三歲那年，當地遭遇洪澇之災，劉氏兄弟的莊稼顆粒無收。有一天，劉添瑞對哥哥劉添祥說：「今年的收成不好，這日子還怎麼過呢？依我看，我們一起搬到潞州高平縣下馬村，投奔孩子的姨夫張學究家，到他那裡去謀生吧。只要我們肯幹活，就不會淪落到沒飯吃的地步。」劉添祥說：「我年紀大了，不便於長途勞頓，你帶著侄子一同前去吧。」劉添瑞說：「我要去外地謀生，帶不走家裡的田地和房產，不如我們請我的朋友李社長當見證人，我們立下合約文字。我們兄弟二人各自持有一份合約作為日後的憑證，大哥認為怎麼樣呢？」劉添祥說：「這樣也好。」於是兩人把李社長請到家裡，當著他的面立下了合約，各收一份。忙完之後，劉氏兄弟準備宴席款待李社長。在宴席上，李社長對劉添祥說：「我有

一個女兒，叫李滿堂，我看你們兄弟二人忠厚，決定許配給你的侄子劉安住，今天不如我們就商議一下這個事情吧。」劉添祥高興地說：「承蒙您不嫌棄我們，我們定會選個好日子去下聘的。」

幾天之後，劉添瑞處理完家中事宜，隨即帶著妻兒和行李告別哥哥前往高平縣下馬村。到了村裡，他向孩子的姨夫張學究說明了來意。張學究也沒有意見，就讓他們住在自己家裡。

沒過多久，劉添瑞的夫人患上了絕症，久治不癒撒手人寰。劉添瑞非常悲傷，殯葬完畢之後也病倒了。這樣過了三四年，劉添瑞也去世了。

光陰似箭，歲月如梭，轉眼間劉安住在張家住了十五年，長成一個知書達禮的小夥子。有一天，正逢清明佳節，張學究夫婦準備好祭品，帶著劉安住上墳掃墓。來到墳前，擺上祭品，張學究對夫人說：「我有句話想對你說。如今劉安住已經長大成人，今年又是一個豐收年，我想讓他帶著他父母的骨骸回鄉認他伯父。不知夫人意下如何？」張夫人回答說：「這也是積陰德的事，就讓他去吧。」張氏夫婦商議完畢，叫劉安住拜了祖墳，又讓他到親生父母的墳前祭拜。隨後告訴他說：「你挑選一個好日子，帶著你父母的骨骸返鄉去認你伯父劉添祥，將你雙親的骨骸下葬吧。只要你記得我們夫婦的養育之恩就行了。」劉安住說：「你們的養育之恩，孩兒一刻也不敢忘記。如果有一天我發達了，一定會報答二老的恩德。」

回到張家，劉安住準備了一個擔子，一頭是雙親的骨骸，另外一頭是衣服盤纏以及合約文書。在離別那天，張學究說：「你的父母來的時候沒有帶一絲盤纏，如今你挑著許多家私，路上一定要小心啊。到了家裡，寫信給我們報個平安。」劉安住說：「放心吧。」隨即拜別張氏夫婦，自己孤身上路了。

這些年劉添祥在老家又續娶了王氏，王氏帶著一個孩子跟他一起生活。在春季祭祀土地神的那一天，劉添祥出門喝酒去了，家中只有王氏一個人。劉安住四處打聽，終於來到了劉添祥的家裡，放下擔子就要休息。王氏看見，問他：「你來這裡要找誰啊？」劉安住說：「伯母，孩兒是劉添瑞的兒子。十五年前，我跟隨父母到外地謀生今日才回到家裡，希望伯母收留孩兒。」就在他們談話之時，劉添祥回來了，他見到劉安住問道：「你是誰？」劉安住說：「伯父，我是您的侄兒劉安住啊。」劉添祥問：「你的父母呢？」劉安住說：「自從我們告別伯父到潞州高平縣下馬村謀生，不到三年我的父母就雙亡了，只有侄兒一人存活。我的雙親死後，張學究把我撫養成人。如今我帶著父母的骨骸返回故里，要將他們安葬，還望伯父收留侄兒。」當時劉添祥大醉，王氏搶先說道：「我們家並沒有人去外地謀生，不知你是什麼人，敢來我們家隨便認親？」劉安住說：「我有合約為證，所以才敢前來認伯父。」劉添祥夫婦不肯看合約，王氏對丈夫說：「把他給我打出去，免得他在這裡胡攪蠻纏。」劉添祥聽了王氏的話，不由分說就將劉安住打了出去。

李社長知道這件事情之後，立即來到劉添祥家裡問他打的是誰。劉添祥說：「這個人謊稱是劉添瑞的兒子，隨便認親還辱罵我，我就把他打了出去。」李社長連忙跑到街上找到劉安住，說：「孩子，挑上擔子跟我回家吧。」

劉安住跟李社長來到李家，李社長對夫人說：「夫人，你的女婿劉安住帶著他父母的骨骸回來了。」隨後，讓劉安住把骨骸放在堂前，對他說：「我是你的岳父，她是你的岳母。」又叫滿堂：「女兒快出來，參拜你公公、婆婆的靈位。」參拜完畢，李社長設宴款待劉安住，對他說：「明天咱們就去開封府，向包大人申冤，讓他幫你討回公道。」酒散之後，大家都各自安歇去了。

第二天，劉安住來到開封府，狀告伯父和伯母。包公立即派人捉拿劉添祥和王氏，又讓李社長當堂作證。在開封府的大堂上，包公指著劉安住問劉添祥：「他是你的侄子嗎？」劉添祥回答說：「我不知道這個人是誰，他肯定不是我的侄子。他要是我的親侄子，為什麼這麼多年一直沒有音信？」包公比照兩份合約認定劉添祥在撒謊，決定將他收監問罪。劉安住見狀，趕忙說：「我的伯父已經上了年紀，並且沒有兒女，希望大人能網開一面。」包公又要將王氏收監問罪，劉安住又說：「這件事跟她無關，大人如果要問罪就懲罰我吧。」包公說：「你的伯父和伯母行為非常惡劣，如果不問罪必定難以服眾。來人啊，將劉添祥打三十大板。」劉安住說：「我伯父雖然不肯認我，但他畢竟已上了年紀，請大人不要責打伯父，還是責打我吧。大人已經斷清了我的家事，我不會忘記您的恩德。」包公見劉安住懂得孝義，便說道：「你們先回家吧，我自會定奪。」

包拯將此事上報朝廷，朝廷深感劉安住的孝心，旌表他「孝義兩全」，並破格任命他為陳留縣尹。包公宣判完畢，讓劉安住與劉添祥一家團聚。李社長選擇好日子，讓劉安住與李滿堂成親。

一個月後，劉安住夫婦收拾行李，辭別父母和伯父母，帶著李滿堂前往陳留縣上任去了。

王氏對丈夫說：「把他給我打出去，免得他在這裡胡攪蠻纏。」劉添祥聽了王氏的話，不由分說就將劉安住打了出去。

第六十六回　張千金不改操守

東京城內有一個富翁，名叫林百萬。有一年重陽節，他請張員外夫妻二人喝酒，酒過三巡，林百萬的夫人對張員外的夫人說：「我和你是同年生，如今又同年同月懷孕，不如我們兩家指腹為婚，你覺得怎麼樣呢？」張員外的夫人說：「若是一男一女，就讓他們結為夫婦；若是兩個男孩，就讓他們結為兄弟；若是兩個女孩，就讓她們結為姐妹。」林百萬與張員外都很贊同。

幾個月後，林家產下一名男孩，張家產下一名女孩。林家準備宴席，慶祝孩子滿月，邀請張員外出席。在宴席上，張員外說：「林百萬曾經用一百兩黃金作為求親的聘禮，所以我給女兒取名叫千金，給林家兒子取名叫林招得。」

時間過得飛快，不知不覺間，林招得已經十五歲了。雖然他聰明伶俐卻嗜好賭博，沒過幾年就把家裡的全部財產輸得精光。張員外見林家衰落想違背婚約，不答應曾經訂下的婚事。林招得無可奈何，只好主動寫下了休書。張千金對父母說：「忠臣不事二主，烈女不嫁

二夫。當初林家富有的時候，你們把我許配給林招得；如今見他家衰落，你們就毀棄婚約、不守信用。要知道，在神明面前發過的誓言是不能反悔的。你們這樣做會引起神明不滿的。我堅決不會改嫁。」

林招得聽聞張千金的心意感動萬分，便找到張千金傾訴心腸。張千金說：「聽聞包大人公正廉潔，你可以向他申訴我們的事情，我們也好再續婚約。」林招得說：「我現在一貧如洗，沒有路費去告狀啊。」張千金說：「今夜二更左右，你來花園，我讓人給你十兩黃金當作盤纏。」兩個人約好之後各自離去，誰知當地的屠戶裴贊無意間聽到了此事。當天夜裡，裴贊提前來到花園等候，果然遇到了張千金的侍女梅香前來送黃金，裴贊將她殺死之後，拿著黃金逃跑了。稍後林招得來到了花園裡，只見一個女人倒在地上便上前去扶她，誰知女人已經死了，林招得嚇得連忙離開了花園。

第二天，張員外得知梅香被殺，便去都監衙中報案，隨即官府派出官差捉拿凶手。官差發現林招得家裡有血跡，就抓捕了林招得押赴監司衙中。開封府尹薛開府受理了此案，由於他提前收了張員外的好處，所以直接將林招得下獄，命令獄卒嚴刑拷打。林招得沒有機會申辯只能招認了。

有一天，包拯要去東京判決獄訟，有人向薛開府報告說：「包大人就要到開封來了。」薛開府作賊心虛，生怕包公查出問題，便決定於次日處斬林招得。就在林招得被押送到法場之時，天上忽然下起傾盆大雨。沒一會兒，包公騎馬趕到法場，問在場的百姓：「今天是有何事？」百姓有人回答說：「薛開府要處決犯人。」包公說：「這場雨下得不明不白，怎麼還要處決犯人呢？想必其中定有隱情。」於是命人將林招得押回監獄，再次查問。

三天之後，包公重審林招得一案，林招得供出事情原委並口稱冤枉。包公一方面派人尋找真凶，另一方面派人去殺人現場查探。公差來到張員外的花園中，見到兩個人正在清理魚池，其中一人打撈上一把刀。公差借刀來看，發現刀柄上刻著「裴贊」二字，隨即返回府衙將刀呈獻給包公。包拯命人把當地的一百多個鐵匠找來，問他們：「這把刀是誰打造的？」其中有一個叫張強的鐵匠見到刀柄上的字，

公差來到張員外的花園中，見到兩個人正在清理魚池，其中一人打撈上一把刀。公差借刀來看，發現刀柄上刻著「裴贊」二字，隨即返回府衙，將刀呈獻給包公。

便回答說：「啟稟大人，我受屠戶裴贊之託打造了這把刀。」包拯當即命令官差捉拿裴贊歸案。

公堂之上，裴贊死活不肯招供，包公只好暫時把他關進大牢擇日再審。之後，包公想到了一條妙計，吩咐手下說：「你們找來一個妓女，讓她扮成梅香的樣子，夜裡到監獄中向裴贊索命，看看裴贊有什麼反應，並將裴贊的情況向我彙報。」到了夜間，那個妓女按照包大人的囑託，叫裴贊的名字。裴贊聽了非常害怕，上前悄悄說道：「我當初不該殺了你，等到此事風波一過，我定會請人誦經超度你。希望你不要來糾纏我了。」第二天，妓女把裴贊所說的話一字不差地告訴了包公。包拯得知事情真相，立即提審裴贊，裴贊知道上了包拯的當再也無力狡辯，只得招認自己的罪行。於是，包公判定裴贊殺人要依法償命，押往市口處死；林招得無罪開釋。隨後，張員外狀告薛開府受賄三萬七千貫錢。包公向朝廷稟明了這一情況，並得到朝廷的旨意，將薛開府發配到三千里以外的地方，永遠不准返回故鄉。

事後張千金和林招得終成眷屬。成親那天，張家給了林招得上萬資財，林招得因此衣食無憂，第二年還考上了進士。

第六十七回　城隍助包公斷疑獄

獅子鎮距離西京城東門只有二十里，這裡住著不少人家，其中有一姓呂的富貴之家。家主名叫呂盛，是家裡的第九個孩子，由於他非常富有，深得鄉親們的敬重，所以也被稱為九郎。呂盛的夫人是城中大戶王貴恩的女兒，性格溫良、處事得體，把家治理得井井有條，因此家裡人都十分佩服她。王氏嫁到呂家第二年，生下了一個兒子，取名呂榮。呂公子聰明好學、勤讀詩書，十五歲便考上了秀才。

呂九郎結交了許多官員，官員們也都很給呂九郎面子。然而呂九郎為人驕縱，仗著自己有權有勢，不把某些職位較低的官員放在眼裡。王府尹剛上任之時，城裡的大戶們都出城迎接，唯獨呂九郎沒有去。王府尹得知此事，非常記恨呂九郎，總想找個機會懲治他以解心頭之恨。

有一年，正逢元宵佳節，西京燈火通明絢爛無比。呂家的人除了九郎的小妾春梅，都去報恩寺看燈去了。呂家有一個家僕，名叫李二，覬覦春梅的美貌，趁著主人出去看燈就想佔

有春梅。當夜，春梅正在廚房忙活，李二走進去調戲她說：「幾天前，你不是有話要對我說嗎？我之前沒有時間，所以沒有詳問；如今主人去看燈了，我也很清閒，有什麼話你就直說吧。」春梅怒罵道：「你這個賊奴才，我前幾天什麼時候見過你啊。回頭我稟報夫人，一定扒你一層皮。」李二仍然糾纏不休，正在這時呂九郎回家取香，正好碰見李二與春梅在拉扯。呂九郎見狀，怒罵李二：「你這個下等僕人竟敢調戲我的愛妾，看我不收拾你！」李二來不及逃走，被呂九郎抓住綁在柱子上狠狠揍了一頓。

王氏從寺廟回來看見被打的李二，就問丈夫是怎麼回事。呂九郎便把李二調戲春梅的事情告訴了她。王氏說：「家醜不可外揚，如果李二不亂說的話，把他趕出去就行了，何必還要責打他呢？」呂九郎聽了夫人的話，漸漸平息心裡的怒氣，隨後將李二逐出呂府。李二懷恨在心，憤然離去。

時間過了將近半年，有一次，呂九郎來到西莊向廖某討債。廖某的兒子私自改了借貸的帳目，為此呂九郎和他發生了爭執。呂九郎一怒之下，命令家丁把他抓到家裡逼迫他還錢。誰知在當天夜裡，廖某的兒子趁呂家不備，掙脫鎖鐐翻牆而逃。呂九郎聞之，立即派家丁去莊上緝拿他。李二知道這個消息後，認為這是一個報復的好機會，於是便找到王府尹，狀告呂九郎謀殺廖某之子，並將屍體拋棄江中。

王府尹接到這個案子，暗暗笑道：「呂九郎曾經仗著有錢有勢藐視我，如今被我抓到了把柄，我一定不會放過他。」然後就命令官差將呂九郎緝拿歸案。在大堂上，呂九郎辯解說：「廖家欠我錢，一直賴著不肯還錢。我看不慣廖某兒子使詐，便把他關在家裡想要他坦白承認錯誤，沒想到他逃跑了。他要是被我殺死了，為什麼沒有見到屍體呢？」王府尹斥責呂九郎說：「你殺死了廖家兒子，把他的屍體投進江中，你還有什麼狡辯的？」隨即命令衙役嚴刑拷打呂九郎。

呂九郎雖然深受皮肉之苦，卻始終不肯招認，王府尹只好把他關進大牢擇期再審。夫人王氏見丈夫遭遇牢獄之災，傾盡家財想要救他出來，但是王府尹一心想要取呂九郎性命。後來，呂九郎的兒子呂榮又上告到省裡，哪知省裡

包拯來到西京，在開府衙辦公，首先收到了呂榮的狀紙。包拯看完之後，立即傳喚呂榮問話。

審查案卷多年，還是不能為呂九郎平冤。

第二年，宋仁宗欽點開封府包太尹到西京決獄斷案。呂榮得知這個消息後，便和母親準備好狀紙等候包公。過了幾天，包拯來到西京，在開府衙辦公，首先收到了呂榮的狀紙。包拯看完之後，立即傳喚呂榮問話。呂榮把之前的事情訴說了一遍。包拯又拿出呂九郎的案宗，上面寫著呂九郎謀殺廖家兒子的緣由心生疑慮，命呂榮先回家等候。

包拯當天齋戒沐浴，並於第二天來到城隍廟，宣讀完文書，焚燒了紙錢，對廟祝❶說：「我來到西京之前，就聽說城隍爺和判官都非常靈異。如今呂九郎的案子還沒有了結，我限你三天之內傳話給城隍爺，讓他給我一個答覆。」

大概過了兩天，監獄中的呂九郎似睡非睡，突然舉手大聲高喊：「那個人就要來了，我要出去和他當堂理論。」獄中的其他罪犯都認為呂九郎在說夢話。第二天，包拯升堂辦公，只見一人匆忙地走進衙門，跪在地上說：「我是西莊廖某的兒子，今日特意前來投案。」包拯見他的雙手好像是被人綁住了，一直抱著頭不能放下來，就問他：「這到底是怎麼回事啊？」廖某兒子說：「希望大人放開我的雙手，容我細細道來。」包公知道是城隍爺在作怪，便說道：「請城隍爺放了他吧。」說完之後，廖某兒子才能垂下雙手，說道：「當日我的確欠呂九郎一些錢，而且還私自改了帳目，想要耍賴不還錢。他見我要賴便把我囚禁在他家裡。我在夜裡乘著他家防備鬆懈便逃了出來，在三百里之外的地方藏身。沒想到，昨天我突然像是被幾個人抓住，手被綁在頭上，身體不由自主就來到了這裡。」

包拯隨即傳喚呂九郎上堂辨認這個人。九郎看見廖家兒子，大叫道：「你害得我坐了幾年大牢，沒想到我們今日又見面了，真是冤家路窄❷啊。」廖家兒子低頭認罪伏法。包拯問呂九郎：「當初是誰告發了你。」呂九郎說：「是家僕李二。」包公又問：「他為什麼告發你？」九郎說：「李二想要和我的小妾私通被我發現，我打了他一番並將他逐出了呂府。他懷恨在心，所以才向官府誣告我。」包拯明白了案情經過，最後做出了判決：「李二誣陷主人造成冤獄，發配到遠方充軍；廖某拖欠呂九郎錢財負債而逃，應該杖打七十，發配兩千里。」之後，包拯彈劾王府尹公報私仇，為呂家徹底平反了冤獄。

❶【廟祝】廟裡供奉神佛要燒香、點燈。負責這類事情的人就是廟祝。

❷【冤家路窄】指仇敵相遇。

第六十八回 崔君瑞通州充軍

越州蕭山人崔君瑞在金華縣當了三年知縣，任期滿後帶著夫人鄭月娘進京面聖。崔君瑞等人走到琥珀嶺黑松林遇到了一夥強盜，身上的文書、官印以及金銀首飾全部被搶走了。不得已之下，崔君瑞將月娘暫時安頓在萬花橋王婆的店裡，自己則孤身前往蘇州府拜見尚書蘇舜臣。崔君瑞見到尚書，將自己被劫的經過詳細說了一遍，哀求尚書保住自己的官位。蘇舜臣讓崔君瑞留在府中，詳細地問他：「你的母親和夫人在什麼地方呢？」崔君瑞回答說：「我的母親早就去世了，我至今還沒有娶妻。」蘇尚書說：「我有一個女兒，名叫喬英，至今還沒有嫁人。賢侄要是不嫌棄，我就讓你們倆成親，你覺得怎麼樣呢？」崔君瑞說：「承蒙大人厚愛，下官不敢不從命。下官出身卑微，恐怕配不上令千金啊。」蘇舜臣說：「賢侄說哪裡話？你就不要推辭了。」於是命人準備宴席，又令侍女梅香請夫人小姐出來與崔君瑞見面。蘇舜臣見蘇夫人和女兒喬英都沒有異議，便讓喬英與君瑞拜堂成親。

半年之後，蘇尚書開始為女婿崔君瑞的事情忙碌，派家僕王汴到京城疏通關係。半路

上，王汴來到萬花橋王婆的店裡買酒喝，鄭月娘上前打招呼，問：「請問你從什麼地方來啊？」王汴說：「我從蘇州來。」月娘問：「你是從蘇州來的，那你知不知道崔君瑞呢？他是我丈夫，我們半路遇到了強盜，之後他一個人前往蘇州蘇尚書家求救去了。」王汴與崔君瑞平日裡就不合，趕忙說：「你既然是她的夫人，為什麼不跟著他一同前去呢？」鄭月娘說：「他把我一個人安頓在這裡，半年多還沒回來，也不知道他怎麼樣了。」王汴說：「他不但見到了蘇尚書，還娶了蘇小姐為妻，如今

鄭廷玉聽完之後，說：「月娘妹妹，我是你哥哥廷玉，你抬起頭來看看。」月娘一看，果然是自己的哥哥，忍不住大哭起來。

又要到別處去做官了。」鄭月娘聽完痛哭起來。王汴說：「你不要傷心，等我從京城辦事回來，我帶你去蘇尚書家讓你們重逢。」說完之後，王汴跟鄭月娘告別隻身去京城了。

不知不覺間半個月過去了，王汴再次來到王婆的店裡，帶著月娘前往蘇府。鄭月娘見到蘇夫人和蘇小姐，把自己的事情告訴了她們。忽然崔君瑞來到客廳，看見前妻月娘非常惱怒，呵斥她說：「你這個賤婢攜帶金銀潛逃，我還沒治你的罪，如今怎麼還敢來這裡？是什麼人帶你進來的？」不等月娘回答，崔君瑞便令手下將她打了一頓。隨即崔君瑞寫了一道解批[1]，讓王汴將月娘押解到蕭山縣，並暗暗囑咐他在半路上殺了鄭月娘。就在起解[2]那一天，蘇小姐讓侍女梅香悄悄地塞給鄭月娘二十貫錢作為路上的花銷，又叮囑王汴不要殺死月娘。過了幾天，王汴把月娘放走了，自己回到府中向崔君瑞覆命說：「鄭月娘已經死了。」崔君瑞聽了，心裡暗暗得意。

鄭月娘來到廣平驛站，恰巧遇到一位官員在這裡休息。更巧的是這位官員是鄭月娘的哥哥鄭廷玉。月娘想到自己被崔君瑞拋棄，吃盡了苦頭，便乞求這個官員給自己一個公道。鄭廷玉見跪在地上告狀的人是自己的親妹妹月娘，便詳細詢問了事情的緣由。月娘把自己受苦前的情形一一告知，又狀告崔君瑞停妻再娶[3]。鄭廷玉聽完之後，說：「月娘妹妹，我是你哥哥廷玉，你抬起頭來看看。」月娘一看，果然是自己的哥哥，忍不住大哭起來，說：「哥哥當上了大官為我們家增光。希望哥哥替我申冤，那麼即使我死了也能瞑目了。」鄭廷玉說：「妹妹儘管放心，我一定會給你討回公道。」

第二天，鄭廷玉前往包公府，狀告崔君瑞停妻再娶。包拯隨即派遣趙虎、黃勝前往蘇州緝拿崔君瑞。過了幾天，崔君瑞被帶到包府，包拯問：「下面跪的是何人？」衙役說：「崔君瑞。」包拯見是崔君瑞，當即怒罵道：「你這個無情無義之人枉為朝廷命官。你的所作所為不但辱沒了朝廷，就連你身上的官帽也以你為恥。如今你犯了停妻再娶之罪，理應將你發配充軍。」崔君瑞無言以對只能認罪伏法。隨後，包拯向朝廷奏報了此事。朝廷同意包拯的上奏，下旨將崔君瑞發配到通州充軍。當天，包公又命人將崔君瑞打了四十大板，並判鄭月娘與蘇喬英跟隨崔君瑞充軍。第二天，包拯寫下解批，命令張千、趙虎押著三人往通州去了。自從包拯判罰崔君瑞之後，再也沒有人敢停妻再娶。

❶【解批】古代官差押送犯人或貨物時，官府所寫的公文。

❷【起解】舊時指官差押送犯人上路。

❸【停妻再娶】指男人沒有跟前妻離異，又和別的女人正式結婚。相當於今天的重婚。

巧讀包公案／（明）安遇時原著；高欣改寫. -- 一版.-- 臺北市：大地, 2020.09
面：　公分. --（巧讀經典：12）

ISBN 978-986-402-341-7（平裝）

857.44　　109012561

巧讀包公案

巧讀經典 012

作　　者	（明）安遇時原著、高欣改寫
發 行 人	吳錫清
主　　編	陳玟玟
出 版 者	大地出版社
社　　址	114台北市內湖區瑞光路358巷38弄36號4樓之2
劃撥帳號	50031946（戶名：大地出版社有限公司）
電　　話	02-26277749
傳　　真	02-26270895
E - mail	support@vastplain.com.tw
網　　址	www.vastplain.com.tw
美術設計	成樺廣告印刷有限公司
印 刷 者	博客斯彩藝有限公司
一版一刷	2020年09月

大地

定　　價：280元